Oceani.	69

Jonathan Lethem
Il Detective selvaggio

Traduzione di Andrea Silvestri

La nave di Teseo

Titolo originale: *The Feral Detective*

ISBN 978-88-9344-918-2

Prima edizione La nave di Teseo giugno 2019

Sommario

In memoria di
Michael Friedman
Arden Reed
Dan Icolari

Gli Yahoos, lo so bene, sono un popolo barbaro, forse il più barbaro dell'orbe, ma sarebbe un'ingiustizia dimenticare certe caratteristiche che li redimono. Hanno delle istituzioni, godono della presenza di un re, usano un linguaggio basato su concetti generici, credono, al pari degli ebrei e dei greci, nella radice divina della poesia e intuiscono che l'anima sopravvive alla morte del corpo. Affermano la verità dei castighi e delle ricompense. Rappresentano, insomma, la cultura così come la rappresentiamo noi, malgrado i nostri molti peccati. Non mi pento di aver combattuto nelle loro file contro gli uomini-scimmia.

Jorge Luis Borges, *Il manoscritto di Brodie*

Assodato che qui non c'è alcun artificio, non ci sono trucchi, che motivo ha quest'uomo per non avere alcun motivo?

Dawn Powell, *Gira, magica ruota*

Parte prima
Il Wash

1.

Arrivai in ritardo di venti minuti all'appuntamento con il Detective selvaggio, dopo esser passata davanti a quel posto due volte. In pieno giorno, nella luce piatta di quel mattino, su un'auto a noleggio il cui navigatore non fece che trarmi in inganno. Ma fu la sensazione ispirata da quel posto a trarmi ancor più in inganno. La sensazione, per la precisione, che fosse un posto cui non si potesse che passare davanti in auto, così che il mio piede non riusciva a trovare il freno. Stucco bianco, colonne rivestite di legno di sequoia e tetto in tegole di terracotta. Intorno al primo piano correva un porticato, accessibile da una scala sul lato del parcheggio. Tutte le finestre avevano le inferriate.

Le insegne delle varie porte erano squallide targhe di plastica o meri striscioni stampati in verticale, fissati ai pilastri tramite occhielli. Una recitava semplicemente TATUAGGI, un'altra SPA. Al piano superiore, PIERCING SUTRA DEL GUERRIERO. Nella finestra della SPA, davanti alle tende tirate, le lampadine rosse e blu al neon componevano la scritta APERTO. Immaginai di sapere cosa volesse dire SPA in questo caso. Erano le nove di un sabato mattina, il 14 gennaio 2017. Anzi, le nove e venti, dato che, come dicevo, ero in ritardo. Pareva impossibile essere in ritardo per qualunque genere di appuntamento in un edificio simile.

Prendere un appuntamento in questo luogo significava essere sprofondati nel sottosuolo della propria vita, fuori dai cardini del tempo. Una come me non avrebbe dovuto neppure essere lì.

Non avendo riconosciuto la mia destinazione, proseguii per un po' su Foothill Boulevard prima di accorgermi dell'errore. I centri commerciali, i distributori di benzina e i ristoranti delle catene assunsero il carattere di un unico sfondo ripetuto, tipo quelli su cui sfrecciava Fred Flintstone. Qui lo spazio era diverso. Tornai indietro e rallentai. L'edificio non era scuro, non esattamente – nulla poteva esserlo, in quel fulgore abbacinante. Possedeva però un'opacità granulosa, per cui era facile lasciarselo sfuggire.

Il problema erano anche gli immediati dintorni. Al di là del piazzale, un parcheggio con poche roulotte sparpagliate. Sulla destra, oltre un reticolato, una tundra di buche e cumuli di ghiaia ammonticchiata, su un'area grande all'incirca quanto Central Park. Forse esagero. Sicuramente. Metà di Central Park. In quella landa desolata, l'edificio sembrava finto. Esigeva un contesto là dove non ne era possibile alcuno. Voglio dire, persone, di quelle che avreste voluto essere o conoscere. La forza che mi aveva spinta a passarvi davanti senza fermarmi era qualcosa di più della ripugnanza. Quell'edificio faceva prendere coscienza dei paraocchi mentali. Parcheggiare l'auto lì significava non essere chi credevi di essere. Forse adesso non lo ero più.

Inoltre, il blu mi stava uccidendo. Non intendo il *blues*, nel senso ad esempio di *white girl blues*. (Mi capitava di provarlo, anche se non mi sarei mai abbassata a parlare ad alta voce di quelle stronzate.) Era il blu del cielo che mi stava uccidendo, quello e il modo in cui, dall'altra parte della strada, senza il minimo buongusto o senso della proporzione, le vette innevate erano impegnate in un'intricata discussione con il piatto blu galattico. Sotto le cime dei monti, bande di frequenze nebulose si abbarbicavano al profilo della roccia. Nel cielo non c'era niente del genere.

Se fissavo i punti in cui il blu incontrava il bianco, andavo fuori di testa. Era una cosa che si vedeva soltanto nei film, con attori travestiti da nani che risalivano di corsa una montagna creata con la grafica digitale, solo che qui non c'era una cornice nera, né l'insegna luminosa dell'uscita di sicurezza a librarsi nella visione periferica. Soltanto il blu. Presi in considerazione il termine *innaturale*, e poi lo scartai come una sciocchezza. Questa era proprio la natura. Lasciai l'auto nel parcheggio dietro l'edificio e cercai l'interno otto.

Dovetti salire le scale per trovarlo. Il porticato al primo piano mi offrì una nuova prospettiva sulla distesa di roulotte, sul vuoto suburbano al di là di essa. Non risolveva però l'enigma di ciò che si nascondeva nei letti di ghiaia di quei torrenti, né di come fosse possibile che quella lanugine bianca si aggrappasse alle montagne quando non c'era neppure una nuvola in cielo.

Signora mia, te la sei cercata. Sei andata all'ovest. Adesso devi stringere i denti. Bussai.

2.

Nel caso non sia ancora evidente, c'è un detective in questa storia. Ma non sono io. Mi ero quasi assegnata tale ruolo salendo sull'aereo, e invece no. Mi spiace. D'altra parte, in questa vicenda figura effettivamente una persona smarrita, e potrei ben essere io. O voi, o praticamente chiunque. Come mi disse lui una volta, chi non è smarrito? Era incline a queste fiacche osservazioni oracolari. Con mia sorpresa, imparai ad apprezzarle.

3.

Una voce dietro il n. 8 in ottone gridò: “È aperto.” Spinsi la porta ed entrai. Valeva la consueta legge della luce abbagliante, e mi ritrovai accecata nell’oscurità. Non c’era vestibolo né sala d’attesa, tanto meno una segretaria che organizzava i suoi appuntamenti. Ero entrata con passi incerti nel cosiddetto ufficio, un ampio spazio umbratile e ingombro d’oggetti che divenne più tenebroso quando la voce disse: “Chiuda la porta” e io obbedii. Non appena fui in grado di distinguere i contorni, scorsi la scrivania delle dimensioni di una barca, la sagoma dietro di essa, le forme lungo le pareti, tutte inanimate. Nessun altro corpo appostato in agguato, ne ero abbastanza sicura. Avrei fatto in tempo a uscire dalla porta prima che potesse girare intorno alla scrivania. Nella borsetta avevo uno spray al peperoncino e un minuscolo clacson ad aria compressa. Non avevo mai usato né l’uno né l’altro, e il clacson forse era un semplice scherzo.

“Phoebe Siegler?” L’unica lampada della stanza era poggiata sulla scrivania. Non vedevo che i jeans e gli stivali. A tener compagnia alla lampada c’era solo un telefono fisso, un massiccio apparecchio nero da ufficio. Niente computer.

"Mi scusi, sono in ritardo," dissi, tanto per dire qualcosa.

Lui tirò giù i piedi dalla scrivania per poi far scivolare in avanti la sedia, e i miei occhi misero a fuoco come prima cosa la sua logora giacca di pelle rossa, simile nel taglio e nelle decorazioni a una camicia da cowboy, con ricami in pelle bianca sui taschini e sui polsini. La pelle era così rigida e secca che pareva una camicia da cowboy gettata in bronzo, e poi verniciata a spruzzo. Una giacca assurda, anche se avrei finito per considerarla normale. E ancor di più, come un simbolo. Mai più visto niente del genere.

Sopra di essa, la sua grossa testa entrò nel cono di luce. Sotto i cespugli delle sopracciglia, diabolicamente arcuate, gli occhi erano marroni. I capelli fluivano all'indietro dalla sua fronte spaziosa, e le basette erano così larghe e folte che parevano crescere anche dalle guance. Come se il suo volto si fosse aperto a fatica un varco in un groviglio di peli, fu il pensiero assurdo che mi attraversò la mente. Là dove terminavano le basette aveva bisogno di radersi, la barba doveva essere di almeno due giorni. Somigliava a quelle facce di ceramica circondate da foglie che capita di trovare appese ai capanni degli aspiranti giardini all'inglese. Il naso grosso e le labbra carnose, il profondo solco sul mento e sotto il naso, parevano in terracotta o legno. In qualche modo, nonostante o grazie a tutto questo, lo giudicai attraente, con un sottofondo di disgusto. Il disgusto era forse per me stessa, per averlo notato.

Ad ogni modo, per me era sempre stato un mistero cosa ci trovasse Meryl in Clint. Credo di aver visto quel film sulla tv via cavo quando avevo undici o dodici anni, e lui mi lasciò perplessa, sembrandomi semplicemente strambo, un po' bislacco. E così magari era questo l'enigma che avevo fatto tanta strada per risolvere. Accorgermi di trovare qualcuno attraente mi fa spesso questo effetto, come se il cervello venisse infine messo al corrente di qualcosa di remoto quanto un lontano pianeta. Credo che avrei potuto barrarlo sulla lista delle cose da fare prima di morire: sentirmi attizzare da una specie di cowboy sulla cinquantina. Vallo a capire.

Questo non significa che avessi voglia di flirtare. Ero terrorizzata, e si vedeva. Lui disse: "Sono Charles Heist," e si spinse più avanti nel fascio di luce, ma senza porgermi la mano. I miei occhi si erano abituati all'oscurità quanto bastava per catalogare l'accozzaglia di roba lungo le pareti. Sulla sinistra, un angusto letto con il telaio in ferro e un ammasso di coperte e cuscini allineati per il lungo, contro il muro. Mi auguravo che non mi invitasse a considerarlo un divano. Sulla destra, una malconcia custodia nera da chitarra acustica, uno schedario con due cassetti e un alto armadio a specchio di legno chiaro, che non potei fare a meno di pensare sarebbe stato un pretenzioso pezzo in stile danese contemporaneo se non fosse stato così rovinato. Ma era solo il mio cervello che giocava a flipper con futili quisquilie.

Lui mi venne in aiuto. "Al telefono ha detto che sta cercando qualcuno." Il giorno prima avevo chiamato un numero ed ero stata poi richiamata – dal telefono su quella scrivania, forse.

"Sì, la figlia di un'amica."

"Si accomodi." Indicò una sedia pieghevole tra lo schedario e l'armadio. Mentre la prendevo e la divaricavo come una forbice, mi osservò, e parve francamente immune alla vergogna di non aver mostrato la minima galanteria. Per il momento preferivo che la scrivania restasse tra noi, e lui forse l'aveva intuito, manifestando così una galanteria più sottile.

"È stata Jane Toth a mandarla da me?"

"Sì." Jane Toth era il nome dell'assistente sociale che la polizia locale mi aveva dato per liquidarmi dopo aver disatteso le mie speranze che potessero aiutarmi nelle ricerche di Arabella Swados, le cui tracce mi avevano portato a Upland. Le diciottenni sparite da tre mesi dopo aver abbandonato il Reed College non soddisfacevano i requisiti necessari ad accrescere il loro carico di lavoro. E così ero andata a trovare la signora Toth, una specialista locale in ragazzi scappati di casa e derelitti. Dopo avermi a sua volta sottoposto a una serie di frasi di rito per moderare le mie aspettative, aveva scribacchiato il nome e il numero di Heist sul retro del proprio biglietto da visita e menzionato il suo bizzarro soprannome. Mi aveva anche avvertito del fatto che i suoi metodi non erano molto ortodossi, ma che a volte otteneva risultati miracolosi per famiglie di persone scomparse le cui piste si erano raffreddate, come quella di Arabella.

"Ha portato dei materiali?"

"Sì, scusi." Dovevo smetterla di dirlo. Frugai nella borsetta in cerca del passaporto di Arabella, con una fotografia scattata solo l'anno prima, quando aveva diciassette anni. "Immagino significhi che non dovremo cercarla in Messico."

"Qui non siamo così vicini al Messico, signora Siegler. Volendo, ci sono però dei posti in cui è possibile superare il confine con la semplice patente."

"Non credo ce l'abbia."

"Sta usando delle carte di credito?"

"Aveva quella di sua madre, ma non la sta usando. Abbiamo controllato."

"Altrimenti lei non sarebbe qui."

Il passaporto che avevo fatto scivolare sulla sua scrivania era intonso e rigido, e la tensione della rilegatura lo fece chiudere di scatto, anche se lui non ci badò. Heist – dovrei chiamarlo Charles, solo che non era così che pensavo a lui, per il momento – non guardò il passaporto. Mi fissò. Ho dovuto sostenere la mia parte di sguardi maschili ti-spoglio-con-gli-occhi, ma in questo c'era più che altro una sorta di rude franchezza esistenzialista, come in un incontro di anime in una radura assolata. Per un attimo parve scosso quanto me per il mio ingresso nel suo ufficio.

"Immagino che lei non lavori molto con questi metodi, seguendo le tracce dei documenti e via dicendo." Che sciocchezze. Stavo facendo la figura dell'idiota.

"Assolutamente no."

"Quando era alle superiori ha lavorato in una fattoria biologica nel Vermont." Nel dirlo, mi ritrovai proiettata sulle montagne, nelle distese desolate cui mi ero appena sottratta rintanandomi là dentro. Il blu. Arabella e io eravamo adesso terribilmente lontane dalla versione del mondo rurale offerta dal Vermont, con i suoi parchi al centro dei paesi. "Credo sia stato lì che si è messa in testa l'idea di vivere fuori dagli schemi. Sa com'è, prendendola da ragazzini altrettanto privilegiati, e altrettanto sprovveduti."

"Quella di uscire dagli schemi non è sempre una cattiva idea." Lo disse senza manifestare alcuna disapprovazione nei miei confronti, sebbene me la fossi andata a cercare.

"No, certo, non intendevo dire questo. Allora, è così che lavora?"

"Sì." Adesso la luce blu del suo sguardo era come quel cielo: mi stava uccidendo. Forse mosso a pietà, ruppe la tensione, aprendo un cassetto della scrivania alla sua destra. Naturalmente ne sarebbe potuta spuntare una pistola. O magari questo era il punto del copione in cui tirava fuori una bottiglia e due bicchierini. Forse somigliavo moltissimo alla donna che gli aveva spezzato il cuore. Mi sporsi leggermente in avanti. Il cassetto era profondo, e scricchiolò mentre scivolava a fatica fuori dalla scrivania. Lui vi infilò la mano e ne estrasse una pelosa palla ovale a strisce grigie, con un muso bianco conico e morbide zampe rosa che ricordavano le mani di una bambola. Con mio stupore, il nome mi venne in mente senza alcuno sforzo: un opossum.

Le zampe e la spessa coda glabra della creatura penzolavano su entrambi i lati del braccio di Heist, ma non era morta. I suoi occhi neri luccicavano. Mi ritrassi leggermente sulla sedia. Nella stanza c'era un pungente odore silvestre, come di sottobosco, e adesso lo attribuivo all'animale che era rimasto nascosto, a mia insaputa, nel cassetto. Heist carezzò la creatura con uno dei suoi polpastrelli tozzi, scendendo dallo spazio tra le orecchie feline lungo la spina dorsale, e parve ipnotizzarla. O forse ero io a essere ipnotizzata.

"Funziona come con i segugi?" Scherzai. "Mi sono scordata di portare un brandello di vestito."

"Si chiama Jean," disse lui in tono pacato, senza risentirsi per la mia impertinenza. "Si sta ristabilendo da un'infezione alle vie urinarie, ammesso che non la uccida."

"Quindi è solo un animaletto da compagnia."

"Certa gente la pensava così, ma era male informata. Gliel'ho tolta dalle grinfie."

"Ah. E adesso vive nella sua scrivania?"

"Per il momento."

"E poi cosa farà, la rimetterà in libertà nel suo habitat?"

"Se riuscirà a sopravvivere. Probabilmente non ce la farà."

Tutto questo mi puzzava un po' di moralismo, ma non avevo le competenze zoologiche per cavillare. Nonostante ciò, non riuscivo a scacciare l'impressione che Heist non stesse coccolando l'animale per confortarlo, e neppure per far colpo su di me, ma per lenire la propria afflizione. Magari sentir parlare in continuazione di ragazze scomparse era troppo per quest'uomo. Stavo cominciando a pentirmi amaramente di aver immaginato che potesse trovarne una.

"Cosa le serve per procedere?" gli domandai. "Voglio dire, riguardo ad Arabella."

"Devo chiedere in giro." Accarezzò l'opossum, che mi guardò ammiccando.

"Vuole un anticipo?"

"Vediamo cosa scopro, e poi ne riparliamo. Ci sono altri nomi?"

"Altri nomi?"

"Altri nomi con cui potrebbe farsi chiamare. O nomi che ha fatto, di persone importanti in questa fase della sua vita. Amiche, fidanzati, nemici."

"Credo avesse smesso di parlare delle persone importanti in questa fase della sua vita. Credo avesse smesso completamente di telefonare a casa. Ma chiederò alla madre."

"Qualunque cosa è meglio di niente."

"C'è un nome, anche se esito a dirglielo."

Lui e Jean attesero, gli occhi fissi su di me.

"Leonard Cohen."

"Vada avanti."

"Era una sua fan sfegatata, credo valga la pena di ricordarlo. Anche prima che lui morisse, voglio dire. Potrebbe essere questo il senso della sua, ehm, destinazione." Per non aggiungere che non mi veniva in mente un'altra cazzo di ragione in tutto l'universo per cui un'adolescente vegana, pensante e senziente, potesse trasferirsi in quel posto, ma non volevo insultare la zona che Charles Heist e la sua piccola amica chiamavano casa.

"Lei pensa che sia andata sulla montagna."

"Non ho potuto ignorare questa coincidenza." Era proprio lì che mi avevano portato le mie indagini: Mount Baldy, una delle vette ai cui piedi si trovava Upland, era la dimora del guru buddista di Leonard Cohen, ed era stato per circa un decennio il suo eremo. Non ero in grado di individuarlo in quella sfilza di picchi innevati, ma per questo c'era il navigatore dell'auto a noleggio, o magari adesso questo tizio.

Tale possibilità parve turbarlo, e attese a lungo prima di fornire una risposta del tutto insoddisfacente. "Va bene. La metterò nella mia lista."

Mi sarebbe piaciuto vedergli esibire una lista, anche solo scarabocchiata su un post-it, ma era comunque incoraggiante sentirgli evocare quella parola. Un piano d'azione, procedure, protocolli, qualunque cosa fuorché questo fenomeno da baraccone in giacca rossa di pelle che tranquillizzava o veniva tranquillizzato dal suo opossum di conforto.

Be', non appartenevo forse all'élite ipercritica del corridoio nord-est? Quella bolla da cui ero fuggita, venendo a ovest, in realtà me la portavo ancora sulla schiena, come il guscio di una lumaca, una bolla fatta su misura per un individuo. Mentre la paura svaniva, fui pervasa al suo posto da una sorta di rabbia per aver compiuto questo assurdo viaggio, per aver messo Arabella in mani simili. O perché Arabella mi ci aveva messo; la si poteva vedere in entrambi i modi. Con l'aria di avermi letto di nuovo nel pensiero, Heist alzò la mano libera dalle orecchie di Jean quanto bastava per infilarsi il passaporto nella tasca interna della giacca. Troppo tardi per riprenderlo. Ero stata un'idiota a non fare una fotocopia e a lasciargli nelle grinfie l'originale.

"Dove la posso trovare?" mi chiese.

"Sto al Doubletree, un po' più avanti sul Foothill..."

"La stanza è a suo nome?"

"Sì, ma quello che volevo chiederle è se posso venire con lei. Magari le sarei d'aiuto per descriverla..."

Mi interruppi sentendo dei colpi sordi e un fruscio proprio alle mie spalle. Per poco non me la feci sotto. Un altro animale che aveva salvato? L'anta dell'armadio a specchio si aprì pian piano, e due piedi nudi e sporchi spuntarono nella stanza di traverso, con le caviglie coperte da leggings grigi. I piedi si allungarono alla ricerca del pavimento, e il resto della persona attaccata a quei piedi si contorse per uscire, acquattandosi poi come l'animale per cui l'avevo scambiata.

Una ragazzina, di forse tredici o quattordici anni, immaginai. I capelli neri le ricadevano lisci e flosci sulle spalle, e sembravano tagliati con le tronchesine che nessuno le aveva insegnato a usare per le unghie mangiate fino alla carne viva. Si cinse le ginocchia con i gomiti e mi guardò di sbieco, senza voltare completamente nella mia direzione la testa a forma di mandorla. Indossava un tubino prendisole nero sopra i leggings. Le braccia nude erano molto abbronzate, con una leggera peluria schiarita dal sole, che contrastava con i ciuffi neri sotto entrambe le ascelle.

"Va tutto bene," disse Heist, rivolto al di là di me, alla ragazzina. "Non sta cercando te."

Lei rimase seduta in quella posizione, scossa da un lieve tremore, mordicchiandosi un angolo della bocca.

"Ha pensato che lei potesse essere una rappresentante del tribunale," spiegò Heist. Era gentile da parte sua sentirsi in dovere di spiegarmi che cosa stava succedendo, immagino. Mi ero alzata a metà dalla sedia. Mi rimisi a sedere.

"Fa' pure," disse Heist.

La ragazzina si alzò e si precipitò verso il cumulo di coperte sul lettino. Vi si mise sotto e assunse la stessa posizione, rannicchiata con le braccia intorno alle ginocchia e gli occhi che spuntavano in cima come da un formicaio.

Era forse un messaggio per me, affinché ricordassi che alcune persone smarrite non volevano essere trovate?

Heist calò delicatamente Jean nel suo cassetto e lo richiuse. "Lei è Phoebe," disse alla ragazzina. "Sta cercando qualcun altro, qualcuno che è scappato. Noi la aiuteremo."

Noi? Ora rischiavo di mettermi a piangere. La ragazzina cavalcava Jean durante le ricerche congiunte? No, avrebbe avuto bisogno di un animale più grosso, di un lupo o di una capra. O magari il detective la portava sotto il braccio libero, quello che non era impegnato a tenere l'opossum.

"Passerò da lei al Doubletree," mi disse poi. Non fu brusco né scortese, ma mi stava congedando. Ebbi la sensazione che si fosse aperta una botola sotto la sedia.

"È sicuro che non la posso accompagnare?" Mi sentii dire, in tono quasi supplichevole. "Vorrei farmi un'idea della zona, a dire il vero. È l'unico scopo del mio viaggio."

"Magari dopo che avrò fatto qualche indagine."

"Fantastico," dissi, per poi aggiungere fiaccamente, "Nel frattempo mi darò da fare per conto mio." Le parole che ci eravamo detti sarebbero parse abbastanza credibili, se fossero state scambiate in un'atmosfera credibile. Lì, sembravano innaturali come la prova di uno spettacolo teatrale, che non aveva alcuna attinenza con quanto stava realmente accadendo in quella stanza, qualcosa cui non avrei saputo dare un nome e in cui mi ritrovavo a interpretare controvoglia un ruolo.

Avrei potuto chiedergli di restituirmi il passaporto? Non lo feci. La ragazzina mi guardò mentre guadagnavo l'uscita, aprendo la porta sul bagliore accecante. Per la prima volta, notai in un angolo il piattino con l'acqua e la ciotola con il cibo – la zona pasto di Jean. O magari della ragazzina selvatica. Mi resi conto che Heist aveva presentato l'opossum per nome, ma non lei. Ero fuori di me dalla disperazione, per essere venuta lì. Per la mia scelta radicale, abbandonare la gabbia da privilegiata per dedicarmi a un'impresa audace. Assumere il ruolo della salvatrice. E tuttavia era come se mi fossi lasciata volontariamente sminuire, rivelandomi inerme come un opossum, o come la ragazzina sotto le coperte. La mia missione si era ridotta all'ennesima resa all'autorità maschile, lo stesso logoro copione che governava da cima a fondo il mondo da cui ero fuggita. Tutte queste ragazze perdute, in attesa dei loro detective. Quanto a me, avrei aspettato al Doubletree, meditando su tutte le comodità cui avevo rinunciato. E tuttavia sentivo anche l'assoluta inadeguatezza dell'autorità cui mi ero arresa, quell'uomo che non aveva neppure una pistola o una bottiglia di scotch o un cuore infranto nel cassetto, solo un marsupiale con un'infezione alle vie urinarie. Ero a dir poco confusa. Levai il disturbo.

4.

Tutta colpa delle elezioni. Lavoravo per la veneranda testata in grigio, il "New York Times", in un umile posto, conquistato a fatica, che avrebbe dovuto garantirmi la sicurezza di una vita passata a scalare pazientemente le gerarchie. Era così che sarebbe dovuta andare, prima che me la filassi. Avevo fatto tutto in modo impeccabile, come quella prima candidata donna su cui contavamo tutti, persino i miei amici maschi che la odiavano, come argine all'assurda follia del mondo. Adesso lei trascorreva il tempo passeggiando sulle colline intorno a Chappaqua, e io avevo preso una stanza al Doubletree, un chilometro e mezzo a ovest di Upland, California.

Ero cresciuta a Yorkville, diventando un tipico prodotto di Manhattan, segretamente borghese. I miei genitori erano due strizzacervelli, e il loro matrimonio un espediente per vigilare sul romanticismo isterico e schizzato di mia madre. Figlia unica, forse ero già una di troppo. Ho trascorso una parte consistente dell'infanzia in case di famiglie numerose, case con un'atmosfera chiassosa in cui potevo esser quasi scambiata per una dei tanti figli. Non che i miei genitori mi dissuadessero dall'invitare le amiche a casa nostra. Quando lo facevo, i miei erano sempre entusiasti ma, dopo aver servito tè e biscotti, ci facevano sedere per qualcosa che immaginavo – e immagino ancora oggi – somigliasse molto da vicino alla terapia di coppia.

Evitai di far spendere ai miei genitori l'ira di Dio iscrivendomi alla Hunter College High School, costringendoli poi a sborsare l'ira di Dio per iscrivermi a un college di Boston. L'estate prima del terzo anno feci uno stage in una rivista letteraria, e quando tornai a New York dopo la laurea andai a lavorare lì. Era un posto che incoraggiava a restare fedeli a certi atteggiamenti radicali del femminismo teorico che avevo coltivato al college, pur sguazzando nell'atmosfera di "tutoraggio" leggermente molesto, per quanto scherzoso, che regnava in quell'ufficio pieno di uomini di dieci anni più vecchi di me. Da lì passai alla NPR, dove mi occupai di ricerche e preparavo i riassunti che consentivano agli intervistatori di dar l'impressione di aver divorato libri di cui non avevano letto neppure una pagina. E poi alla pagina riservata agli opinionisti esterni, il mio ariete per penetrare nella fortezza.

Il famigerato giorno di novembre in cui il mio capo e tutti gli altri si sedettero deferenti a un lungo tavolo a porte chiuse con la Bestia-Eletta, per recepire le sue critiche e lasciarsi blandire dalle sue lusinghe, meditai di dare le dimissioni. All'inizio della settimana seguente lo feci davvero, prendendo una caparbia posizione di principio e dando sfogo alla mia rabbia, sbalordendo me stessa e tutti quelli che erano a portata di voce. L'odio che avevo nel cuore era indescrivibile. Accusai la mia città di aver prodotto il mostro nella torre, e di non esser stata capace di sconfiggerlo. Avevo già tracciato un piano di fuga, e non diedi a nessuno dei mentori che avevo collezionato, né ai miei genitori, la possibilità di esprimere il proprio parere sulla faccenda. Per il mio capriccio di trentatreenne, fui soprannominata con condiscendenza La Ragazza Che Se N'è Andata Sbattendo la Porta. Quel giorno credo di essere stata la regina di Facebook, per quel che può valere. Voglio dire, naturalmente, nella cosiddetta bolla.

Roslyn Swados era stata la mia capa alla NPR. Di vent'anni più grande di me, una vita nella radio pubblica, aveva da poco divorziato quando era nata la nostra amicizia. Anch'io ero fresca di una catastrofe sentimentale giovanile. Mi invitò nel suo impeccabile appartamento su due piani a Cobble Hill per una cena che consisteva in una bottiglia di vino bianco, una baguette e un gigantesco pezzo di Humboldt Fog, un formaggio che per qualche ragione non avevo mai assaggiato prima di quella sera. Spazzammo via tutto in un'orgia di commiserazione, per poi dedicarci a una barretta di Toblerone.

La vita di Roslyn aveva seguito la falsariga della New York che avevo idealizzato da ragazza, sempre più irraggiungibile per quelli tra noi che erano venuti dopo – quella implicita in un migliaio di racconti sui numeri del *New Yorker* degli anni ottanta e novanta ancora accatastati nel bagno dei miei genitori, alcuni dei quali avevo imparato a memoria. Non stupiva che il suo indirizzo fosse Cheever Place, un isolato fiancheggiato dagli alberi che era diventato un punto di riferimento, e rappresentava il mio santuario e il mio ideale.

Nessuna di noi due era lesbica, e quello che c'era tra me e Roslyn non poteva dunque essere amore. Non aveva alcun senso desiderare di essere lei, perché non avevo ancora qualcuno da cui divorziare. Non ero neppure la figlia di Roslyn, dato che io avevo ancora una madre, e lei aveva Arabella, che quando entrai nelle loro vite era al secondo anno delle superiori, e viveva ancora a casa, sebbene fosse già diventata per certi aspetti sfuggente con Roslyn. Era più come se avessi trovato un'altra famiglia da cui farmi adottare, non diversamente da quanto era accaduto prima del college. In questo caso, si trattava di una famiglia in cui potevo essere una sorella minore per la madre e maggiore per la figlia. Sono sicura che Roslyn sperava potessi aiutarle a restare unite, almeno per un altro po'. Non le ho mai fatto una colpa di questi calcoli. La nostra era un'amicizia vera, e il calcolo sbagliato, come poi si scoprì. Non fui capace di tenere unite madre e figlia, neppure temporaneamente.

Però entrai in confidenza con Arabella. Si fidava di me. Presto mi trovai nella bizzarra situazione di avere due amiche intime in famiglia, al piano di sopra e di sotto dello stesso appartamento. Stiamo parlando di una ragazza che era diventata vegetariana a dodici anni, dopo aver letto il libro di Jonathan Safran Foer, e aveva tre poster nella sua stanza: Sleater-Kinney, Pussy Riot e Leonard Cohen. Le sue tendenze sessuali non erano chiare, ma avevo l'impressione che le tendenze sessuali dell'intera scuola superiore Saint Ann non fossero chiare, e così era in buona compagnia. Aveva smesso di rivolgere la parola al padre. Suonava la chitarra, male. Mi preoccupai quando mi disse che la sua canzone preferita era *Chelsea Hotel #2* di Cohen (*giving me head on the unmade bed*), rincuorandomi quando divenne chiaro che non si identificava con il personaggio femminile, bensì con il cantante.

Arabella e le sue amiche erano quelle che non riuscivano a ricordare un tempo prima dell'11 settembre, o soltanto a stento, un programma agghiacciante visto di sfuggita prima che i loro genitori ripescassero il telecomando tra i cuscini e spegnessero il televisore. Sebbene mi facessero sentire vecchia, tifavo per lei e le sue coetanee con l'ottusa devozione che altri riservavano a una squadra sportiva. Invidiai sinceramente Arabella quando proclamò il proprio disinteresse per i college della costa orientale e fece domanda alla Reed. Pensavo che laggiù se la sarebbe goduta.

Una sera di settembre andai a cena fuori con Roslyn. Ci incontrammo al Prune, sulla Prima. Ci sedemmo davanti a un unico piatto di stufato di cozze e porri, il nostro preferito, solo che quella sera sembrava stesse andando tutto a rotoli, ed era qualcosa di più dello sta-andando-tutto-a-rotoli della catastrofe elettorale presagita. Arabella aveva smesso di telefonare. I suoi messaggi si erano ridotti al minimo, e il tono era ostile, sulla difensiva. Roslyn non sapeva cosa fare.

"Tu telefonavi a *tua* madre dal college?" mi chiese bruscamente Roslyn.

"Mia madre non era una che ti facesse venire questa gran voglia di chiamarla," cominciai a dire. Mi pentii immediatamente della mia lingua sciolta.

"Arabella pensa la stessa cosa di me."

Ma certo. Qualcosa di oscuro divenne chiaro, il motivo per cui ero riuscita a inserirmi così profondamente in quella famiglia. Ero stata libera di osservare e adorare egualmente madre e figlia, una cosa che loro non potevano fare. Nelle dinamiche della mia famiglia, ero stata invece costretta a scegliere da che parte stare.

"La chiamerò," dissi. Proprio quello che sperava dicessi, ne ero certa.

Riuscii a parlare con Arabella al telefono, una volta. Non le piacevano le lezioni, né Portland. Ribadì una promessa già fatta in precedenza, che avrebbe abbandonato gli studi per andar giù a Mount Baldy, in cerca di Leonard Cohen. Reagii con divertito scetticismo – un grave errore. E probabilmente Arabella fiutò quello che bolliva in pentola; era troppo sveglia per lasciarsi ingannare. Per la prima volta, avevo accettato il ruolo di intermediaria o di talpa per conto della madre.

E poi arrivò la settimana di novembre in cui, a corredo della calamità nazionale, Leonard Cohen morì in seguito a una caduta. Quando Roslyn chiamò Arabella al cellulare, ricevette solo un messaggio in risposta: *Sto bene*. Per qualche motivo, pensai, *Sto bene* non significa mai quello che afferma.

Esortai Roslyn a contattare le autorità scolastiche. Si era già accontentata, a mio parere, di troppe poche parole dalla figlia. Le rammentai che Arabella era una ragazza di New York. Questo per dire che non era una sprovveduta, certo, ma anche che il resto della nazione, persino una città anticonformista come Portland, doveva sembrarle un paese delle meraviglie sconosciuto – e ancor di più dopo l'8 novembre.

Ma anche Roslyn era una newyorchese. Svagata, stoica, e adesso, come tutti noi, un po' o molto svalvolata. Ci aveva dato dentro con il vino bianco, senza ammorbidire l'impatto con una razione adeguata di Humboldt Fog e baguette. Non la biasimai. Si accontentò di qualche altro messaggino anaffettivo di Arabella fino al giorno di metà dicembre in cui anche questi smisero di arrivare, e le chiamate al numero della figlia fecero scattare invariabilmente un messaggio di "Casella vocale piena".

Roslyn si riscosse dalla sua trance e acquistò un biglietto aereo per Portland. Era così sconvolta che mi offrii di accompagnarla. Partimmo da New York di venerdì sera, ed eravamo insieme quando un addetto alla sicurezza della Reed ci aprì la porta della sua stanza nel dormitorio, la singola per cui aveva dovuto lottare. Il caos all'interno comprendeva posta non aperta risalente anche a settembre, cataste di compiti intonsi e il suo passaporto abbandonato, quello che adesso avevo consegnato a Heist. Come la maggior parte dei diciottenni di New York, Arabella non guidava, e così era scappata senza documenti d'identità, il che fece scattare l'allarme. Il lunedì seguente parlammo con il rettore prima di tornare in aereo all'Est, ma Arabella non si era neppure presentata alla loro rete di tutor e consulenti. Senza dare nell'occhio, si era preparata a quella defezione fin dall'inizio, e nessuno la conosceva.

Rientrate a New York, tentai di aiutare Roslyn, che a quel punto aveva quasi perso il senno, con delle indagini di routine. Una transazione con la carta di credito localizzava Arabella su un treno della Amtrak diretto alla Union Station di Los Angeles. Leonard Cohen, non ci volle molto a scoprirlo, negli ultimi tempi aveva vissuto non sul Mount Baldy, ma nel cuore di Los Angeles, tra gli ebrei e le popstar, come avrebbe fatto chiunque avesse un briciolo di cervello. Be', non Arabella. L'ultima cosa rivelata dalla pista della carta di credito fu un'abbondante spesa in un supermercato chiamato Stater Bros., nel centro commerciale Mountain Plaza di Upland, in California, a ottanta chilometri dall'oceano Pacifico. Faceva pensare a un pellegrinaggio sulla vetta zen, proprio come aveva promesso. E così, avendo giurato a Roslyn che avrei trovato sua figlia, andai a Upland per dare un'occhiata in giro.

Harvard, Hillary, Trump, il *New York Times*. Nomi che odiavo pronunciare, come se mi inchiodassero a una vita i cui presupposti si erano guastati. Questi si potevano riassumere nel senso di superiorità verso ciò che odiavo, come l'Elettore Bianco Reazionario, o gli uomini che mi avevano negato la possibilità di negarmi in sposa negandomi per primi una proposta di matrimonio.

Be', a differenza della gente cresciuta in elicottero che mi circondava, ero in grado di guardarmi allo specchio senza che qualcun altro me lo reggesse – o così mi piaceva pensare. Se il mio destino aveva un rovescio, l'avrei trovato, o sarei stata condannata a rimanere all'interno del sistema autoreferenziale di ciò che mi era familiare. Forse sarei riuscita a riportare indietro Arabella e, insieme a lei, un reportage sul mondo esterno.

5.

Soltanto un chilometro e mezzo separava il mio albergo dai misteri ocra di Upland, ma avrebbero potuto essere un milione. Claremont era una cittadina che si presentava come una fortezza inespugnabile di alberi da ombra non autoctoni e case in stile Arts and Crafts ben tenute, disposte ordinatamente intorno a un campus universitario vuoto e perfetto come un set cinematografico. In questo allegro simulacro non trovai neppure l'appiglio dello shopping, neanche un posto dove fare acquisti, a parte un vivace negozio di dischi, che però non avevo modo di ascoltare. E così andai con il mio telefono in una panetteria e caffetteria chiamata Some Crust e lessi Elena Ferrante a un tavolino all'aperto, sperando che qualche simpatico studente universitario mi abbordasse. Ad abbordarmi furono invece dei simpatici pensionati. Forse negli ultimi tempi si erano ringalluzziti, proprio come il Klan. Riparai in albergo.

La stanza mi faceva venire in mente la battuta di un vecchio film che avevo visto, in cui l'amante di un gangster, entrando in un appartamento, commentava: "Nouveaux nulla." Non mi restava che Facebook, dove i miei amici avevano reagito all'elezione riducendosi a postare caricature petulanti e polemiche. Oppure potevo optare per la CNN, dove i vari surrogati o come si chiamano recitavano le loro petulanti e insolenti caricature senza doversi nemmeno abbassare, dato che il loro unico talento consisteva nell'essere preformattati per questo mondo nuovo. La televisione si era eletta da sola, pensai. E poteva anche guardarsi da sola, per quel che me ne fregava. Lessi il mio libro.

Il secondo giorno passato senza aver ricevuto notizie da Heist, cominciò a piovere. Il temporale esordì con una promessa teatrale, un fulmine alle tre del mattino che parve cadere proprio sopra il Doubletree. Scosse la mia camera con un boato supersonico un attimo dopo il bagliore da lampada al magnesio che mi aveva svegliata. Era forse il mondo che diceva no grazie al 2017, all'ultima, grottesca nomina ministeriale di una testa di cazzo? Magari ero venuta in California solo per sprofondare nell'oceano insieme a lei.

Il fulmine fu però una semplice ouverture a una tediosa pioggia che cadde monotona e incessante per tutto il giorno e tutta la notte seguenti, per nulla impressionante a meno di uscire dalla mia stanza. Il compatto terreno desertico, che metteva a nudo la menzogna di tutti quegli alberi da ombra, non assorbiva l'acqua, la respingeva. La pioggia confluiva in torrenti che scorrevano a valle, lontano dalle vette, non più visibili attraverso il tetto di bigia foschia. Questi gorghi trasformavano ogni attraversamento pedonale in un'opportunità per fare rafting, peccato non avessi un gommone. La California meridionale non era fatta per i pedoni, inutile dirlo, ma per quel giorno ci volevano veicoli anfibi.

Mi ritirai nella mia stanza a scrivere e-mail, tranne l'unica importante, quella che dovevo a Roslyn. Sapevo che la mia amica era a pezzi, mentre aspettava che facessi un miracolo. Invece, mi ero ridotta per il momento al suo equivalente della costa occidentale: una donna in una stanza, sola. Forse ero più vicina ad Arabella; probabile. Ma non potevo dimostrarlo.

E così i miei pensieri si rivolsero a colui che era stato investito del compito di salvarmi. Provai a cercare su Google qualche combinazione di *selvaggio*, *detective* e *Heist*, ma, chi l'avrebbe mai detto?, non aveva un sito web né una pagina su Wikipedia. E non era d'aiuto il fatto che il suo nome indicasse anche un reato. La maggior parte dei risultati che non riguardavano film gialli erano link ad articoli sinistri e strazianti su bambini, in Florida e altrove, vittime di abusi da parte di chi avrebbe dovuto prendersene cura, cosa che mi spinse a interrompere le ricerche, sopraffatta dal disgusto. Ascoltai qualche pezzo di Leonard Cohen su YouTube dagli scadenti altoparlanti del mio computer. Un gesto piuttosto fiacco per avvicinarmi ad Arabella, ma forse capace in qualche modo di evocarla.

Il terzo giorno non riuscii più a resistere, e provai a telefonare a Heist. Scattò la segreteria. "Non posso rispondere. Per favore, lasciate un messaggio." Gli feci due chiamate, ma senza lasciare messaggi. A differenza della prima volta che l'avevo sentito, adesso avevo un volto da associare a quel tono singolarmente calmo, inespressivo: un volto singolarmente calmo, inespressivo e coriaceo, circondato da una rigogliosa peluria. Non riuscivo a scacciarlo dai miei pensieri, né a smettere di raffigurarmi il suo ufficio. La ragazzina selvatica se ne stava infagottata nella sua coperta su quella branda, saltando su allo squillo del telefono? O magari era lui a farlo? E ad ogni modo, di chi era quel letto? La ragazzina e l'opossum lappavano insieme dalla ciotola d'acqua nell'angolo? Sospettavo fosse mio dovere fare irruzione e liberare la ragazzina, ma ero paralizzata dall'incertezza, e dall'assurda speranza che Charles Heist mi avrebbe riportato da un momento all'altro Arabella, dando un senso alla mia vita di derelitta, alla mia stessa parabola esistenziale. Mi struggevo per il mio cubicolo, per un altro appuntamento al Bourgeois Pig organizzato su Tinder.

Mandai un'e-mail della disperazione all'unica persona che conoscessi a Los Angeles, un'amica delle superiori che aveva messo un like alle mie dimissioni su Facebook e mi aveva invitata a riannodare i rapporti. Adesso, saputa la mia posizione, mi diede la notizia che Culver City, dove lavorava in una galleria, era a quasi due ore d'auto nei giorni feriali, anche senza la pioggia. Nonostante ciò, non sapevo dove altro andare, a meno di inerpicarmi sulla montagna per dare un'occhiata al Centro Zen da sola – il percorso sembrava abbastanza chiaro su Google Maps. Ma no, avrei lasciato a Heist almeno un altro giorno. E così la invitai a cena nel miglior ristorante che avrebbe saputo indicarmi a Culver City. Dovevo schiodarmi dal Doubletree e dall'intero Inland Empire.

6.

Il navigatore mi diede l'istruzione di "imboccare la Route Ten West, verso Los Angeles," che detto dalla voce robotica suonava come *lost and jealous*. L'improvvisa metamorfosi rispetto ai sobborghi dell'interno desertico, di cui avevo dovuto attraversare una ottundente sfilza di chilometri prima di veder scorrere downtown alla mia destra, mi fece un effetto strano. Mentre le ruote macinavano chilometri pensai ad Arabella, alle distanze dell'Ovest che aveva dovuto percorrere per scomparire – quante, esattamente, dovevo ancora scoprirlo.

L'ultima volta che l'avevo vista di persona, Arabella stava meditando su quello che allora avevo preso per il suo piccolo scherzo, l'idea di andare a cercare Leonard Cohen. "Al giorno d'oggi faresti meglio a evitare di andartene in giro in autostop," le avevo detto. "Non è più il 1972, se non nel tuo cuore."

"Non preoccuparti, non lo farò," aveva risposto, con cupa esasperazione adolescenziale. Non l'avevo costretta a promettere. Adesso, ogni chilometro ticchettava dentro di me, come un metronomo del rimorso. Se in quel momento avessi potuto riavere Arabella con me, avrei provato a inserirle un microchip di monitoraggio sotto la pelle della nuca, come fanno con i cani e i gatti dati in adozione.

7.

Forse era stata colpa mia, ma quando arrivammo al secondo della nostra cena, pensai che non avrei mai più chiamato Stephanie, e avrei potuto addirittura bloccarla se non avessi avuto la faccia tosta di eliminarla dal novero degli amici di Facebook. Ovviamente fu a quel punto che la conversazione prese una piega interessante, almeno fino a un certo punto.

"Tutti stanno cercando di andarsene da New York," mi informò, con quelle che immagino fossero intese come delle specie di congratulazioni. "Non si può neanche dire che tu stia anticipando la tendenza. Vedendo le cose da qui, verrebbe da chiederti: perché hai aspettato tanto?"

"Non sento il bisogno di anticipare le tendenze," dissi. In realtà, ero un po' sconcertata di trovarmi in un ristorante scandalosamente caro, con il tenue chiarore di una lampada arancione a ogni tavolo e un autentico attore, di secondo piano ma riconoscibile, al bar. La squisita finezza, tanto nell'arredamento che nella clientela, mi aveva preso del tutto alla sprovvista. A Upland e Claremont nulla aveva sfidato il mio senso di superiorità newyorchese. Stephanie però aveva voluto che ci incontrassimo prima alla sua galleria, dove il personale e i collezionisti glam-bohémien, donne in giacche di pelle e tacchi alti, uomini con barbe e T-shirt, curiosavano in quello che pareva un intero isolato cittadino di pareti bianche e oggetti imperscrutabili, facendomi sentire proprio come la piccola fiammiferaia in confronto al loro favoloso glamour.

"Quaggiù si diventa sé stessi," disse quindi Stephanie.

"In che senso?"

"A New York, l'atmosfera di nevrosi caffeica ti induce necessariamente a credere che stia accadendo qualcosa di importante in ogni singolo istante della tua vita. In realtà, stai solo mangiando merda. In senso letterale, voglio dire. È così malsana che non puoi neanche guardarti allo specchio. Vai in metropolitana a un lavoro con cui ti paghi a malapena l'affitto e l'unica ragione per cui non ti rendi conto che è uno schifo è che migliaia di altre persone non la smettono di dirti quanto tu sia fortunata."

Stephanie non doveva avere alcun problema a guardarsi allo specchio, ci scommettevo. Indossava un abito nero senza maniche che metteva in mostra le braccia scolpite in palestra, tanto simili a quelle di un adolescente da farmi sentire un filo arrapata. Mi preparai a sentire uno spot sui benefici di una rigorosa dieta di avocado.

Invece disse: "Qui, con tutto lo spazio che ti circonda, non ti puoi illudere. Devi svegliarti ogni giorno e decidere chi sei in un vuoto assoluto."

Dopotutto, forse stava parlando di me nella mia stanza al Doubletree. Posai la forchetta, che avevo utilizzato indefessamente per anticipare il momento dei saluti. "È curioso che tu lo dica," risposi. "Anch'io credo di aver dovuto sostenere un incontro col vuoto negli ultimi due giorni."

Stephanie si strinse nelle spalle. "Impossibile evitarlo."

"Avevo l'impressione che le montagne fossero troppo vicine e al tempo stesso troppo lontane."

"Il confine selvaggio," fu il suo enigmatico commento.

"In che senso?"

"Los Angeles ne ha più di qualunque altra città al mondo, di confini selvaggi. La città è a due passi da tutto, dal mare, dalle montagne."

"Pazzesco." Non potevo gratificarla con qualcosa di meno ambiguo.

"Senti che la civiltà non è altro che un sottile strato attaccato con lo scotch al paesaggio. È un po' come se tutto fosse provvisorio."

Be', da una parte c'è la lezioncina condiscendente di un uomo a una donna, e dall'altra la voce della donna che ripete la lezioncina a un'altra donna. Lei confermò i miei sospetti. "C'è un artista con cui stiamo lavorando, e questo è proprio il titolo della prossima mostra, *Confine selvaggio.*"

E che ti sei scopata o stai per scoparti. Stephanie divenne così rossa che non ci fu bisogno di dirlo.

E d'un tratto mi ritrovai a invidiare tutto quello che aveva, persino gli champignon con tritello d'avena sul suo piatto quasi intatto. Il vantaggio che aveva acquisito scappando a Los Angeles prima di me, la sua versione di Culver City dell'incontro col vuoto, molto meno pacchiana della mia. Fino a un attimo prima stavo calcolando quanto mancava per poter recuperare l'auto a noleggio dal parcheggiatore e avviarmi a est verso il Doubletree. Adesso morivo dalla voglia di scroccare una notte sul suo divano.

"Ci sono confini selvaggi a profusione," dissi. "Ma c'è sovrabbondanza anche di tutto il resto. Una quantità impressionante di *San* e *Los*, con un contorno extra di *Rancho*." Mi ero messa scioccamente sulla difensiva. Avevo la sensazione che fossimo arrivate al momento in cui si allude alla dolce metà della propria vita, per pretendere di averne una. Di vita, voglio dire. Pensai, assurdamente, di accennare a Charles Heist, o di chiederle se avesse sentito parlare del Detective selvaggio. C'era un tratto che accomunava Heist agli uomini della mia vita – non chiamava mai.

"Dove hai detto che stai?"

"Montclair – cioè, Claremont." Per qualche ragione, ero troppo imbarazzata per dire Upland. "Be', ehm, l'ambiente lì è totalmente diverso." Con la mano, accennai vagamente in direzione della star del cinema.

"Non ho mai avuto motivo di andarci." Lo presi come un improvviso raffreddamento nei miei confronti.

"Se esiste un Midwest di Los Angeles, credo di averlo trovato." Poco prima avevo accennato al fatto che stavo cercando un'amica scomparsa, niente di più. Adesso mi venne in mente che poteva pensare fossi io stessa l'"amica", e non sarebbe stato del tutto sbagliato. Azzardai un'altra battuta. "Non c'è nulla di male in quel nulla." Stephanie non abboccò.

Dopo questo sguardo gettato nell'altrui vuoto, a Stephanie e me non rimase che deplorare il mostro arancione per un po' e rifiutare il dessert. Barrammo queste voci dell'elenco, e mantenni la promessa, prendendo il conto.

8.

Il viaggio di ritorno sulla Interstate 10 al buio, sotto gli scrosci intermettenti della pioggia che non ne voleva sapere di smettere, fu semplicemente spaventoso. Il traffico era praticamente lo stesso dell'ora di punta. Se le sei corsie di luci posteriori rosse fossero state un videogioco, si sarebbe chiamato *Rampa della Morte*. In effetti, sulla cresta di una collina su cui mi si tapparono le orecchie raggiunsi un celebre cimitero, dotato del proprio svincolo autostradale, su entrambi i lati del quale l'Inland Empire si stendeva davanti a me, simile alla proverbiale coperta di lamé.

Il caso volle che non molto tempo dopo, acquattata davanti a un falò nel deserto, sentii spiegare che la collina coronata dal cimitero segnava il punto in cui, col futuro innalzamento del livello dei mari, il Pacifico dilagante da ovest avrebbe esaurito la propria spinta. Queste lapidi immacolate erano disseminate su un tratto di futura spiaggia.

Beccati questo, Confine selvaggio.

9.

Fui svegliata nell'oscurità. Non dal mio telefono, che avevo già imparato a spegnere, dopo aver scoperto quanto di rado i miei amici newyorchesi paressero in grado di coniugare i fusi orari occidentali. C'era qualcuno che bussava alla porta. Scesi barcollando dal letto per tirare le pesanti tende alla finestra, solo per scoprire altra pioggia battente che rigava il vetro. Tecnicamente, al di là di essa, da qualche parte, c'era però la luce del giorno, non la notte.

Bofonchiai qualche verso inarticolato in modo da guadagnare un po' di tempo mentre mi contorcevo per infilare i vestiti che avevo abbandonato in una scia dal bagno al letto. Lontana dallo sguardo degli altri, ero regredita piuttosto rapidamente allo squallore da studentato.

Charles Heist se ne stava in piedi nel corridoio dell'albergo, con il poncho di plastica nera luccicante di pioggia. Aveva i capelli tirati all'indietro sotto un berretto dei Dodgers inzuppato.

"È pronta per qualche visita? Adesso avrei bisogno di lei."

Visite? Era forse diventato un dottore selvaggio? "Certo, certo. Mi lasci solo..."

Indicai la stanza alle mie spalle. Ero a piedi nudi, con gli occhi ancora socchiusi nella luce del corridoio.

"Ce l'ha un paio di stivali?"

"Sono andata in aeroporto in tenuta invernale."

"Ne avrà bisogno."

Ero incerta se invitarlo a entrare insieme ai suoi stivali sgocciolanti o sbattergli la porta in faccia. E così optai per un compromesso, lasciandola socchiusa mentre andavo in bagno a lavarmi i denti, cercavo gli stivali e il cappotto, agguantavo il telefono e la borsetta – Spray al peperoncino! Clacson! – e poi tornavo da lui.

"La seguo sulla mia auto?"

Heist scosse il capo. Attraversammo l'atrio, dove mi presi un ombrello dalla scorta dell'albergo. Lanciai anche un'occhiataccia alla ragazza della reception colpevole di aver abboccato allo stratagemma, qualunque esso fosse, cui Heist doveva aver fatto ricorso per convincerla a rivelare il numero della mia stanza. Lei non batté ciglio. Camminai tutta curva tra le raffiche di vento e pioggia nel parcheggio davanti all'albergo, dove Heist mi guidò fino al suo pick-up, lasciandomi però il compito di aprirmi la portiera da sola. Alla faccia della galanteria dei cowboy – Heist era burbero, austero e ripiegato su sé stesso come un chitarrista emo intento a caricare l'attrezzatura dopo un concerto davanti a quattro gatti in un bar di Greenpoint. Ossia l'unico altro caso in cui mi fossi trovata a viaggiare accanto al guidatore nella cabina disseminata d'immondizia di un pick-up.

Heist aveva messo in moto prima che infilassi le ginocchia e l'ombrello all'interno e sbattessi la portiera. Il vinile del sedile e la plastica del cruscotto erano crepati, e ne spuntava la schiuma isolante gialla. Anche sul parabrezza c'era una ragnatela irradiante dal punto in cui una pietra o una pallottola l'avevano colpito sul lato del passeggero. Le spazzole dei tergicristalli scivolavano però senza impedimenti, cesellando e ricesellando finestre nella pioggia.

Lanciai un'occhiata al vano portaoggetti, chiedendomi se nascondesse un opossum. Magari una creatura più piccola.

"Stiamo andando sulla montagna?" Quei picchi bianchi adesso erano puramente teorici, sprangati lassù da qualche parte, sopra il bigio soffitto del temporale.

"Non ancora. Voglio portarla al Wash."

Mi sforzai di non trovarlo sinistro. "Chi o cosa sarebbe questo Wash?"

"Il San Antonio Wash. Il conoide alluvionale di Mount Baldy, o quel che ne resta." Intuii che Heist, ipnotizzato dalla frase uscita dalle proprie labbra, *conoide alluvionale*, stava cominciando a fantasticare di qualche distanza incommensurabile, senza rivolgersi veramente a me. Era qualcosa che mi sarei abituata ad avvertire in lui, questo distacco dal tempo e dallo spazio in cui avremmo dovuto dimorare, come la cabina del suo pick-up. Finii anzi per averne bisogno, anche se in certi momenti sembrava cancellare non solo me, ma anche lui.

In quell'occasione, si riscosse da tali fantasticherie senza il mio aiuto. "Probabilmente c'è passata accanto senza farci caso. Lo fanno tutti. È nascosto in bella vista." Ci stavamo dirigendo a est sul Foothill, lasciandoci alle spalle gli alberi di Claremont. "È uno dei motivi per cui questa zona tra Upland e Claremont è quella che si dice un'area non incorporata."

"Non incorporata?"

"Non appartiene né a una città né all'altra. È in mezzo."

Ebbi un'improvvisa intuizione. "Vuol dire la cava di ghiaia?"

"Sì, c'è una cava di ghiaia alla sua estremità settentrionale."

"Si chiama Wash?"

"La maggior parte della gente non sospetta neppure che abbia un nome."

"Senta, appena sveglia fatico a connettere. Le cose miglioreranno quando avrò bevuto un caffè."

Si voltò verso di me e guidò con una mano sola, come fanno nei film. Non riesci a pensare ad altro se non che si schianteranno da un momento all'altro, ed è una cosa che mi manda fuori di testa, anche nei film. "Se non vuole andare nel Wash, la posso riportare in albergo."

Adesso Heist non era affatto distante, anche se forse avrei preferito che lo fosse. Eravamo più vicini di quando ci eravamo trovati sui due lati della sua scrivania, e mi sentii risucchiata dalle spirali simili a frattali delle sue narici e delle sue labbra, dalle sopracciglia e dalle basette leonine. Somigliava a una xilografia vivente. Gli occhi però erano dolci, e la voce per nulla minacciosa.

"Al contrario, non vedevo l'ora che me lo chiedesse." Blaterai senza sapere bene cosa stessi dicendo. Neppure questa volta potei fare a meno di notare che dietro la mia paura c'era una curiosità affascinata, e anche qualcosa di più. Volevo confermare la mia capacità di ancorare l'attenzione fluttuante di quell'uomo. Prima che trovasse Arabella, pensai, doveva trovare *me*.

A meno di stordirlo con lo spray al peperoncino, l'unica strategia praticabile consisteva nel punzecchiarlo con il mio nervoso sarcasmo. "Ho solo un dubbio, è sicuro di avere tutte le rotelle a posto? Mi sembra una giornata un po' piovosa per una passeggiata."

"Non era proprio una passeggiata che avevo in mente. La gente del Wash ha bisogno di aiuto. Pare che pioverà per altri tre giorni."

"Che genere di aiuto?"

"Se dormono nel condotto, rischiano di affogare. Non sanno di aver bisogno di essere salvati."

"Forse sono stata la prima a venir salvata da lei oggi. Temo che avrei finito per affogare nell'alcool al Doubletree."

Heist aveva già dimostrato di possedere i requisiti per diventare almeno il mio fidanzato provvisorio, avendo subito appreso l'arte di ignorare una buona percentuale di quello che usciva dalla mia bocca. Ma quanto disse subito dopo mise fine alle mie spiritosaggini per un po'.

"Inoltre, nel Wash c'è qualcuno che potrebbe conoscere la sua amica."

"Qualcuno ha visto Arabella?"

"Una ragazza. Potrei sbagliarmi. È un po' fusa. Se invece ho ragione, adesso Arabella si fa chiamare con un altro nome. Magari le va di parlarle e di farsi un'idea di persona."

"Sì." La possibilità che avesse fatto davvero dei passi avanti col caso di Arabella mi ridusse, se non in lacrime, in sillabe. "Mi faccia solo capire qual è il piano."

"Cerchi di non sembrare una della polizia, questa è la cosa più importante."

"Ce la posso fare, nessun problema."

"Ottimo." Con la mano libera fece rotolare qualcosa sul

sedile unito in mezzo a noi. Mi sentii elettrizzata nel vedergli colmare la distanza tra noi con tale disinvoltura, e poi delusa quando spostò di nuovo lo sguardo sulla strada. Presi quello che aveva spinto contro la mia gamba – un malconcio thermos di alluminio.

"Si serva pure."

Era nero e caldo. Lo trangugiai senza la minima discrezione. L'effetto tonificante mi aiutò a scrollarmi di dosso l'aura del sogno che restava abbarbicata alla veglia come le gocce di pioggia al parabrezza del pick-up. Il caffè era un tergicristallo, che ritagliava una finestra attraverso cui il mio cervello poteva sbirciare fuori. Avrei voluto chiedergli chi si stesse prendendo cura del marsupiale nel cassetto della scrivania e della ragazzina nell'armadio, ma la risposta era ovvia: si stavano prendendo cura l'uno dell'altra.

Heist accostò sul lato sud del Foothill, appena oltre il cartello che indicava il confine della contea di San Bernardino. Superò il margine del boulevard, spingendosi con il pick-up sul crinale di ghiaia fangosa affacciato sul cavernoso lembo di terra e ghiaia, solcato da ampi rivoli di ruscellamento, che aveva chiamato Wash. Le prime volte che ero sfrecciata accanto a questo nulla sulla mia auto a noleggio, mi era parso di una vastità imponente, anche se ben poco invitante, tutto fuorché una soglia verso qualcos'altro. Scendendo dal pick-up di Heist sullo strato di fanghiglia desertica ne assimilai l'ampiezza sterminata. Gli edifici e gli alberi in lontananza parvero arretrare mentre mi arrendevo alla superficie della terra. Aprii il mio ombrello sfigato.

Heist si avvicinò di lato al cassone del pick-up che, come

mi accorsi in quel momento, non aveva una copertura rigida, bensì un telo fissato saldamente alle fiancate. Lo sganciò dall'angolo più vicino alla portiera del guidatore e ripeté il suo sconcertante numero di magia, rivelare la vita animale dove non avevo pensato di cercarla: un terzetto di musi canini si fece largo nello spiraglio che aveva allargato.

Staccò qualche altro gancio e i cani scavalcarono raspando il lato del cassone e saltarono giù dal pick-up, uno dopo l'altro, scorrendo come le carrozze di un treno su un binario invisibile. Cani brunastri vagamente simili a husky, con occhi da procioni, colonna vertebrale in rilievo e code arricciate, simili a striscioni. Buffo che avessi concentrato la mia sorveglianza sul vano portaoggetti mentre Heist aveva tenuto per tutto quel tempo *Il richiamo della* fottuta *foresta* dietro di noi. Preferii pensare che, se non fosse stato per la pioggia, avrei sentito il loro uggiolio o l'odore del pelo. Però magari questi non erano cani uggiolanti o con il pelo puzzolente, ma puliti e silenziosi come fantasmi, sempre all'erta, sempre in punta. Girarono intorno al pick-up, costeggiando la strada, e scesero nel fosso, con l'aria di sapere da dove entrare nel Wash.

La pioggia si era attenuata quel tanto che bastava perché non potessi accamparla come scusa per tirarmi indietro. Era passato un giorno da quando avevo visto abbattersi il fulmine. Heist, con i cani che gli scorrazzavano intorno agli stivali, mi fece cenno di seguirlo in un canale dove la recinzione era stata staccata per offrire un comodo accesso al burrone, che pareva espandersi costantemente davanti ai miei occhi, quasi volesse inghiottirmi. Dovetti richiudere a metà l'ombrello prima di attraversare il limbo della recinzione. Heist attese finché non fu sicuro che fossi passata. Con quel poncho, e le braccia allargate per mantenere l'equilibrio sul pendio, somigliava a un aquilone nero cui fossero cresciuti degli stivali dopo l'atterraggio.

Il palmo del cielo carico di pioggia calò su di noi mentre scendevamo lungo la scarpata dall'altra parte della recinzione. Bastò fare qualche passo, e non riuscii più a scorgere il pick-up di Heist oltre il crinale. In ogni caso, dovevo guardare dove mettevo i piedi, per destreggiarmi tra i rigagnoli fangosi che mi scorrevano sotto gli stivali. I cani fluttuavano dentro e fuori dalla mia visione periferica. Uno di loro deviò verso di me e sporsi la mano affinché la annusasse per rompere il ghiaccio, e lui suggellò la nostra nuova amicizia con una frettolosa leccata della lingua ruvida come carta vetrata prima di riprendere la perlustrazione. O i cani erano già infangati sotto il telo del pick-up, o avevano immediatamente trovato delle pozzanghere in cui immergersi quasi fino al collo. A quel punto notai che da entrambi i lati del rialzo su cui mi aveva portato Heist sgorgava un deflusso d'acqua come dalla falla in una conduttura principale.

"Accidenti," dissi. "Quest'affare è come una vasca che si sta riempiendo."

"Potrebbe arrivare fin lì."

"Questo è il deflusso di tutta la montagna?"

"C'è un bacino tra noi e la montagna, altrimenti saremmo già sott'acqua."

Procedetti con cautela seguendo Heist e i cani, vacillando come su una corda di funambolo con il mio ombrello. I miei stivali da città scivolavano sulla ghiaia viscida. Non ci volle molto perché imparassi a fare come Heist, cercando appigli tra i ciuffi di quelle erbe alte e simili a canne, incuneando i talloni nelle loro radici scoperte. Dio solo sapeva che impressione avrei fatto tra gli abitanti del Wash, ma mi sentivo l'opposto di una tutrice dell'ordine di qualunque genere, se non forse di una vigilessa addetta ai parchimetri. I cani si lanciarono in avanti, intrecciandosi come un filamento di DNA. I cavernosi argini di fango, erba cristallina e scisto umido si ergevano sempre più torreggianti a ogni passo, e ormai l'esile perimetro della recinzione era a malapena visibile lassù. Mi domandai se non fosse il caso di spargere briciole di pane, semi di melograno o pasticche di Advil per tracciare il percorso di una possibile ritirata. La pioggia stava picchiando con maggior violenza sul mio paracqua, o era il vento a essere calato durante la nostra discesa, permettendomi di notare quel rumore?

Chiamai Heist, mettendolo a parte del mio pio desiderio. "Crede che la pioggia si placherà?"

Mi lasciò il tempo di raggiungerlo. "Dovrebbe peggiorare un bel po', il che gioca in nostro favore."

"In che senso?"

"Vogliamo evacuarli. La pioggia tira acqua al nostro mulino."

"Non credono alla pioggia se non ce l'hanno davanti agli occhi?"

"Nessun californiano ci crede." Detto ciò, Heist mi rivolse un fugace sorriso, mostrando di aver capito che vivevo per i motteggi, e che non gli sarebbe dispiaciuto fare altrettanto. Forse ci aveva appena provato. L'allusione non era solo al fatto che, come ben sapeva, non ero californiana, ma forse che non lo era neppure lui. Ma se non era californiano, cos'era?

I cani si erano di nuovo intrecciati per annusare un mucchio di macerie, un castello di carte di lastre frastagliate di calcestruzzo bianco, con i bordi trafitti da monconi arrugginiti di tondini d'acciaio. Anche se ci sarebbe voluto un bulldozer per affastellarli, l'assemblaggio faceva pensare a un capanno o a una tettoia, a un rifugio provvisorio. Adesso vidi che era proprio un rifugio. Una mano grigiastra emerse dall'ingresso per strofinare il muso dei cani che l'avevano fiutato insieme.

Osservai i recipienti di plastica da un gallone tagliati e sistemati all'esterno per raccogliere l'acqua piovana e i resti di un falò spento, e anche i materiali di scarto – pezzi di antenne d'auto svitate, ruote isolate di carrelli della spesa – dispiegati a terra davanti all'ingresso secondo un ordine che sottintendeva un valore d'uso, come arnesi affissi in un'autofficina di periferia. Heist non aveva rallentato per consentirmi di raggiungerlo, ma perché eravamo entrati nel primo accampamento del Wash.

La mano che seguiva il profilo dei nasi e dei crani dei cani bagnati era caratterizzata dalla pelle bianca ricoperta di sudiciume e dalle mezzelune delle unghie nere alle estremità. Adesso i cani indietreggiarono, la spina dorsale contorta da un'eccitazione che somigliava alla paura, mentre la mano diventava un braccio e poi un corpo intero, che si districò inverosimilmente dalle lastre di calcestruzzo per ergersi seminudo nella pioggia. Il corpo era levigato, tutto muscoli ben delineati e lerciume assoluto, con un lurido paio di pantaloni bianchi della tuta tagliati alla meno peggio a metà coscia. Fosse stato un pannolino, avrebbe avuto bisogno di un cambio. Ricevette invece una risciacquata frettolosa.

L'uomo dava l'impressione di non accorgersene, o di non badarci. Anche la testa era liscia, anzi non proprio, quando osservai più attentamente – era stata rasata abbastanza di recente, con un'ombra di peluria di forse una settimana. Heist era piuttosto alto, ma non appariva tale accanto al gigante seminudo che era sgusciato fuori dal buco. Eravamo su un terreno in pendenza, certo, ma sollevando lo sguardo verso di lui mi sentii come uno dei cani, o come se fossi appena caduta in un tombino. Due metri o due metri e cinque, immaginai. Ovunque fosse, Heist pareva eseguire di nuovo quel suo trucco di far comparire dei mammiferi dalle assi del pavimento o da cumuli di macerie. O forse stavo sognando, ed ecco che davanti a me c'era il mio Bianconiglio.

"Barone."

"Hola, Charles."

"Ce l'hai ancora quella radio a onde corte?"

"Continuo a smanettarci ma le batterie sono scariche." Il gigante si inginocchiò per stringere i tre cani in un abbraccio, permettendo loro di leccargli la pioggia dalle ginocchia e dalle cosce inarcate.

"Hai capito cosa intendo dire. Stanno trasmettendo degli allarmi."

Il Barone si picchiettò la testa. "Di allarmi ne sento a iosa anche senza radio. È questo che mi ha spinto a venire quaggiù."

"Potresti aver bisogno di una barchetta."

"E questa chi è? Mi ha portato un ombrello? Potrei girarlo al contrario."

"Phoebe sta cercando una ragazza scomparsa."

"Non ne ho nessuna che mi avanza."

"Stiamo andando a parlare con Kate. I ragazzi nella conduttura si devono spostare più in alto, come minimo."

"Ieri Kate ha messo tutti a costruire un argine. Mi chiama Trattore."

"A Kate piace inventarsi dei soprannomi."

"Dille che non sono il suo fottuto trattore."

"Metterò una buona parola per te."

"Lo spirito, se non la lettera, delle mie osservazioni."

Ero rimasta senza parole, come mi resi conto in quel momento, per l'enorme stazza del Barone, e per il fatto che da quel corpo potesse uscire un qualunque genere di voce. Me lo immaginai che si rialzava in piedi, sollevando con sé tutti i cani, stretti al petto come un bouquet. Era stata però la disinvoltura di Heist con il gigante a sconvolgermi ancor di più. Il modo in cui sapeva trattare gli animali e le persone-animali del mondo. Stavo cominciando a spasimare di venir annoverata tra questi, di essere a mia volta affidata alle sue cure.

A quel punto il Barone si alzò, ma lasciò i cani a terra, e loro schizzarono via, come se sapessero che avremmo proseguito al di là di questa spettrale sentinella, inoltrandoci nel Wash.

"Arrivederci," dissi.

"Ci vediamo quando ripassi in volo, Mary Poppins," disse il Barone.

10.

Seguimmo il torrente sempre più profondo, o ne fummo guidati – Heist e io tenendoci a una certa distanza dall'acqua, i cani sguazzandovi – prima di scendere in mezzo a un minuscolo insediamento, un villaggio, forse, formato da tende e baracche col tetto a una falda di lamiera, tutte lucide di pioggia. I viottoli tra i dodici o quindici rifugi erano disseminati di prove di accaparramento compulsivo: piramidi di legna eterogenea da ardere, biciclette smontate, una pila di tastiere per computer e altri contenitori per raccogliere l'acqua piovana, alcuni dei quali pieni. Nessun segno di vita a parte un paio di piedi infantili che spuntavano, alla maniera di Diogene, da un grosso segmento di una conduttura di cemento, e un cucciolo che annusava una lattina vuota. I tre husky circondarono il cucciolo, che si dimenò supino in segno di sottomissione, e poi si mise a dare dei colpetti sui loro musi. Heist mi fece cenno di raggiungerlo al centro di quel villaggio quasi completamente abbandonato solo per attraversarlo e procedere oltre.

Arrivati in cima alla salita successiva, il tunnel apparve sotto di noi. Il terreno fangoso e accidentato aveva ceduto il posto, di colpo, a un acquedotto di calcestruzzo inclinato, un condotto che incanalava il deflusso in una corrente più rapida verso un'apertura affacciata sulle oscure profondità della scarpata pietrosa. Quando ci avvicinammo, riuscii a spingere lo sguardo nel tunnel dal fondo piatto formato dalla volta protettiva. Le ali dell'acquedotto erano punteggiate da tende canadesi e sacchi a pelo negli anfratti della buia rientranza, forse una trentina visibili dal rialzo su cui ci trovavamo. Gli abitanti si erano arrampicati su quei piani inclinati, trascinando quel che potevano dei propri ricoveri e averi. Questo era il popolo del tunnel. La struttura che li aveva ospitati e nascosti, riparandoli dalla costante luce demolitrice del sole e dagli elicotteri di sorveglianza che rappresentavano i loro abituali nemici, li aveva traditi nel diluvio.

All'entrata, che divenne visibile quando Heist e io scendemmo, una donna dirigeva l'opera cui il gigante aveva dato il nome di argine. I lavori erano ancora in corso, a voler essere generosi. Un divano marcio era stato piazzato al centro della corrente, come frangiflutti che costringeva l'acqua a tentare di aggirarlo o insinuarsi sotto di esso. Nonostante le pietre di considerevoli dimensioni e i frantumi del manto di pavimentazione che erano stati infilati in ogni varco, i vestiti fradici e le coperte imputridite, i teli e i brandelli di tende impiegati come mastice tra le parti rocciose, l'acqua ci riusciva eccome. Non poteva andare che nel tunnel – posizionandolo lì, gli ingegneri avevano sfruttato la legge fondamentale del pianeta.

La donna – Kate, immaginai – stava guadando il corso d'acqua, con i jeans arrotolati fino alle ginocchia. I pantaloni, come la sua giacca da sci, erano fradici. I due aiutanti di

Kate, entrambi neri a torso nudo, uno dei quali con i dreadlock bouclé, assunsero inconsapevolmente l'aria degli interpreti di un tableau di teatro politico d'avanguardia – mancava solo un attore con un panama e una frusta per completare il quadro. Uno di loro aveva sollevato un blocco di calcestruzzo senza però sapere dove metterlo, e rimase lì in piedi perplesso. Avevo già cominciato a vedere il blocco di calcestruzzo come doveva vederlo lui, una risorsa da non sprecare. Da sempre in lotta con il sole, quella gente aveva adesso saccheggiato il proprio villaggio per lottare contro il nuovo nemico liquido, senza alcun costrutto.

"Devono abbandonare il tunnel," disse Heist.

"Viviamo in un paese libero, Charles." Kate gli rispose senza voltarsi dalla propria opera, con un ringhio stremato che sovrastò il frusciare del torrente e il basso sibilo del vento. Era una voce che avrei potuto associare a un preside delle medie o a un vicesceriffo in un dramma giudiziario.

"Lasciami parlare con loro."

"Questo è compreso nel *libero*." Adesso si voltò verso di noi. La voce emergeva da un volto simile alla superficie di una torta sgonfia, più antica del corpo vigoroso. "Un gentiluomo, ad ogni modo, andrebbe in trincea a dare una mano." Si accorse della mia presenza e mi sottopose a un rapido esame. "In questo caso, le signore vengono considerate al pari dei gentiluomini."

"Phoebe ha bisogno di parlare con quella ragazza, Salvia, se è ancora da queste parti."

I cani di Heist si erano immersi per annusare altre mani, e adesso uno era salito sul divano.

"Be', allora ecco il vostro compito. Salvia e Martin sono sulla collina con un carrello." Fece un cenno alla propria destra, verso l'ampio pendio franato. "Avrebbero bisogno di un po' di aiuto. Il Barone mi ha mollato."

Questo perché non è un trattore, avrei voluto dire, ma evitai.

Trovammo la coppia che rispondeva ai nomi di Martin e Salvia bloccata per la frustrazione quasi in cima al declivio. Sembravano prossimi alle lacrime, o magari stavano davvero piangendo, con la pioggia era difficile capirlo. Somigliavano entrambi ai tipici adolescenti americani, ed ebbi l'impressione che avessero lasciato solo da qualche settimana il coro della scuola quando era iniziata la loro carriera di homeless. Istigati da Kate, avevano divelto un bagno chimico da un cantiere sull'altro lato di Monte Vista Avenue e l'avevano fatto passare attraverso un tratto strappato della recinzione. Adesso il carrello si era impantanato in un canale di scolo, con le ruote sprofondate dove la ghiaia si trasformava in fango. Heist e io ci precipitammo in loro aiuto, abbandonando l'ombrello e qualunque orgoglio, facendo anche noi il nostro teatrino d'avanguardia, qualcosa di più beckettiano, credo: *Sagome che spostano una toilette in un crepaccio*. Kate accettò l'offerta del bagno chimico a denti stretti. Lei e i suoi aiutanti, tra cui adesso c'era anche Martin, girarono sul fianco il cubicolo di plastica blu e cominciarono a conficcarlo nell'argine, mentre Salvia e io seguimmo finalmente Heist nel tunnel, dopo esserci guadagnati il nullaosta di Kate.

"Voi due andate a scaldarvi," disse Heist. Più avanti nel tunnel, una scala di cemento colato conduceva a una piattaforma asciutta. Lì il fumo si dispiegava in volute da un bidone di metallo. "Io vado a parlare con dei tizi."

Salvia e io ci unimmo ad altre tre persone intorno al fuoco. Ero riuscita a tenere la borsetta incuneata sotto l'ascella, e adesso vi rovistai in cerca di fazzolettini per tamponarmi i capelli sgocciolanti. Il cappotto mi teneva il corpo all'asciutto, ma uno dei piedi era sprofondato nell'acqua, e le dita sciaguattavano nello stivale. Salvia era messa anche peggio, con quel lurido giaccone militare verde che si sarebbe potuto strizzare come una spugna. Si strinse le braccia intorno al petto, guardandomi in ansiosa attesa. Heist le aveva detto che volevo farle qualche domanda.

"Charles crede che tu abbia riconosciuto una fotografia."

Lei annuì timorosa.

"Si chiama Arabella." Le vocali echeggiarono nella grotta dell'acquedotto.

Lei scosse il capo, con la risolutezza di un topolino. "Non è così che diceva."

"Ricordi cosa diceva invece?"

"Sei sua amica?" Adesso vidi Salvia ritrarsi, quasi caparbiamente, verso la parte di sé più segreta e bizzarra, quella che l'aveva portata così lontana, irrimediabilmente lontana, dal coro della scuola. Il compito di spostare il bagno chimico l'aveva inchiodata alla realtà, ma il chiodo non avrebbe tenuto. "Ce l'hai una sigaretta?"

"Mi spiace."

"Tanto non la volevo."

"Ah."

"Mi spiace davvero che tu abbia perso la tua amica. Vorrei poterti aiutare." Era arrivato il momento del tra-la-là.

"Forse mi stai già aiutando. L'hai vista... qui? Nel Wash?"

"Siamo venute insieme. Con un tizio."

"Con Martin?"

"No, un altro tizio, più vecchio."

Fui percorsa da un brivido. "Vuoi dire Charles? Il mio amico che ci ha aiutato poco fa?" La donna diffidente che c'era in me pensava ancora a quella ragazzina selvatica nell'ufficio di Heist. Se ero alla ricerca di un cattivo o di un rapitore, il Detective selvaggio restava l'unico sospetto disponibile.

Lei scosse di nuovo il capo. "Quell'uomo adesso non è qui. È un buddista."

La notizia mi mandò in fibrillazione. "Vuoi dire di quel posto sulla montagna, sul Baldy? L'eremo?" Mi chiesi perché Heist non fosse voluto andare semplicemente a dare un'occhiata lassù insieme a me, se gliel'aveva già detto. Magari non lo sapeva. "È un monaco?"

Lei ridacchiò. "È amico delle scimmie. È amico dei conigli e degli orsi. Conosce tutti."

"È un monaco? Credi che adesso lei sia con lui?"

"Già già. Dov'è andato Martin?"

"Sta dando una mano con l'argine."

"Questa pioggia non serve a niente."

"No," ne convenni.

"Neppure per la siccità."

Avrei voluto armeggiare con la manopola della sua radio, per rimetterla sulla stazione giusta. "E cosa mi dici dell'uomo che era con la mia amica?" Le chiesi. "Dov'è andato?"

"Ha degli amici cinesi." Scoppiò a ridere. "Non intendo Phoebe. Lei non è mica cinese."

"Quella sono io," dissi. "Sono io Phoebe."

"Non tu. È quello il suo altro nome, della tua amica. Mi è venuto in mente proprio adesso."

"Ma che dici?"

"Phoebe. Siete *tutte e due* Phoebe."

11.

Heist si era dedicato per un po' al progetto comunitario, conficcare il bagno chimico nell'argine, guadagnandosi la sua nota di merito. Quando emersi dalle profondità del tunnel, tornando alla sua bocca dopo esser giunta alla conclusione che la conversazione con Salvia non avrebbe portato altri frutti, lui aveva convinto con le moine Kate a prestargli il carrello. Adesso stava armeggiando con una provvista di corde elastiche da bungee-jumping, intento a legare le proprietà di diversi rifugiati, le loro sacche e tende canadesi. Alcuni tra gli inquilini del tunnel avevano visto la luce e deciso di compiere un esodo, seguendoci fino al pick-up. Credo fossero tutti messicani, e parecchi di loro formassero una famiglia, ma non era chiaro. Il sudiciume, la desolazione e il mio disagio rendevano arduo il compito di decifrare i loro volti.

Era questo il metodo di Heist, ormai stavo cominciando a riconoscerlo. Lavorava nella e tramite la contraddizione, senza mai dedicarsi completamente a un compito, senza mai andare fino in fondo, e dando a ben poche cose un nome preciso. Un'evacuazione parziale, un argine inadeguato, un pizzico di indagini, una boccata d'aria ai cani. Ben presto cominciai a sentirmi trattata allo stesso modo, esasperante e al tempo stesso capace di irretirmi. Mi ritrovai infatti a muovere le mie chiappe manhattaniane al servizio della causa, infradiciandomi di nuovo mentre trascinavo un carrello della spesa con sacchetti di plastica pieni di chissà cosa contro la corrente fangosa, fino all'orlo del Wash, dove caricammo tutto sotto il telo. Là sotto viaggiarono anche tre persone, insieme ai cani. Altre due nella cabina tra me e Heist, esseri umani inzuppati di confusione, disappunto, rammarico, spossatezza. Ero una di loro. E forse anche Heist.

Non avevo idea di dove avesse intenzione di portare questa gente. Di sicuro non potevano vivere tutti quanti nell'armadio a specchio del suo ufficio. E tuttavia quando ci mettemmo in viaggio mi sentii elettrizzata da ciò che avevamo conquistato, qualunque cosa fosse. Salvare degli esseri umani dal Wash. Anche se adesso c'erano due corpi a frapporsi tra noi sul sedile unito, credetti di *sentire* Heist, il pulsare della sua caratteristica determinazione, inflessibile e pacata, mentre noi due formavamo una parentesi di quella che credevo potesse definirsi *caritas* intorno ai nostri protetti. Potrò sembrarvi ingenua o egocentrica, ma era la prima volta che intravedevo un potenziale erotico nell'altruismo. Mi era sempre sembrata roba da Madre Teresa.

E così fu uno shock quando Heist mi fece scendere senza tante cerimonie per prima, infilandosi con una brusca sterzata nella zona di carico e scarico del Doubletree, sotto il tendone protettivo, e aspettando che mi precipitassi all'interno.

"Ci sentiamo dopo?" squittii. I nostri passeggeri mi guardarono.

"Ci sentiamo dopo," disse Heist.

"D'accordo!"

Scesi dal suo pick-up con la sensazione di essere stata scaricata. Nell'atrio mi concessi un altro dei biscotti con scaglie di cioccolato, unti, caldi e appena usciti dal forno, e anche un ombrello nuovo di zecca, sfidando l'addetta alla reception a farmi notare che era il secondo di quel mattino.

12.

Seguì una fase strana. Nelle ore prima che Charles Heist riapparisse e mi riportasse via sul suo pick-up, mi sentii cadere sotto una sorta di incantesimo, o avvolgere da una nube di tetraggine, come se l'angusta camera d'albergo fosse anch'essa una specie di tunnel, e invece di venire tratta in salvo, fossi stata abbandonata lì. Mi tolsi i vestiti fradici e feci una doccia calda, e mentre una parte della mia mente era ansiosa di sfregar via il fango del Wash, il lezzo del tunnel e dei diseredati con cui avevo viaggiato nella cabina del pick-up di Heist, un'altra si rammaricava di una perdita che non avrei saputo descrivere con precisione. Sentivo che mi era stato concesso un assaggio del mondo di Heist, facendo squadra con lui in patetiche imprese senza speranza su un dirupo sotto la pioggia. E poi ero stata scacciata.

Mi sedetti con indosso l'accappatoio del Doubletree, presi una rivista intitolata "Inland Empire" e la lessi da cima a fondo. Feci un po' di zapping. Un Bruce Willis sudato, con la fronte corrugata e le labbra serrate, negoziava le vite degli ostaggi terrorizzati con un ingombrante telefono. Su un altro canale un senatore con la faccia da bambino sogghignava furbesco, sottraendosi alle domande sullo spensierato fanatismo che aveva contraddistinto tutta la sua vita. Il bagliore del televisore non scaldava come il fuoco del bidone qualche ora prima, e lo spensi.

I volti intorno a quel falò, accanto al quale ero rimasta in piedi a parlare con quella sciroccata di Salvia – non riuscivo a scacciarli dalla mente. Perché Heist non aveva insistito, pensai, e trascinato tutti fuori da quel tunnel? Sarebbero potuti venire qui, accalcandosi in questa stanza e usando le scorte di soffici asciugamani. Avremmo potuto rubare tutti i biscotti nell'atrio. Nel frattempo, Heist e io saremmo andati sulla montagna, in modo che potessi interpretare la parte di Bruce Willis, compiere la mia missione di salvataggio, affrancare Arabella e me stessa da questo paesaggio assurdo, anche se non prima di aver passato un certo lasso di tempo insieme a lui in una qualche rustica capanna su un tappeto di pelliccia davanti al camino. Il mio pensiero seguiva questi fili fatui e autoironici, ma non potevo spegnerlo come il televisore.

Grazie al vassoio del servizio in camera recante un "sandwich con paté di tonno americano pescato a canna", ebbi il privilegio di crogiolarmi nel mio sfacelo in quell'accappatoio e su quella trapunta per un intervallo di tempo piacevolmente lungo. Fu quindi un puro colpo di fortuna se quando Heist si ripresentò alla mia porta mi trovò vestita e addirittura un po' truccata. O non tanto fortuna quanto una svolta depravata nella mia fuga: la parte di me più squallida e buzzurra aveva preso la decisione di trovare il più vicino bar per single dell'Inland Empire e farsi trombare. Se Heist non era interessato, qualcun altro lo sarebbe stato.

L'impulso carnale che avevo concepito, il primo dalle elezioni, non era gioioso né esuberante. Era cupo e ombroso, un prodotto della deprivazione sensoriale della stanza d'albergo e dell'intero campo di disturbo che si stendeva al suo esterno. Per un attimo pensai di chiamare Roslyn. Nonostante la differenza di fuso, non era ancora troppo tardi. Doveva essere sveglia, ne ero quasi certa, intenta ad affogare le sue paure nel vino bianco e nell'abbuffata di episodi di serie televisive come *The Crown* o *Pretty Little Liars*. Sarebbe stata felice di dissuadermi dal mio piano, come mi aveva dissuasa dal gettarmi da innumerevoli scogliere di Tinder nell'ultimo anno. Però avrei dovuto spiegarle dove ero arrivata, e dove no, nelle ricerche di Arabella. Avrei dovuto parlarle di Heist. Non la chiamai.

Non ci vollero molte ricerche su Google per individuare la mia meta. Un bar chiamato PianoPiano, reclamizzato come il teatro di scatenati duelli pianistici a base di canzoni licenziose, perfetto per addii al celibato e al nubilato, e centro della scena del rimorchio di Claremont, per il resto piuttosto fiacca. Le recensioni di Yelp definivano quel posto, per la precisione, "un locale pieno di milf in cerca di preda" – potevo sperare di essere una delle più giovani, e di trascinarmene dietro una al Doubletree.

E non guastava il fatto che il PianoPiano si trovasse abbastanza vicino al parcheggio dell'albergo da essere raggiungibile a piedi. Potevo imparare come si scopava nell'Inland Empire, e mostrare in cambio le mie specialità. Il pozzo di avvilimento in cui ero caduta pareva esigerlo. E così ero tutta in ghingheri, o quasi, quando Heist bussò di nuovo alla mia porta.

La pioggia si era leggermente attenuata, e il sole si era arreso da tempo, battendo in ritirata dietro i nembi. Potevano essere le sei di sera come le quattro del mattino, e questo acuiva la sensazione di trovarmi in un limbo che si era impadronita di me. Heist si era disfatto del poncho da pioggia. Forse l'assurda giacca da cowboy di pelle rossa vi era rimasta sotto per tutta la durata della nostra avventura. Forse era parte integrante del suo corpo.

"Dove andiamo stavolta?" dissi.

"Potremmo mangiare un boccone e parlare."

"Il mio cappotto invernale è appeso ad asciugare nella doccia."

"Staremo al chiuso."

In mezzo a noi, sul sedile del pick-up, al posto del thermos di caffè era poggiato un fumante sacchetto bianco di carta rivestito di stagnola, arricciato in cima. Cena indiana d'asporto, estremamente aromatica. Mi fece venire una fame da lupi. Accostò dietro l'edificio con la SPA e lo studio di tatuaggi. La prospettiva di tornare nel suo ufficio era spaventosa e al tempo stesso intrigante, e mi preparai ad affrontarla. Però lui lasciò il motore acceso, estrasse un contenitore dal sacchetto tra noi e disse: "Torno subito."

"Per la ragazzina?" gli chiesi quando risalì sul pick-up.

"Per Jean."

"L'opossum?"

Lui annuì. "Può mangiare solo roba leggera, tipo il riso bianco."

"Finché l'infezione non passa, giusto? E poi potrà tornare alla sua dieta normale, biryani di agnello, un bicchiere di chardonnay."

Riuscii a cavargli un sorriso. Heist non era del tutto inaccessibile alla mia frivola civetteria. E conosceva la parola *chardonnay*, a quanto pareva. Era già qualcosa. Potevo lavorarci.

La pioggia si era placata. Spense i tergicristalli, lasciando solo il brontolio del motore nella nostra piccola capsula spaziale appannata dal vapore.

"Dove stiamo andando?"

Aveva reinserito la marcia per fare il giro dell'edificio. All'incrocio con Foothill Boulevard aspettammo un varco nel traffico, quelle luci sfavillanti a malapena visibili attraverso il caleidoscopio del parabrezza.

"A casa mia, a mangiare. A meno che voglia farlo sul pick-up."

"Chi è quella ragazzina?" All'improvviso avevo bisogno di una risposta. "Lei non mangia? Perché non mi ha detto il suo nome?"

"Si chiama Melinda. Le ho trovato un posto. Adesso sta da certe persone."

Un posto, certe persone. Non bastava. "Una famiglia affidataria?"

"Non ufficialmente. Quel sistema non stava funzionando nel suo caso."

"Una famiglia affidataria non ufficiale, dunque?" Sono Lorax, il guardiano della foresta. Paladino e portavoce dei ragazzini scappati di casa.

"Melinda non si trova bene con mamme e papà. Aveva bisogno di un contesto diverso."

"Quale contesto?"

"L'ho aiutata a uscire dagli schemi. Vuole mangiare?"

"Il termine tradizionale è rapimento, signor Heist."

"E allora credo che questo mi renda poco tradizionale." Sarebbe stata una secca replica, se Heist ne fosse stato capace. Svelò invece ogni parola come se la stesse coniando, procedendo a tentoni verso la sua risposta tautologica. Quell'uomo era immune alle provocazioni, a un livello quasi autistico.

"E così l'ha piazzata in un condotto di scarico da qualche parte? Ah no, sta facendo traslocare la gente del condotto di scarico. Ad ogni modo, dov'è che li ha portati? Fuori dagli schemi?"

"C'è un ricovero a Pomona. Forse sono ancora lì, se ha bisogno di una prova."

"No, ho bisogno di una cena. Sto morendo dalla voglia di bere qualcosa, a dire il vero."

"Credo di avere del vino."

"E allora cosa stiamo aspettando?"

Ci infilammo sul Foothill solo per compiere un'ampia inversione a U e tornare su una strada di ghiaia, varcando il cancello aperto di una vasta recinzione, oltre la quale si stendeva il parcheggio di roulotte che avevo notato in precedenza. Fu un altro colpo al cuore, o allo stomaco. La cena nel suo ufficio, affacciato sul Foothill Boulevard, adesso sembrava l'opzione più civile. Questo era un altro Wash, una selva oscura in cui non avevo previsto di dover mettere piede. Non ero vestita adeguatamente, tanto per cominciare.

Può darsi che fossi un po' agitata, ancora eccitata dalla nostra missione di salvataggio nei torrenti alluvionali e nel tunnel di cemento. Adesso che avevo di nuovo Heist nel mirino, la mia brama di una preda casuale da rimorchiare in un piano-bar cominciò ad apparirmi come quella della volpe per l'uva acerba. Quel sentimento pazzerello si riversò senza problemi sul mio Marlboro Man non fumatore. L'atmosfera speciale che si creava tra noi sul pick-up l'aveva fatto riaffiorare, o forse non era mai scomparso. Volevo stare all'asciutto, certo, e sarei stata felice di venir portata in un buon ristorante o persino in un bar chiassoso. Ma volevo anche inzupparmi di nuovo. D'altro canto, più semplicemente, ero terrorizzata dal parcheggio per roulotte. Non volevo dover salvare *me stessa*.

Non aprii bocca mentre ci addentravamo nel parcheggio, superando roulotte illuminate e buie, alcune sui blocchi e altre che parevano essere state parcheggiate più di recente, e in grado di rimettersi in strada se necessario. Quella che era sembrata una strada si disintegrò in un intrico di viuzze prive di marciapiedi e lampioni, fino all'estremo limite del parcheggio. Lì Heist accostò davanti a un Airstream affacciato su un altro canyon di ghiaia, al di là del quale le luci della civiltà baluginavano soltanto in lontananza. Nel cielo, un aereo si inclinò verso l'indistinta catena montuosa meridionale. Scendemmo dal pick-up. Heist agguantò il cibo e si diresse verso l'Airstream. Quell'affare argenteo ed rigonfio somigliava al palloncino d'alluminio di una festa o a uno zeppelin giocattolo calato a terra, e poi appesantitosi e ossidatosi nel suo cratere. Non avevo parole.

I cani furono felici di vederci. Lo presi come una sorta di segno. All'interno, tutto era caldo, minuscolo e curvo, mobili su misura di legno chiaro e pareti dipinte a tinte tenui, e ricordava la cabina di una nave. La superficie su cui Heist dispose il cibo indiano era costituita da un tagliere che ruotava sul piccolo piano cottura con un giunto a cerniera. I cani si accalcarono sulle coperte del letto, che occupava l'intero fondo dell'Airstream ed era l'unico posto in cui ci si poteva sedere. E così mi accomodai lì, mi tolsi il cappotto, e loro strofinarono il muso contro le mie ascelle. Oltre alla fragranza del cibo, sentii odore di uomo e di cane, un aroma intenso. Non era sgradevole. Heist tirò fuori i piatti e le posate da uno scomparto sopra le nostre teste. Cavò anche il tappo a una bottiglia di vino rosso e lo versò in due bicchieri da spremuta. Bevvi subito metà del mio, e cominciai a strofinare il naso sul muso dei cani. Loro si eccitarono e tentarono di limonarmi, a turno e tutti e tre contemporaneamente.

"Questo chi è?" chiesi senza voltarmi verso Heist. "Non bacio con la lingua se non dopo adeguate presentazioni."

Heist si sporse verso di me e incoronò i cani con la sua mano, uno alla volta. "Jessie, Miller, e Aspiratutto."

"Aspiratutto?"

"Aspiratutto ama far pulizie. Vedrà."

"Cosa c'è per cena?"

Si piazzò accanto al bancone, tirò verso di sé un contenitore di carta e vi sbirciò all'interno. "Non saprei."

"Cosa vorrebbe dire? Non l'ha ordinata?" Optai per un tono scherzoso. Cinque minuti prima, nel parcheggio, avrei voluto essere un ispettore o un procuratore distrettuale per infierire su Heist, lo sbirro fuori dagli schemi. Adesso sarei stata la sua donna della roulotte.

"Il proprietario del ristorante è un amico. Il ristorante si chiama The Blessings. Offre dei pasti quando gli avanzano."

"Una piccola elemosina per lei e per i suoi randagi?"

"Gli piace rifocillare la gente. Gli ho dato una mano in un paio di occasioni."

"Oh, dicevo tanto per dire." Ingollai un'altra sorsata di vino e Heist mi riempì di nuovo il bicchiere. Mi sentivo già, o ancora, un po' fuori. "Una volta, al college, i miei amici e io ci sballammo completamente e ci imbucammo a una festa degli Hare Krishna. Credo di non aver mai mangiato meglio in vita mia."

Heist inarcò le folte sopracciglia ma non disse niente. Parve solo prendermi di nuovo le misure, quasi volesse capire se la mia volubilità e il mio sarcasmo potevano adattarsi alla cornice della sua quiete. La pioggia era inudibile dall'interno dell'Airstream, o era cessata. Era come se fossimo stati sigillati dall'esterno. Jessie, Miller, Aspiratutto, Heist e io giocavamo a sardina, solo che nessuno ci stava cercando. Adesso era impossibile ricordare quello che ci circondava, il labirinto di roulotte altrettanto anguste, gli aridi, oscuri territori rischiarati dalla luna che si estendevano intorno a noi e al di là del parcheggio. Immaginavo che le minuscole finestre dell'Airstream risplendessero come fari, ma le tende a soffietto erano chiuse ermeticamente contro sguardi indiscreti. Era già qualcosa. Heist preparò i piatti, ammonticchiando saag paneer e tikka masala intorno a un lungo e croccante dosa, e me ne porse uno. Trangugiai il cibo con gratitudine, come avevo fatto con il caffè.

"Sa perché sono vestita così?" chiesi con la bocca piena.

"No."

"Avevo intenzione di andare a vedere dei duelli pianistici. Cioè, due tizi che suonano due pianoforti. Pare che sia una scena un po' stucchevole – stucchevole ma ad alto tasso erotico."

"Mai sentiti."

"Potremmo andare adesso!"

"Forse sarebbe il momento adatto per discutere della sua situazione."

"Giusto, giusto." Aspiratutto infilò il muso sotto la mia ascella per papparsi un chicco lungo di basmati sul mio décolleté. "Del mio caso, vuol dire. Di Arabella."

"Sì. Ha avuto la possibilità di parlare con Salvia."

"La ragazza nel Wash, vuole dire. Quella del bagno chimico."

"Sì. Cosa ne pensa?"

"Ha menzionato un uomo, forse di una certa età. Un buddista."

"Sì."

"Ha anche detto, se ho capito quello che intendeva, che Arabella si è fatta chiamare con il mio nome."

"Volevo che lo sentisse con le sue orecchie."

"Be', così è stato." A quanto pareva c'erano voluti sia Nancy Drew che uno degli Hardy Boys per stabilirlo con certezza. Questo però non lo dissi ad alta voce. "Posso..." Mi sporsi oltre di lui per versarmi un altro bicchiere di vino. La vita nell'Airstream era una vita in cui tutto era a portata di mano. Bastava un niente a diventare obesi e alcolizzati in un posto del genere, se non bisognava portare a spasso i cani.

"Questo riveste un qualche significato ai suoi occhi?"

"Cosa vuol dire se riveste un qualche significato ai miei occhi? Sembra di parlare con uno strizzacervelli." Tenni fuori i miei genitori, per il momento. "Crede che Arabella sia la mia amica immaginaria o qualcosa del genere? O che io sia la sua?"

"No."

"È scappata dal college. Non voleva farsi trovare. Credevo fosse un esperto di questo genere di cose."

Heist non rispose. A differenza di Aspiratutto, Jessie e Miller erano rimasti accucciati sulla pancia e sulle anche, con le zampe anteriori distese in avanti come sfingi, le fronti corrucciate mentre ci guardavano mangiare. Allora Heist cominciò a prendere con la forchetta del riso condito con la salsa e delle verdure e a nutrire i cani. Aspettavano pazientemente il proprio turno – anche Aspiratutto – mentre Heist faceva due, tre giri, offrendo loro assaggi dei diversi sapori sul suo piatto. Dovetti riconoscere che i cani mangiavano in modo più civile di me, che mi ero affidata al piatto per intercettare quello che sgocciolava dalla forchetta.

"Buddista significa Mount Baldy, giusto?" Era la destinazione che avevo avuto in mente prima di entrare nell'ufficio di Heist, e ancor prima di salire sull'aereo.

"Potrebbe significare questo."

"Quindi andremo lassù?"

"Direi di sì," rispose Heist. "Anche se non è il mio posto preferito."

Questa uscita mi irritò profondamente, ma non si poteva dire che avesse preso dei soldi da me, né fatto grandi promesse.

"Domani?"

"Certo. Stasera è troppo tardi."

"C'è altro di cui discutere?" Inclinai il mio bicchiere, scoprendo di averlo già vuotato.

“No, se non le va.”

Qualcosa si era guastato, o gelato, nel mio umore lascivo. Guastato, voglio dire, tra me e me. E Heist? Contemplando il geroglifico di quel volto, tanto per cominciare era impossibile essere sicura che la mia civetteria fosse arrivata anche solo in parte a destinazione. Magari mi ero semplicemente immaginata tutta la reciprocità. Il mio orgoglio si ribellò.

“Sarei dovuta venire con la mia auto,” dissi.

“Se l’avesse fatto, non gliela lascerei usare.”

Credeva forse che non potessi reggere due bicchieri da spremuta di merlot? Che testa di cavolo. E poi sentii che la mia mano, intenta a carezzare distrattamente il collo e le orecchie di Jessie, veniva coperta da quella di Heist. Le sue grosse e ruvide dita si insinuarono tra le mie, il peso delle nostre mani accavallate posato sul pelo del cane, senza quasi muoversi. Guardai le sue nocche nodose che coprivano le mie, non il suo volto. Intrecciate sulla collottola turbinante di Jessie, le nostre mani erano complicate come il volto di Heist, come un disegno di Escher o un tatuaggio a manica. Impossibile trovare un po’ di pace.

“Quello che mi piace di più è Jessie,” dissi. “Sai perché?”

“Perché?”

“Il suo pelo è il più rosso.” Forse ero ubriaca. “E il più morbido.”

“Sei sicura?”

“Certo che sì. Ed è il più nobile. I suoi pensieri sono i più profondi. Gli altri non possono reggere il confronto.”

“Cosa sta pensando?”

“Si sta chiedendo perché non metti un po’ di musica.”

Districai la mano dalla sua. “Versami ancora un po’ di vino.” Heist mi accontentò, con gli occhi sgranati, ma anche gentili. Bevvi e sbavai, tutt’a un tratto completamente sbronza, non avendo quasi toccato cibo. Mi asciugai le labbra con il dorso della mano e Aspiratutto mi pulì le nocche. Strappai un pezzo di dosa e mi sforzai di mandarlo giù, ma dopo qualche morso diedi il resto a Jessie. “Mi piacciono i cani.”

“Sì.”

“Cioè, sono una tipa da gatti, ma questi particolari cani mi piacciono molto.”

“Sono dei bravi cani.”

“Ho un clacson nella borsetta.”

“Non sono sicuro di capire. È una pasticca?”

“Una pasticca?”

“Non intendo qualcosa di illegale. Dal nome sembra un antidepressivo.”

“No, scemo, è, sai, una trombetta.”

“Una trombetta?”

“Lascia perdere. Non importa.”

“Va bene.”

“Non bacio gli uomini barbuti.”

“Non c’è problema.”

Lo baciai. In compagnia di quei cani, qualunque cosa non prevedesse l’uso della lingua mi pareva pateticamente vittoriana. In ogni caso, non riuscivo a tenere in bocca la mia. I cani si alzarono, risistemandosi per adattarsi alla nostra posizione, e si rimisero tranquilli. Si erano accoccolati formando un salvagente peloso. L’eccezione fu Aspiratutto che, fedele alla propria parte, andò a pulire il mio piatto sul pavimento. Era stato

Heist a metterlo lì. Si era spostato interamente sul letto senza che sapessi esattamente quando.

"C'è troppa luce."

Heist spense le lampade. Approfittai di quel momento per lisciarmi la gonna, ma anche per aprire il bottone più in alto della camicetta. Avevo un paio di tette, dopotutto. Non aveva mai lanciato un'occhiata per guardarle, o almeno non si era mai lasciato cogliere sul fatto.

Misi entrambe le mani tra i capelli incantevoli di Heist, le onde splendenti sulle sue tempie. Davano un senso di ruvidezza, non di unto. Le mie dita vi affondarono per carezzargli il cranio. Teneva gli occhi chiusi. Gli baciai le palpebre, gli girai la testa con la pressione dei palmi, misi il naso e le labbra su quel collo nerboruto. E finalmente le sue mani mi trovarono, carezzandomi la spalla e la schiena quasi fossi uno dei suoi cani. Gli soffiai l'alito vinoso nell'orecchio, gli morsi il lobo. Rischiavo di appannare l'intero Airstream come il sacchetto del cibo da asporto. Speravo che Heist scartasse anche me.

"Per chi hai votato?" sussurrai.

"Cosa?"

"Non rispondere, lascia perdere, dimentica la mia domanda." Già che c'ero avrei potuto chiederlo ai cani. Feci scorrere la mano all'interno della famosa giacca rossa. A quanto pareva, spostare bagni chimici negli argini e raccogliere randagi di tutte le specie teneva i muscoli di Heist in perfetta forma, non era un cowboy fasullo con un pick-up. Lo fiutai, avvicinai il naso e gli leccai la clavicola.

"Di' qualcosa."

"Cosa?"

"Praticamente qualunque cosa, parole, basta che non debba sentire il mio respiro affannoso."

"È fantastico toccarti."

"In pratica non mi hai ancora toccata."

"Per il momento."

"Anche tu per il momento non sei male." Il suo ventre era corrugato, come quello di un modello di biancheria intima. Di solito avrei disdegnato quella vista, ma sul momento mi parve non ci fosse niente di più bello che lisciare il suo terreno peloso con la mano. Senza neppure il tempo di accorgermene, mi ritrovai sotto la vita dei suoi jeans e gli strinsi l'uccello duro.

"Non è necessario," disse.

"Mi va."

"Sei ubriaca."

"Non è vero. Cioè, potrei essere più ubriaca."

"Oddio."

Non era circonciso, un'altra cosa che in precedenza non mi piaceva e adesso sì, questo splendido sgusciare della sua essenza rosa ostrica, gommosa. Lo coprii con la bocca, avvolgendone la testa pulsante. Poi lo poppai, succhiandolo davvero per un minuto, mentre lui si contorceva e gemeva sul pelo di Jessie, finendo col riempirmi all'improvviso la bocca.

Spesso mi ero tirata indietro, usando la mano. Non stavolta. Volevo ciò che aveva da darmi, o ero abbastanza ubriaca per questo. Qualcosa di dolce dietro il sale; vegetariano? Ecco cosa mi ritrovai a domandarmi. Aspiratutto si slanciò sul mio viso, ma lo scacciai. Nel mio viaggio discendente lungo il corpo di Heist ero scivolata in ginocchio, giù dal letto e sul pavimento. Adesso risalii nel viluppo dei cani.

Una mano copriva il volto di Heist. "Mi dispiace."

"Per cosa?"

"È stato un po' repentino."

"Ascolta, se non avessi reagito a questo stimolo, sono sicura che ti avrei violentato." Gli sollevai un dito, staccandolo come una stella marina da uno scoglio. Sotto, le guance erano rigate di lacrime, che scorrevano fino alle basette.

"Qual è il problema?"

"Scusa, è passato un po' di tempo dall'ultima volta."

"Non piangi sempre quando vieni, vero?"

"No."

"Bene, perché sarebbe un po' strambo. Baciami." Mi infilai la mano che avevo staccato dal suo volto tra le gambe e premetti la mia bocca sulla sua. Com'era prevedibile, e onorevole, tentò di spostarsi in basso. "No," sussurrai. "Basta che mi tocchi." Ero inondata, del tutto fradicia, potevo immaginare di affogare lì. Ad ogni modo, volevo vedere il suo viso. Se fosse sceso sotto il mio orizzonte e avesse cominciato a leccarmi, avrei pensato troppo ai cani.

"Capisco."

"Non ho bisogno di essere capita. Ho bisogno di venire." Mi alzai frettolosamente la gonna sui fianchi, guidai la sua mano nelle mutandine. "Così. Sì." Ero davvero oceanica. "Voglio solo che tu veda con cosa hai a che fare qui." Non ci sarebbe voluto molto. Potevo restargli in scia, seguendo il suo ritmo per tagliare il traguardo, se solo fosse riuscito a evitare che le sue dita tozze scivolassero via dal punto giusto. Chiusi gli occhi, mi leccai le labbra. Uno dei cani cominciò a uggiolare. "Oh cazzo oh cazzo oh cazzo..."

"Cosa?"

"No, non ti fermare, oh cazzo!"

Gli strinsi convulsamente il braccio, sentii i muscoli contrarsi attraverso la giacca di pelle mentre le sue dita si adoperavano in modo non troppo inesperto. Mi ci arrampicai come su un albero e gridai una volta raggiunta la cima. Il cane uggiolante – Aspiratutto, credo, sentendosi escluso da quel che stava accadendo lì sul pavimento – fece un unico latrato. Il Detective selvaggio mi strinse con la delicatezza di un genitore con la figlia, finché non lo respinsi bruscamente.

"Adesso sei tu che stai piangendo." Parlò dolcemente. Come sempre.

"E allora?"

"Io..."

"Adesso sta' zitto."

Era una cosa che sapeva fare benissimo. E così noi cinque restammo lì a respirare, in quella capsula spaziale in mezzo al nulla. L'Airstream non aveva neppure dovuto decollare e compiere un atterraggio di fortuna per trovare un pianeta devastato. Era bastato parcheggiarlo sull'orlo di un burrone nella zona non incorporata tra Upland e Claremont. Cosa stavo facendo della mia vita, per essere venuta a venire qui?

"Tutto bene?" sussurrò Heist dopo un po'.

"Sì."

"Eri meravigliosa."

"Non ci giurerei. Ma è stata la prima volta dalle elezioni."

Stavo esagerando? Certo, forse mi ero masturbata qualche volta, senza troppa convinzione, all'una di notte o al mattino sotto la doccia nelle settimane da zombie dell'amministrazione Obama, senza quasi farci caso. Ma i miei orgasmi non erano eventi trascurabili. Il viaggio per diventare una persona che li provava in compagnia di altre persone era stato una piccola epopea. Non era scontato che tali piaceri fossero attingibili dall'altra parte del Sogno Neoliberista.

"Va bene," disse lui, un po' scioccamente. L'ondata di lacrime scatenò in me, in realtà, un'ondata di rabbia. Heist poteva stringermi, ma io potevo odiarlo mentre lo faceva. Aspiratutto mi leccò le guance fino ad asciugarle. Glielo permisi. Gli uomini avevano devastato il mondo in cui le donne e i cani dovevano vivere, e in quel momento annoverai Heist tra loro – tra gli uomini, voglio dire, non tra i cani. Pensai di nuovo ad Arabella, là fuori da qualche parte, in compagnia del suo possibile rapitore, il cosiddetto buddista con i suoi amici cinesi. Era in una roulotte in quel momento? C'erano dei cani a scaldarla?

"Hai delle sigarette?" chiesi. "O questa è un'area riservata allo svapo?"

"Scusa. Non ho nessuna delle due."

"Salutista che non sei altro." Cercai a tentoni la bottiglia di vino, da cui questa volta bevvi direttamente, una profonda sorsata. Lui non disse niente.

"Ho capito perché non c'è musica. È un'azione di contenimento. Perché ti manca solo un giradischi e una collezione di vinili e magari una marca preferita di foie gras artigianale per essere l'ennesimo fottuto sostenitore di Sanders, non è così?"

Ero piuttosto soddisfatta di quell'uscita, ma Heist non aveva la più pallida idea di cosa stessi parlando. La mia bile non aveva dove sfogarsi. Era fuori contesto quanto me, qui nell'Inland Empire, in questa zona intermedia, dove non potevo più vedere neppure di sfuggita un mondo che in ogni caso era irrimediabilmente perduto.

"Posso procurarmi delle sigarette, o della musica, se ne hai bisogno," fu la sua patetica offerta.

"No."

"Va bene," ripeté, per placare me o se stesso.

"No, non va bene. Non dimentichi cosa mi ha condotto da lei, signor Heist." La mia lingua ingrossata dovette fare uno sforzo per non chiamarlo Heisht, ma la mia mente era d'un tratto acuta, aperta e furibonda. Per un attimo, ad ogni modo. Sentivo che voleva chiudersi di scatto nell'oscurità. "C'è una ragazza scomparsa."

"Sì."

"E domani saliremo sulla montagna come avremmo dovuto fare oggi, e la troveremo, e io la riporterò a New York City, e non vedrò mai più questo posto del cazzo."

"Capisco."

Heist dovette mostrarmi come tirare l'acqua del bagno incorporato con un pedale sul pavimento, e impedirmi di cadere mentre mi accompagnava lì e di nuovo a letto. E poi io nei miei vestiti sgualciti e lui nei suoi, tranne la giacca di pelle rossa, ci tuffammo sotto le coperte, e fummo coperti dai tre cani, così che non riuscii a distinguerli mentre tastavo l'oscurità pelosa. E lì dormimmo, tutti e cinque.

Parte seconda
La montagna

13.

Il buddista imbranato continuò a scusarsi per il vento mentre mi mostrava la sede dello Zendo. Avrei dovuto essergli grata, non avendo annunciato in anticipo il mio arrivo, ma d'altra parte non sembrava fosse stato molto impegnato prima della mia apparizione. Forse era lui che avrebbe dovuto ringraziarmi. E magari l'aveva fatto, a modo suo, con quella piccola dimostrazione d'entusiasmo, il passo leggermente saltellante, e le scuse per il vento.

I cieli erano limpidi lassù sul Baldy, il vento incessante. Rabbrividii sentendolo insinuarsi sotto il cappotto e i pantaloni. Mi sembrava quasi di avere le gambe nude. A quanto pareva, quella che più in basso era caduta come pioggia era scesa in forma di neve sul villaggio montano. Sciolta o congelata, la precipitazione aveva formato una crosta sopra la neve e lastroni scuri sul selciato dei sentieri, sui quali era caduta un'ultima e improvvisa spolverata durante la notte, perfetta per scivolare e spaccarsi la testa. Quando avevo superato il cancello per entrare sui terreni dello Zendo, l'uomo nella caratteristica veste arancione stava spazzando dai sentieri il manto granuloso solo per vederlo tornare indietro altrettanto rapidamente, sospinto dal vento.

Aveva parcheggiato la sua scopa e mi aveva accolto calorosamente, dando per scontato che fossi un pellegrino di qualche genere, e io non l'avevo corretto. Non più alto di me, aveva un corpo a pera, vigili occhi neri e un pizzo brizzolato così folto che non si vedevano le labbra. L'avrei potuto scambiare per un cameriere a un brunch da Barney Greengrass, un'impressione che si rafforzò quando colsi un accento del Queens o di Long Island sotto il tono di strascicata schiettezza, che aveva evidentemente coltivato per accompagnare l'abito, e il vano spazzare. Fu allora che mi disse di chiamarsi Nolan.

La strada per Baldy Village era ancora più distante della valle sottostante dall'idea che mi ero fatta di Los Angeles. Il vento aveva cominciato a inquietarmi durante il tortuoso tragitto dalla pianura, mentre stringevo le curve dietro il pick-up di Heist. Un paio di volte spostò la mia auto lateralmente con una violenta raffica. Restai incollata a Heist, quasi fossi legata con una cavezza al suo pick-up e di conseguenza alla strada. Ero tanto vicina al suo paraurti che riuscivo a vedere le teste dei cani frusciare sotto il telo, adesso che sapevo dove cercarli.

Non era affatto allettante l'idea di sbandare su quella strada serpeggiante a due corsie, che nelle curve più strette offriva vedute di valli come abissi al di là del muretto di pietra sul lato del passeggero. Il paesaggio era cambiato completamente nel giro di qualche minuto, una volta superato il bacino idrico. I cartelli che promettevano chalet e mettevano in guardia da orsi e pericoli d'incendio ricordavano vagamente Aspen, dove una volta avevo passato un fine settimana a sciare – o meglio a sbattere le chiappe e a riemergere a fatica dai cumuli di neve.

Giunta allo Zendo, avevo parcheggiato l'auto a noleggio accanto a un bizzarro veicolo, un furgone Ford Econoline con il parabrezza crepato, come quello di Heist, e tavole di legno al posto dei paraurti, sollevato su enormi pneumatici. Era verniciato di un verde spento e opaco, come qualcosa di militare, o paramilitare. Nel complesso non c'era traccia di anima viva a parte Nolan. L'atmosfera evocava un resort di montagna all'indomani di una bomba al neutrone. Non riuscivo più a scorgere la cima bianca del Baldy. Ero troppo vicina per vederla, lì allo Zendo. Potevo solo intuirla, lassù dove il vento stava fischiando.

"Dopo un po' si smette di sentirlo."

Guardai Nolan, sgomenta per il fatto che mi avesse letto nel pensiero.

"Proprio come il rumore dentro di te," aggiunse, picchiettandosi il cranio per assicurarsi che capissi. Ostentava una posa con le gambe allargate, il peso distribuito egualmente sulle senili scarpe bianche da jogging che spuntavano sotto la veste. O magari non era ostentazione, ma semplice buon senso su quel ghiaccio.

"Non sento nessun rumore dentro di me," dissi. "Solo jazz moderno. Assoli di sassofono, quasi sempre, a volte muzak quando mi impigrisco."

Lui non rispose, limitandosi a irradiare una gioia divertita e compiaciuta per il mio sbarco nel suo mondo. Magari non arrivavano più tante pellegrine da quando lassù erano scoppiati gli scandali sessuali e Leonard Cohen se l'era svignata in pianura. Cosa ancor più grave, lo stesso Gran Maestro Zen, che aveva fondato quel posto, aveva lasciato questo mondo alla volta del prossimo. Probabilmente non arrivavano più pellegrini di alcun genere, solo curiosi.

Avevo letto tutte queste cose su Wikipedia, e mi pareva impossibile che Arabella non avesse fatto lo stesso. Stavo parlando con la persona sbagliata. Cioè, non è che stessi proprio parlando. Più che altro stavo lasciando uscire dalla testa del rumore in direzione di un'altra persona, lo stesso rumore di cui avevo appena negato l'esistenza.

Forse il vento poteva spazzarlo via, ed era per questo che avevano messo lo Zendo quassù.

"Sto cercando una ragazza. Una giovane donna. Probabilmente si faceva chiamare Arabella, o Phoebe."

"Di recente?"

"Il mese scorso."

"Sono due bei nomi. Credo che me ne ricorderei."

"Lo credo anch'io. Potrebbe aver usato un altro nome." Pensai di suggerire quello della madre, o una variante femminile di Leonard, o quelli delle componenti delle Sleater-Kinney, ma non li ricordavo.

"Sì," disse lui. "Qui accade spesso che la gente venga ribattezzata. Io, ad esempio. Roshi mi disse che non potevo più essere Nolan."

"Sono sicura che aveva le sue ragioni."

"Oh, sì."

"C'è qualcun altro con cui potrei parlare? Un responsabile?"

"Responsabile di cosa?"

Responsabile di Nolan, avrei voluto dire, ma evitai. "I visitatori firmano da qualche parte?" Nella mia testa provai qualche pezzo rock che avevo ascoltato in auto, sperando che potesse sommergere il vento e il mio desiderio di strangolare quell'imbranato.

"Per iscriversi a una *sesshin*, a un ritiro, bisogna compilare un modulo. E bisogna anche pagare qualcosa. Ma a volte la gente si limita a passare di qui, come lei."

Lo ringraziai e gli chiesi il permesso di fare due passi sui terreni dello Zendo.

"In teoria non dovrei lasciarla girare da sola."

"Non darò fastidio a nessuno."

"C'è un sacco di neve." Il cervello dell'ex Nolan sembrava seguire vie tortuose. Quasi lo invidiavo. Ricominciò a spazzare mentre gironzolavo sui sentieri che non avrebbe sgombrato dalla neve neanche spazzando altri mille anni, ma non c'era niente da vedere. Tornai al tepore della mia auto e scesi nel centro di Baldy Village, per aspettare Heist al bar del Mount Baldy Lodge, dove aveva detto che mi avrebbe raggiunto.

14.

Le mie valigie erano nel portabagagli. Ero pronta a partire. Quando mi ero svegliata nell'Airstream di Heist, zuppa di sudore e stretta nella camicia di forza dei cani, avevo subito voltato la faccia verso il cuscino per la vergogna, con la lingua gonfia e felpata d'alcool e seme. Heist era già in piedi a preparare il caffè e ne presi un po' da lui senza dire una parola. Quando il caffè mi arpionò il cervello e schiuse le labbra, quello che ne sgorgò fuori fu un altro fiotto di parole furenti. Gli dissi di riportarmi al Doubletree perché volevo andare a recuperare Arabella sulla montagna con la mia auto. Heist era piuttosto silenzioso. Fece quello che gli avevo chiesto. Mi spiegò che doveva prendersi cura di Jean l'opossum e sbrigare qualche altra faccenda. Se con ciò intendesse il suo ufficio, la ragazzina randagia Melinda o di nuovo il Popolo del Wash, non aveva la minima importanza per me. Promise di tornare all'albergo per accompagnarmi sul Baldy nel giro di un paio d'ore.

Dopo aver fatto la doccia e bevuto circa tre litri d'acqua e altro caffè per mandar giù una ciambella glassata dell'albergo, ispezionai la mia segreta e cominciai a preparare il nécessaire e la valigia senza pensarci due volte. Qualunque cosa fosse accaduta, con quella stanza avevo chiuso. Arabella era sulla montagna, che stando a Google Earth e a ogni logica umana equivaleva a trovarsi in un vicolo cieco, con le spalle al muro. C'era un'unica strada che si inerpicava fino a Baldy Village e allo Zendo, perdendosi poi in vari sentieri che si inoltravano in zone selvagge e infine in uno skilift. A meno che avesse lasciato la cima della montagna in elicottero o spostandosi sul piano astrale, l'avrei trovata. Se le ricerche mi avessero costretta a passare lì la notte, c'erano i lodge, ma preferivo credere che l'avrei portata giù dalla montagna nel pomeriggio e caricata su un volo notturno dal Los Angeles International. L'ideale sarebbe stato un volo della Virgin Atlantic, con un sacco di manhattaniani amabilmente odiosi in business class. Sarei tornata a casa con un paio di aneddoti californiani in tasca. No, mi spiace, non ho neppure posato gli occhi sull'oceano o sul cartello di Hollywood, ma ti ho già raccontato dell'argine con il bagno chimico? E il pompino nel parcheggio delle roulotte? *Oh, sono proprio una mina vagante!* Immaginai di raccontarlo mentre pranzavo tardi all'Elephant & Castle. E così avevo buttato le mie cose nel portabagagli dell'auto a noleggio e pagato il conto.

Adesso ordinai un caffè nel lodge, immune alla tentazione dei calici di merlot intorno a cui certe creature di montagna si erano già acquattate prima di mezzogiorno. Allo Zendo mi ero ritrovata a contemplare troppo nel profondo il vuoto al centro del mio piano e del mio essere, della mia vanità di salvatrice. Il cellulare non aveva campo – Heist mi aveva già spinto fuori dagli schemi, senza che me ne accorgessi. Ero di nuovo alla sua mercé, con le spalle al muro su questa montagna come Arabella. La mia valigia nel portabagagli dell'auto a noleggio poteva essere destinata a un nastro trasportatore del Los Angeles International, certo. D'altra parte, eliminando le mie tracce dal Doubletree dei sobborghi, mi ero esposta a un rapimento, ovunque fosse andata Arabella, oppure ovunque Heist volesse condurmi.

15.

Aspettai due ore, finendo per ricorrere a un bicchiere di merlot. E poi a un secondo. Quando Heist entrò, verso le tre e mezza, non venne subito da me, si fermò invece a parlare con un tizio brizzolato con l'aria del cercatore d'oro che era rimasto seduto a un tavolo vicino alla porta quasi quanto io ero rimasta al bancone, presidiando un alto boccale di birra e sbirciando la strada come se stesse aspettando qualcuno. Presi in considerazione l'idea di unirmi a loro, per farmi un'idea di quello di cui stavano confabulando, ma prima che potessi raggiungerli si erano già stretti la mano e separati. Le parole che si erano scambiati, forse fili della rete in cui ero caduta, andarono così ad aggiungersi a tutto ciò di cui ero all'oscuro. Inoltre, ero un po' risentita, sentendomi esclusa dal divertimento.

"Phoebe."

Gli assestai un cazzotto sulla spalla rivestita di pelle. "Ehi, vecchio mio," dissi. Sentii che stava arrivando uno dei miei accessi di stupidità preventiva. Avevo passato la notte nel suo letto. Comportandomi da idiota, forse sarei riuscita a scacciare la sensazione di essere una perfetta idiota. "Hai risolto il caso?"

"Non esattamente." Gli vidi lanciare un'occhiata al mio calice di vino.

"Ti va di farmi compagnia?"

"Non adesso."

"Vuoi chiedermi com'è andata allo Zendo?"

"Com'è andata allo Zendo?"

"Ho conosciuto uno spazzino carinissimo."

"Cosa?" Heist aveva l'aria un po' tirata, il che, a essere sincera, mi confortò. Se ciò intaccava la mia fede nella sua abilità, almeno placava la mia paranoia. Il cosiddetto Detective selvaggio non era niente di che, né vendicatore né cospiratore, neppure materiale per un fidanzato, e probabilmente dopo un altro paio di strambi orgasmi lacrimosi l'avrei dimenticato. Quasi certamente, non appena fossi rientrata nel raggio del segnale di rete, avrei trovato ad attendermi una e-mail in cui Roslyn spiegava che Arabella era tornata da sola a New York o al campus del Reed.

"Non c'era niente da scoprire," dissi. "Neppure un sandalo perduto di Leonard Cohen. Sono seduta qui da ore."

"Hai parlato con qualcuno?"

"No. Perché?"

"Niente di particolare. È solo che..."

"Non riesci a immaginare che stia zitta per due ore, vero?"

"Non ho detto questo."

"Qual è il problema? Sembri nervoso. Credevo avessi detto che era un vicolo cieco." Aveva cominciato a osservare di sottecchi la popolazione del bar del lodge, una delle mosse più da detective che gli avessi visto fare. D'altra parte era difficile immaginare un assortimento più innocuo di sempliciotti avvinazzati di montagna. Cominciavano persino a essermi simpatici, dopo i due bicchieri di vino e le due ore di vigile attesa. Ero finita in un mondo di barbe e baffi che non avevano niente a che vedere con quelli di Williamsburg, a Brooklyn. Mettevano Heist in una luce attraente. Qui faceva la figura del giovanotto ammodo del West. E avevo provato solo un fugace impulso ad affrontare questi gentiluomini e pretendere che mi dicessero per chi avevano votato. Avevo la sensazione che mi avrebbero risposto di aver scritto il nome dei loro compagni di bevute, ammesso che fossero andati alle urne.

"Non ho detto neppure che era un vicolo cieco." Rispose a bassa voce. "Credo che dovremmo proseguire su questa strada. Ti spiace se paghiamo e parliamo sul mio pick-up?"

"Niente affatto."

Feci per prendere la borsetta, ma lui disse: "Lascia, ci penso io."

"Sul serio? Che galante!" Lo pronunciai con un vago accento francese.

"È solo che preferirei non usassi la carta di credito," replicò seccamente. Buttò sul tavolo un biglietto da venti e mi prese per il braccio. Non mi dispiacque sentirmi stringere da lui, ma mi divincolai non appena varcata la soglia. Passammo accanto alla mia auto per raggiungere il suo pick-up, appollaiato sul marciapiede un po' più avanti sulla salita.

Montammo in cabina, ma lui non infilò la chiave nel blocchetto d'accensione. Dissi: "Che problema c'è? Anche tu hai fatto il simpaticone con quelli del bar quando sei entrato."

"Il mio volto è familiare, il tuo nome no. Sarebbe meglio non lasciare tracce così evidenti."

"Me ne frego se sanno come mi chiamo." Mi ritrassi d'istinto da quelle che mi sembravano paranoie assurde. "Ehi, ora che ci penso, forse dovrei spargere in giro un po' di briciole di pane."

"Meglio evitare."

"Si spieghi, detective." Continuavo a sforzarmi di mantenere un tono scherzoso, ma non c'era nessuno a rispedirmi le palline dall'altra parte della rete. Anche se il motore del pickup era spento, Heist parlava con le mani sul volante, guardando dritto dinanzi a sé, presumibilmente in direzione di quello che lo preoccupava, più avanti sulla montagna. Dopo tutto quel tempo passato nel bar del lodge, i miei occhi faticavano ad abituarsi al riflesso abbagliante della neve nel tardo pomeriggio, e così chinai il capo e attesi durante una delle sue pause di riflessione. Di profilo, le sue assurde basette sembravano il colletto alto di un conte russo.

"Se abbiamo interpretato correttamente le parole di Salvia, Arabella ha usato il tuo nome in certi posti. Compresa forse questa montagna."

"E?"

"Hai preso in considerazione la possibilità che si sia cacciata in qualcosa di illegale?"

Questo mi lasciò di sasso. Valutai, non per la prima volta, l'idea che potessi essere io la persona smarrita, raggirata come un'allocca. Solo che adesso era Arabella ad avermi intrappolata. Aveva portato il mio nome in viaggio per il mondo, precedendomi, per un fine che non riuscivo a indovinare. Il mio nome poteva aver appreso cose che ancora ignoravo.

"Illegale tipo?" mi sentii chiedere con voce lugubre.

Heist non parlò subito. Quando infine lo fece, non fu per rispondere alla mia domanda. Il suo sguardo rimase incollato alla strada, alle ombre che si allungavano sulla montagna.

"Te la senti di guidare?"

"Certo," risposi, un po' risentita.

"Perché preferirei non lasciare la tua auto qui in mezzo al paese. Stammi dietro fino al Goat Ridge Canyon, dove c'è un posto in cui possiamo imboscare il mezzo." Il suo uso di quel trito gergo era troppo genuino per farsene beffe. Mi apprestai comunque a deriderlo, ma rimasi ammutolita per le sinistre implicazioni. "Poi potrai saltare di nuovo su con me e proseguiremo insieme."

"Va bene."

A quel punto lanciò un'occhiata ai miei piedi, che calzavano dei mocassini di pelle verde, già leggermente macchiata dal salgemma del parcheggio del lodge. "Devi prepararti a camminare un po'."

Avevo avvolto gli stivali ancora umidi in un sacchetto di plastica da lavanderia preso dal guardaroba del Doubletree e li avevo sepolti in valigia mentre sognavo il check-in al LAX, ma sembravano passati mille anni.

"Tirerò fuori gli stivali."

"Bene." Attese, come capii solo con una certa lentezza, che scendessi dal suo pick-up.

Invece gli afferrai la spalla. "Charles, maledizione." L'attimo in cui la mia mano trovò le sue forme attraverso la giacca fu molto più ricco di dettagli e interessante di quanto non mi fossi aspettata. Volevo che alzasse lo sguardo dai miei piedi.

“Cosa c’è che non va?”

“Dimmi cosa diavolo sta succedendo.” Fui imperiosa ma gli lasciai al tempo stesso la possibilità di spiegarsi, nel caso volesse impegnarsi con me. Anzi, se non ci fosse stato di mezzo il volante, forse gli sarei montata a cavalcioni. Dovevo sopportare una folle oscillazione, tra sprezzo e derisione da una parte e desiderio e terrore dall’altra. O Charles Heist era una macchietta barbosa, la sua montagna una completa perdita di tempo, o era un mostro irresistibile, e tramava per sbranarmi sotto dirupi ghiacciati.

Adesso i suoi occhi incontrarono i miei, ma il suo sguardo era una landa desolata, dove sarei potuta strisciare per una vita mendicando invano un bicchier d’acqua. E la sua risposta – be’, era la risposta che meritavo, un disinvolto compromesso tra le nostre due tacite questioni. “Per il momento non saprei dirlo.”

“Puoi dire dove sei stato nelle ultime due ore.”

“Sprecheremmo l’ultima luce,” disse. “Ne parliamo quando risali sul pick-up.”

16.

Il mio fidanzato del college era una noia mortale in materia di musica, ma avevo fatto miei alcuni dei suoi ascolti. Poi avevo scrupolosamente cancellato i ricordi – soprattutto della scoperta del sesso. E così il suo fantasma non poteva perseguitarmi quando mettevo su i suoi pezzi preferiti, perché glieli avevo rubati. (In seguito uscii con un ragazzo che portava il suo stesso nome, un'altra ottima mossa di rimozione.)

C'era un cd, una registrazione dal vivo, di un cantante che avevo sempre reputato un tozzo crooner barbuto, un buffone. Neppure lontanamente affascinante quanto l'idolo di Arabella, L. Cohen, aveva anche un nome che confondevo con quello di un altro bellone hippie. Ma quando ascoltai il live una sera, mentre quello stesso fidanzato era uscito per scoparsi un'altra, rubai quel disco in particolare. Il cd vero e proprio, ma anche l'idea del cd.

Nel cd, il cantante affronta le sue canzoni sdolcinate trovandovi spazi ulteriori, stanze segrete. E tuttavia le esplora dall'interno, come se si stesse arrampicando sulle sbarre di una gabbia. I confini della gabbia sono quelli della vita del cantante: la sua fame d'estasi, e anche il suo terrore. In cima alla gabbia di quasi ogni canzone, il cantante grida, o abbaia, o ulula: "Ormai è troppo tardi per fermarsi!" Forse era quel messaggio ad avermi condannato alla mia vita, alla gabbia segreta della mia indipendenza. Avevo diciannove anni.

A quel punto, avrei potuto girare i tacchi e lasciare la montagna. Heist non aveva alcun controllo sul "mio viaggio". Ma avevo già ignorato una dozzina di uscite di sicurezza, a cominciare dal non salire sull'aereo, o non mollare il lavoro per adattarmi al quale avevo sfrondato parti della mia anima per un decennio. Era questo il problema dell'*ormai è troppo tardi per fermarsi*: era sempre già troppo tardi.

17.

Dopo aver fatto meno di quattrocento metri su Goat Ridge Road, Heist svoltò a sinistra. Lì la neve non era caduta, o si era sciolta – forse era il lato della montagna esposto al sole. E io che credevo Arabella in un vicolo cieco, e questa montagna semplice come la sua rappresentazione su Google Earth. Lo seguii su una pista in terra battuta che non appariva sulle cartine e all'improvviso divenne pericolosamente ripida; in modo altrettanto repentino, superata una curva, apparve una casupola, poco più di una baracca. Le finestre erano buie, e una era rotta.

Heist accostò un po' più avanti, sui solchi lasciati da altre ruote, quindi scese dal pick-up e mi fece cenno di parcheggiare nel vialetto d'accesso al capanno, accidentato e invaso dalla vegetazione. Feci manovra per infilarmi lì, e lui corse di fianco a me, incoraggiandomi, mentre nascondevo l'auto a noleggio, rendendola invisibile dalla strada da cui avevamo svoltato. Poi rimontai sul sedile del passeggero del suo pick-up. Heist si era preso un momento per sbottonare il telo e farvi scivolare sotto la mano per confortare, immaginai, quei cani dalla pazienza infinita. Non mi sarebbe dispiaciuto ricevere lo stesso trattamento. Ma lui si limitò a spingere una bottiglia d'acqua sul sedile per metterla a mia disposizione, fece retromarcia sul vialetto e tornò sulla strada che si arrampicava su Goat Ridge. In confronto alla pista in terra battuta sembrava una vera e propria autostrada.

"Conosci tutti i posti appartati più romantici," lo stuzzicai.

"Impossibile conoscerli tutti."

"Chi è il proprietario di questi terreni?"

"Nessuno. Sono gestiti dal corpo forestale."

"E allora di chi è il capanno?"

"Al momento appartiene alla tua auto."

"Non ne posso più, Charles. Se sento un altro koan zen, vomito."

Mi lanciò un'occhiata strana.

"Parlami in inglese corretto, Tarzan, proprio come ti hanno insegnato alla scuola di buone maniere."

Heist sapeva di dover mantenere la sua promessa. "Il discorso di Salvia era un po' incoerente, ma continuava a ripetere la parte sui cinesi che vivono sulla montagna. Lassù c'è una proprietà, un'area ceduta a investitori stranieri prima che il riconoscimento dello status di monumento nazionale annullasse tutte le concessioni minerarie. Credo siano coreani, non cinesi. Non è certo la prima a confondersi. Sono subito saltati all'occhio quando sono comparsi, lunghe colonne di SUV neri e un'azienda di rilievi topografici privata. Quassù alla gente piace un'atmosfera modello vivi e lascia vivere. Qualcuno preferisce l'espressione Selvaggio West. Quei tizi hanno piazzato un'alta recinzione sormontata da filo spinato su un sentiero molto popolare per la vetta. Non sembrava avessero colto lo spirito del diritto di passaggio. Non è passato inosservato il fatto che il corpo forestale non l'ha toccata, e ha dato adito ai soliti brontolii sulle mazzette. C'è chi ha detto che lassù stanno costruendo un centro survivalista – a quanto pare qualcuno ha sorvolato la zona a bassa quota e ha notato parecchie cisterne per lo stoccaggio dell'acqua."

Heist si sporse in avanti mentre guidava e parlava. Il suo tono era come sempre sicuro e ponderato, ma colsi una sorta di risonanza evocativa, quasi una melodia mentre metteva, per una volta, qualche frase una dietro l'altra. Teneva l'avambraccio sinistro poggiato sul volante, gli occhi socchiusi verso il panorama che si stendeva davanti a noi, eccetto nei tornanti più stretti, quando arretrava e alzava il braccio destro per sterzare. Per il resto del tempo la destra rimaneva poggiata delicatamente sul cambio, come avrei voluto poggiasse sul mio ginocchio. Il cielo intorno alle vette aveva cominciato a infiammarsi, un giallo tenue sotto strisce di rosa. Stava dicendo un sacco di cose che dubitavo potessero riguardare Arabella – *concessioni minerarie?* – ma non volevo arrestare quel flusso, neppure intercalando una battutina come *Ma allora il gatto non ti ha mangiato la lingua!*, anche se questa scoperta mi colmò di eccitazione. E non gli infilai neppure la lingua nell'orecchio.

"Qui nessuno smania per ficcare il naso negli affari degli altri, ma oggi, chiedendo un po' in giro, ho scoperto che qualcuno ha stretto un accordo con i tizi del centro survivalista, per ottenere l'accesso a quel vecchio sentiero. Ciò ha fatto scattare qualche allarme. Questa montagna esercita un certo fascino sulla gente che ama uscire dai binari e fare quello che le pare. Certo, in genere si tratta di solitari, eremiti."

A questo punto si inceppò, distaccandosi di nuovo dal presente, volgendosi verso un orizzonte interiore. O forse non riusciva a decidere quanto rivelarmi, come darmi le brutte notizie.

"Ma ci sono anche... dei gruppi. Gente che vuole fare dei rituali. Questo posto è associato a diverse cose. Lo sapevi che la velocità della luce è stata misurata sul Baldy? Irradiandola da questa vetta. Ed è l'unico posto nei cinquanta stati in cui si possa estrarre il lapislazzuli. Capita di imbattersi in cinque persone con indosso dei lenzuoli bianchi e dei ramoscelli tra i capelli, impegnate a inscenare una tragedia greca. Facendo escursioni da queste parti, si trovano spesso frutti e zucche, poltiglie nei letti dei torrenti, a volte legate con nastri colorati. In certi casi anche degli animali, uccisi in modo diverso da come farebbe un cacciatore."

Battei le mani. "Lo *sapevo* che in questa storia ci sarebbero stati degli animali." Mi sarei subito pentita di questa battuta.

"Credo di conoscere certa gente che viene quassù. Sono delle specie di reclutatori. Sono quasi certo che abbiano preso Salvia a un certo punto, forse anche altri ragazzi giù nel Wash. Hanno bisogno di corpi, di extra per le loro... cerimonie. È possibile che abbiano preso anche Arabella."

"Pensi che stasera ci sarà una di queste cerimonie?"

"Non lo so."

"Però è per questo che ci stiamo affrettando, no?"

"Non voglio perdere tempo."

"Ne hai perso un sacco, Charles. Sapevi tutto questo e non me l'hai detto. Perché non chiamiamo la polizia?"

"Il Monumento è sotto la giurisdizione dei federali, che quassù non rispondono rapidamente alle chiamate. Spesso passano dei giorni prima che vengano. Non si inerpicherebbero fino alla vetta per qualche vago sospetto."

"E inoltre, con loro non saresti stato tu al comando delle operazioni, o sbaglio?"

Heist ignorò questo commento. Avrei voluto prenderlo a schiaffi, ma rischiavo di ferirmi la carne delicata della mano sui suoi lineamenti fustellati, su quelle basette che parevano pagliette di ferro da cucina. Invece, entrai nei panni di Nancy Drew. "E così queste concessioni minerarie sono per i lapislazzuli? Non è solo robetta semipreziosa per le bambole Kachina?"

"Qualcuno direbbe che è qualcosa di più. Credo che gli egiziani lo usassero per gli occhi delle loro mummie. Ad ogni modo, quassù c'è l'oro, e anche una vena di tungsteno. Sul Baldy è stato scoperto con una decina d'anni in ritardo per la corsa all'oro, e ancora oggi c'è qualcuno che tratta la sabbia al piatto."

"Come quei soldati giapponesi che non sanno che la guerra è finita?"

Lui fece spallucce. "La guerra dell'oro non finisce mai."

"Da come ne parli sembra quasi la Montagna dei Dannati."

Heist non rispose. Avevo toccato un nervo sensibile, o l'avevo annoiato. Mi domandai se sarei rimasta con lui abbastanza a lungo da imparare a cogliere la differenza.

D'altra parte, era possibile che il suo silenzio non avesse niente a che vedere con quello che avevo detto. Eravamo saliti rombando su un pendio più ripido, superando un'altra curva da voltastomaco, e adesso ci trovavamo di fronte alla recinzione sormontata dal filo spinato del folklore di cui mi aveva appena messo a parte. Si estendeva da un cancello lucchettato dall'altra parte della strada, seguendo il profilo della radura brulla e pietrosa fino agli alberi su entrambi i lati. Heist innestò la retromarcia e rinculò di qualche metro dal cartello che vietava l'accesso alla proprietà privata, piazzandosi di lato, dove però non eravamo affatto nascosti.

"Non hai paura che vedano il pick-up?" In ogni caso si era fermato, e così scesi dopo di lui, per quanto riluttante. Lo osservai mentre fiutava l'aria, ma non avevo idea se dipendesse dal fatto che la mia domanda l'aveva messo in apprensione o da qualche altra ragione. Da parte mia, mi parve di cogliere un sentore di fumo che arrivava da lontano, anche se forse me lo stavo semplicemente immaginando. Salendo così in alto, mi si erano tappate le orecchie, e l'ossigeno aveva un'aspra nitidezza che poteva ricordare il fumo.

"Non è che possano telefonare per far rimuovere la mia auto. Ad ogni modo, a quanto ho sentito, la gente che ha costruito questo centro non è sempre qui, e quando c'è, non è detto che sorvegli l'intero perimetro. È un terreno molto vasto da tenere sotto controllo."

"Continui a chiamarlo centro, come se sapessi qualcosa." Un altro buco nell'acqua. Era di nuovo la disperazione a ispirare le domande con cui lo pungolavo. Volevo delle rassicurazioni, ma Heist non ne aveva alcuna da offrire. Era impegnato a liberare i cani, che infilarono il muso nella prima apertura e saltarono giù, per poi confondersi con le ombre della strada che si rabbuiava. Miller e Aspiratutto seguirono l'iter di indagine più naturale, avvicinandosi al cancello chiuso con il lucchetto. Lì cominciarono a fiutare e uggiolare. Jessie venne a salutarmi, spingendo il muso sotto la mia mano, confortando il mio desiderio di credere che i cani fossero le braccia e le gambe di Heist, un tramite che adoperava per raggiungermi quando era impossibilitato a farlo con altri mezzi.

Heist frugò a tentoni sul fondo del cassone finché non trovò una malconcia torcia di plastica rossa, di quelle che hanno bisogno di otto o cinquanta pile. Quando la provò, mi stupii nel vedere che funzionava, e poi avrei voluto che la tenesse accesa, invece no. La agganciò a un passante sulla parte posteriore della giacca di pelle in modo da avere le mani libere.

"E adesso che si fa? Hai una cesoia per il lucchetto?"

Heist accennò con il capo al limitare della foresta. "Dovrebbe esserci un varco, per i bene informati."

"E tra costoro non andresti annoverato anche tu? Queste sarebbero solo le chiacchiere che hai sentito per caso oggi pomeriggio?" Non riuscivo a smettere di fargli pesare le mie paure. Se Heist era a sua volta uno di questi rapitori, aveva svolto alla perfezione il suo lavoro.

"Ho fatto questo sentiero qualche volta, prima che tirassero su la recinzione. Dovrebbe ricominciare dopo la deviazione."

Aveva ragione, naturalmente. Qualche decina di metri più avanti, in mezzo agli alberi e al sottobosco, c'era una breccia nella recinzione dei coreani, staccata dal basso, più o meno come quella del giorno prima, quella che separava il San Antonio Wash dal Foothill Boulevard. Non fu difficile strisciarvi sotto, ignorando il filo spinato in cima, e ignorando anche le implicazioni del filo spinato. Poi, dopo qualche passo tra i rami spezzati sopra le nostre teste e le impronte sulle foglie frammiste al fango sotto di noi, tornammo sulla radura, solo quel tanto che bastava a scoprire un sentiero molto battuto, lontano dalla recinzione e dalla strada lastricata. I cani ispezionavano tutto per noi, andando avanti e indietro sul sentiero.

"Saremo riparati dal vento," disse Heist. "Però sarà più buio."

"Quale vento?"

"È il tramonto. E c'è anche una perturbazione che potrebbe raggiungerci."

"Che bisogno c'è del Weather Channel quando sei stato cresciuto dai lupi, eh?"

"Esatto," disse lui, così seccamente che mi vergognai. Dopo di che restammo in silenzio per un po'. Avevo bisogno di risparmiare il fiato per inerpicarmi, di tenere gli occhi bassi per destreggiarmi tra le radici e le pietre. A quel punto rimasi intrappolata nella mia mente, in un piccolo diorama con me e Heist come pupazzi in un minuscolo Airstream scintillante, e un altro di Arabella-Phoebe che vagava da qualche parte all'esterno, in pericolo. Aveva cominciato a fondersi con me nella mia immaginazione, e non era un buon segno.

Poi sentii che Heist mi stringeva all'improvviso il braccio, e mi resi conto che mi aveva trattenuta un attimo prima che cadessi. Ci fermammo sul sentiero, nel profondo del bosco, a metà strada dal nulla – almeno speravo fossimo a metà strada. I cani, preoccupati, si accalcarono intorno a me.

"Oggi hai mangiato qualcosa?"

"Una ciambella glassata al Doubletree."

"C'è un posto dove riposarsi poco più avanti."

"È un sollievo sapere che tu sei qui a badare a me." Era un pensiero che avevo formato sarcasticamente, ma si spogliò di ogni sarcasmo lungo il cammino verso la parola, come una di quelle pistole giocattolo da cui spunta un fiore quando premi il grilletto.

18.

Spostò la mano sul fondo della mia schiena, mi baciò la fronte e un brivido mi percorse, come un'ombra che si muoveva sulla luna, o una sorta di pseudo-orgasmo. Magari era l'aria rarefatta – forse avrei dovuto informarmi sulle tecniche di asfissia erotica una volta tornata nella civiltà. Heist mi tenne ferma lì ancora un istante, pensando probabilmente di avermi salvata da uno svenimento. E magari aveva ragione.

"Adesso dovremmo riprendere il cammino," disse, con infinita gentilezza.

"Assolutamente."

Il luogo di sosta era una curva su un grande masso sporgente che parve formarsi dal nulla sotto i nostri piedi. Giunti in cima alla curva di roccia, prima che il sentiero riprendesse sotto il manto degli alberi, emergemmo alla vista della luna, gibbosa crescente, che gettava la sua luce oltre uno strato di nubi che intersecava incantevolmente le spoglie del tramonto. Un paio di centimetri d'orizzonte più sotto, la collana di strass della valle suburbana, coperta di nebbia. Ma Heist indicò qualcosa ancora più in basso.

Sotto i nostri piedi, la strada sbarrata dalla recinzione si dipanava allo sguardo in curve sinuose. Oltre le cime degli alberi, due strutture metalliche simili a dirigibili, entrambe sormontate da una serie di guarnizioni o rubinetti, e con una minuscola scala a dare il senso delle proporzioni, facendo apparire gli umani come degli insetti sulla loro mole.

"Quelle sono le cisterne dell'acqua?"

Lui annuì. "È per questo che parlo di centro survivalista."

"Come per, diciamo, dei preparativi per l'apocalisse?"

"Volendo. Ad ogni modo, è un perimetro difendibile."

"Però siamo entrati."

"Non siamo gli unici."

"Cosa vuoi dire?"

"Ci sono tracce ovunque. Basta guardare i cani."

A me erano sembrati semplicemente dei cani, eccitabili, intenti a usare il naso e a scagazzare ripetutamente. Però gli credetti sulla parola: avevamo compagnia, o almeno qualcuno era passato di recente su quel sentiero. D'altra parte, era da tempo che dovevo credergli sulla parola su tutto.

"Tu conosci questa montagna, Charles."

"Un po'."

"Più di quanto tu non abbia lasciato intendere. La tua animosità verso questo posto non è casuale. È qualcosa di personale."

"Cosa te lo fa pensare?"

Forse mi stava semplicemente assecondando, ma fui grata dell'invito a tirar fuori il discorsetto da Nancy Drew. "Sono le piccole cose. Il tuo indebito orgoglio per il lapislazzuli e il tungsteno. Il fatto che sapessi della vicinanza di questa radura."

"Come ti dicevo, non sono più venuto qui da quando hanno alzato la recinzione." Non era affatto sulla difensiva.

"Allora è ancora più rimarchevole che te ne ricordi."

Heist rimase per un po' in silenzio. "Dovremmo raggiungere la vetta, se te la senti." Indicò il sentiero, che adesso appariva come un'oscura galleria. Non era ancora ricorso alla torcia, ma presto sarebbe giunto il momento di farlo. I cani, attenti ai suoi segnali, si precipitarono in quel tunnel. Faceva più freddo lì sul precipizio, e il vento stava acquistando slancio, come aveva previsto. Avevo ripreso fiato dopo il mio orgasmo fantasma, qualunque cosa fosse, ed ero ansiosa di tornare al riparo degli alberi.

"Prendimi per mano," gli dissi, e lui lo fece. Continuò a tenerla finché non raggiungemmo la sommità di quel posto orribile. Il chiaro di luna e la luce residua del giorno in quota e la sua mano nella mia bastavano, anche se non riuscivo a decifrare l'espressione sul suo volto. Ad ogni modo, questo non aveva avuto molta importanza fino a quel momento. Non lo supplicai di accendere la torcia, ma volevo sentire la sua voce.

"Charles?"

"Sì?"

"Quando sei venuto quassù, prima che alzassero la recinzione, perché l'hai fatto?"

"Per parecchie ragioni. In parte sono cresciuto su questa montagna."

"I tuoi genitori ti lasciavano scorrazzare liberamente su questi sentieri?"

"Non era tanto quello che i genitori di qualcuno mi lasciassero o non mi lasciassero fare. Era solo quello che facevo."

"Dimmi di più."

"Te lo dirò dopo."

Mi aggrappai a quel *dopo* – al fatto che ci sarebbe stato un dopo. Scoprii di non aver bisogno d'altro. Forse stavo imparando a vivere nella landa desolata di Heist, ma, ehi, vista da vicino, aveva una fauna e una flora, e magari c'era anche un posticino per me nel suo ecosistema inaridito.

Adesso eravamo saliti fino al ghiaccio, dove nulla si era sciolto, e la neve era stata semplicemente spazzata via dal vento, o non era neppure riuscita a insinuarsi oltre la volta degli alberi. Lo strato croccante riluceva al chiaro di luna. Si comprimeva gradevolmente sotto i piedi, eccetto dove era già stato schiacciato in una scivolosa impronta a forma di scarpone. Gli stivali puntavano sia a monte che a valle – mi congratulai con me stessa per essere entrata nella stessa categoria dei cani, promossa a interprete di segni. Pur senza illudermi di aver raggiunto il loro livello.

Quando ci fummo inerpicati fino a raggiungere il termine del nostro cammino, lo sentii. Heist mi lasciò la mano. Continuavamo a non aver bisogno della torcia. La radura era ampia, circondata da alberi scuri su ogni lato, e non si vedeva un punto in cui il sentiero ricominciasse. Non eravamo neanche lontanamente in prossimità della vetta, ma questa era evidentemente una destinazione, e adesso la nostra destinazione. La luna illuminava la neve e noi, un bagliore quasi insopportabile dopo che i nostri occhi si erano abituati alla galleria arborea, una scena in effetto notte che sarebbe parsa fasulla in un film. Quanto alla trama, era fatta di orme. Questa indagine non richiedeva più i cani, né Nancy Drew. Anche un bambino avrebbe trovato la via per raggiungere il centro cerimoniale di quel nevaio, la buca cinta da un anello di pietre. Heist e io ci avviammo in quella direzione, ma i cani ci precedettero, e una volta arrivati lì cominciarono a uggiolare. Scambiai la buca scura per i resti di un falò finché non fui abbastanza vicina da accorgermi della sua concavità. Quando Heist saltò al suo interno, sparì alla vista dalla metà del petto in giù. Aspiratutto e Miller si misero ad abbaiare. Jessie tornò indietro a cercarmi. Gli toccai il capo con le dita fredde e mi trascinai come ipnotizzata fino al bordo della buca.

La coppia era avvinghiata in un abbraccio. Per scaldarsi, immaginai, visto il poco che indossavano sotto i loro costumi di pelliccia. Fu così che interpretai inizialmente la scena. Si stringevano senza prendersi il fastidio di far caso al nostro arrivo, così infreddoliti e inermi in quella buca, lei nel suo ridicolo costume da coniglio, il cappuccio troppo grande con le orecchie pelose, lui nel corrispondente travestimento da orso. Alle mani e ai piedi calzavano zampe sovradimensionate e il petto e il pube erano coperti di pelliccia, ma le loro membra intrecciate erano completamente nude, imbrattate solo qua e là da chiazze di fango, scure ma stranamente scintillanti sulle pallide braccia illuminate dalla luna.

Ero arrivata a chiedermi con esasperazione cosa ci sarebbe voluto per riscuotere questi adolescenti sventati, in modo da spiegar loro che erano stati salvati e aiutarli a scendere dalla montagna, quando mi accorsi che ciò che avevo preso per fango era di un rosso scuro, una specie di gelatina alla ciliegia rappresa e congelata che si era accumulata nei cappucci a forma di testa animale. Le gole erano tagliate. Heist si era afflosciato, la schiena contro la parete della buca, singhiozzando, il respiro spezzato in ansiti affannosi, disperati. Miller saltò nella buca, e anche Aspiratutto. Miller leccò il viso di Heist, Aspiratutto i volti privi di vita nei cappucci, il ragazzo-orso e la ragazza-coniglio, e poi Aspiratutto cominciò a servirsi di gelatina alla ciliegia, imbrattandosi il muso. Riuscii a pensare che forse questo significava spingersi un po' troppo in là nel cordoglio, prima di voltarmi dalla buca e cadere, contorcendomi mentre vomitavo bile e merlot sulla neve.

Tornai in me con un sussulto quando sentii gli ululati. Credo fosse stato Heist a dare il la, all'inizio con un gemito scomposto, ma poi diventò un coro che si elevò, passando per un latrato canino, fino alla performance di un quartetto barbershop di lupi mannari. Non continuarono a lungo, ma lo stupore mi fece alzare sulle ginocchia. Mi pulii la bocca con la manica e sfregai via dalle mani il ghiaccio e la ghiaia, poi aprii il cappotto quanto bastava per infilarmi le mani sotto le ascelle in cerca di calore. Il resto di me era abbastanza caldo o troppo intorpidito per capire di non esserlo, ma avevo la sensazione che le mani fossero state morsicate.

"Phoebe," disse Heist dall'interno dalla buca.

"Che c'è?"

"Devi guardare."

"Ho già guardato."

"È lei?"

Feci un grugnito di protesta. Non era lei, e in caso contrario non avrei guardato.

"Devi essere sicura."

Strisciai. Jessie si accucciò accanto a me. Heist si era avvicinato al cappuccio da coniglio, scostandolo per rivelare il volto alla luce della luna, nascondendo al tempo stesso la gola alla mia vista.

"No."

"Sei sicura?"

Era bionda, con labbra sottili e occhi vacui, quelli di un'altra. La ragazza scomparsa di qualcun altro, la bambina di qualcun altro abbattuta in una buca, bardata da coniglio cerimoniale.

"Quella non è Arabella."

"Va bene."

La luna era spietata, come un sole.

"Portami via di qui."

19.

A quel punto, al nuovo apice della mia abiezione e passività, quantomeno della mia vita adulta, cominciai a dissociarmi. La mia dissociazione assunse una particolare forma che non era di alcuna utilità, ma può essere interessante riferirla. In una fantasticheria concepita tanto rapidamente dal mio subconscio che era come se fosse stata preformattata per comodità, in realtà non avevo lasciato il mio lavoro alla Veneranda Signora in Grigio, accettando invece un incarico di straordinaria importanza. Uno speciale a tutta pagina pensato per la prima domenica dopo l'insediamento. *Tu, Phoebe Siegler, sei particolarmente idonea a infiltrarti e a spiegarci il Grande Là Fuori, che noi della redazione centrale siamo infine disposti ad ammettere di non capire minimamente.*

Devo sottolineare che si trattava di una stronzata colossale. Non mi era mai stato chiesto di scrivere qualcosa. Così come era accaduto alla rivista letteraria, ero stata una tirapiedi editoriale puramente decorativa, un limite da cui non ero mai riuscita a liberarmi. (Be', in parte per colpa mia – non è che fossi andata in giro a proporre brillanti idee per la pagina riservata agli opinionisti esterni, e i frizzi che facevano voltare la testa agli uomini intorno a me erano più al servizio di una seducente autocritica che dell'evasione dalla categoria delle donne cui valeva la pena di chiedere un appuntamento.) Ma in questa fantasia, ero impegnata in una splendida missione nel sottosuolo che con le elezioni si era rivelato in realtà il paradigma dominante della nostra nazione. Cuciti un medaglione di Pepe the Frog sullo zaino, figliola, va' a sedurre i bifolchi barbuti, poi torna a riferire. Spiegaci dove diavolo siamo finiti. La totale assurdità di questa fantasia non ne attenuava la confortante dolcezza. Nancy Drew era defunta, sostituita da Joan Didion – una Cronista dai Confini della Realtà, la cui provvisoria sottomissione sarebbe stata riscattata da una sublime vendetta verbale a posteriori.

20.

Ricordo a malapena il tragitto a piedi fino al pick-up di Heist, se non che stavolta adoperò la torcia e mise un braccio intorno alla mia vita mentre ci affrettavamo, scivolando a volte sui talloni, per tornare da dove eravamo venuti. Mi mise al riparo nella cabina mentre riuniva i cani sul cassone, sotto il telo. Credo di aver perso i sensi e l'inizio del viaggio, ma prima di arrivare in paese fui svegliata di soprassalto dal sogno in cui qualcuno tempestava il suo parabrezza con una gragnola di ghiaia. In effetti, qualcuno stava davvero tempestando il suo parabrezza con una gragnola di ghiaia, e mentre uscivo dal mio torpore glielo feci notare.

"È grandine," mi corresse Heist.

"Grandine? Ma questa è la fottuta Los Angeles."

"No, questa è una montagna."

I dardi di ghiaccio colpivano in modo intermittente il pick-up mentre affrontavamo i tornanti, che adesso erano immersi nella nebbia. Heist si fermò sul vialetto d'accesso in terra battuta del capanno abbandonato dove avevamo nascosto la mia auto. Non sarei mai riuscita a scorgerla da sola.

"Accenderò il fuoco," disse lui.

"Aspetta un attimo, ci fermiamo *qui*?" Somigliava a tal punto alle mie fantasie lascive, ormai del tutto fuori luogo, che rimasi sconcertata.

"Solo tu."

"Mentre tu vai a chiamare la polizia?"

"Mentre vado a prendere una Jeep."

"Cazzo, sei così fuori di testa da pensare che resti da sola in questa cazzo di baracca mentre tu – a che cazzo serve la Jeep?" Non riuscivo a smettere di dire *cazzo*, e neppure a togliermi dagli occhi il coniglio e l'orso con le loro pallide membra e le gole squarciate e insanguinate, né guardando la testa da Isola di Pasqua di Heist, né guardando il capanno illuminato dai fari del suo pick-up, il cui fascio attraversava la grandine che aveva appena cominciato a trasformarsi in fiocchi fluttuanti. Se socchiudevo gli occhi, sembrava quasi una scena natalizia. O una cazzo di scena natalizia, diciamo così.

"Phoebe, quei ragazzi lassù sono ancora caldi. È passata solo qualche ora."

"Piantala di parlarne." Avevo tirato fuori il mio cellulare e gli stavo chiedendo compulsivamente di trovare il segnale di rete. Nessun segnale, nessun metodo, nessun insegnante.[1] Eravamo là fuori da soli, a reinventare l'universo.

"Se chiamiamo i federali, perderemo delle ore, se non dei giorni. Potremmo anche finire in carcere per un po'. Così non aiuteremmo certo Arabella."

[1] Il riferimento è a Van Morrison, in questo caso all'album *No Guru, No Method, No Teacher*. (*N.d.T.*)

"Come fai a sapere che Arabella è coinvolta in... questo?"

"Non lo so con certezza," ammise.

"Qualcuno sta cercando quei ragazzi," dissi. "Sono i figli di qualcuno." Anche mentre pronunciavo tali parole sapevo che quel genere di cose era ben lungi dall'essere scontato nel mondo del Detective selvaggio.

"Faremo una telefonata anonima lungo la strada."

"A cosa serve la Jeep?"

"I conigli e gli orsi vivono nel deserto."

"Ti prego, basta con gli indovinelli."

"Ci sono due gruppi. I Conigli e gli Orsi. Sono delle... comunità."

È amico dei conigli e degli orsi. Salvia aveva tentato di dirmi quello che sapeva. L'avevo scambiata per una cantilena infantile.

"Gente fuori dagli schemi," dissi, orgogliosa di conoscere il suo gergo.

"Molto fuori. Vivono nel Mojave, in un posto dove non va nessuno, e c'è bisogno di una Jeep per arrivarne anche solo al margine. Gli Orsi vengono qui perché hanno bisogno della montagna, te ne ho già parlato."

"Per le cerimonie."

"Sì. Anche se di solito non si lasciano dietro dei cadaveri."

"Sapevano che saremmo venuti e così hanno preparato una torta."

"Cosa?"

"Niente. Hai ragione. Dobbiamo andare nel deserto, Charles. Prima che sia troppo tardi."

Heist mi portò all'interno del capanno, che non era chiuso a chiave, e mi lasciò lì con la torcia, a ispezionarne gli angoli in cerca di creature reali o demoniache, a esaminare la finestra rotta e il pavimento in linoleum corroso, mentre lui prendeva della legna da ardere dal pick-up. Poi accese un fuoco nella vetusta stufa a legna nera, più in fretta di quanto mi fosse mai capitato di vedere. Portò un rotolo di coperte, lo svoltolò e mi fece infilare dentro, e gli lasciai compiere tutti questi gesti assurdi perché non riuscivo a immaginare cos'altro fare, e perché ero paralizzata dal problema di chi fossi, dopo aver visto quello che avevo visto. Una parte consistente di me era ancora lassù sulla montagna, in quella radura rischiarata dalla luna, a strisciare sulle ginocchia fino al bordo della buca.

"Perché non posso venire con te?" piagnucolai.

"Tu hai già fatto i bagagli. Io devo prendere qualche vestito e la Jeep, e sistemare un paio di faccende."

"Dar da mangiare all'opossum."

"L'opossum è morto."

"Oh, fantastico. Qualcuno ha ammazzato anche lei?"

"Non stanno bene in cattività."

Io sì, avrei voluto dire. "Non mi lasciare."

"Sarò di nuovo qui nel giro di qualche ora. Ci metteremo in viaggio e parleremo, oppure potrai dormire."

"E se gli Orsi tornano?"

Lui scosse il capo. "Se ne sono andati dalla montagna."

"Ti voglio qui con me, Charles." Mi sforzai di rendere seducenti le mie parole, invece che disperate. Ma la seduzione era disperata. Ero caduta così in basso.

"Ti voglio anch'io," disse, e in mezzo al turbine del mio orrore e della mia angoscia, di orsi e conigli e di qualunque cosa fosse capitata o potesse capitare ad Arabella nel deserto di Heist, rimasi pur sempre elettrizzata nel vedere la sua sorpresa nel dirlo.

"Allora non andartene."

"Tornerò," ripeté.

Mi sporsi fuori dalle coperte e lo attirai a me, facendomi tenere tra le braccia e stringere e baciare finché non sentii diventare il fuoco e il capanno intorno al fuoco un'estensione del suo abbraccio. Allora cedetti. La neve entrava sibilando dalla finestra rotta, ma la stanza si era riscaldata. Le fiamme guizzavano dietro la grata della stufa nera e non avevo più bisogno della torcia, così la spensi. Vedevo Heist come attraverso una tiepida foschia. Rammentai a me stessa di essere stata io a costringerlo a venire sulla montagna, dove non voleva andare. Ero stata io a entrare nel suo ufficio. Ero scappata dal maestoso edificio di vetro di New York, e dalla sua controparte maligna, il Dito Dorato di Sauron; ero scappata dal merdoso vecchio mondo al luminoso confine dell'utopia, a supplicare questo rapimento da parte di un uomo che non avevo immaginato esistesse. Era amico dei conigli e degli orsi. Avrei dovuto cambiare il mio nome in Arabella. Lei aveva adottato il mio per mostrarmi chi fossi, per capovolgere il copione.

"Vuoi che ti lasci un cane?"

"Jessie," dissi. "Solo Jessie." Mi resi conto di essermi appisolata.

"Va bene."

E poi riempì la stufa e andò a prendere la Jeep.

Parte terza
Il deserto

21.

Ero stata in compagnia di Lorrie quasi un'ora, raccogliendo artemisia tridentata per il falò della sera. Quella roba non se ne stava semplicemente lì a disposizione, andava strappata, crepitante, dalla parte inaridita degli arbusti, grigi affari scheletrici che rivelavano la propria vitalità solo nella differenza tra i rami secchi e quelli che resistevano, piegandosi e tornando di scatto al proprio posto. Richiedeva tutta un'arte, e stavo migliorando.

Lorrie aveva insistito, giustamente, affinché mi mettessi il suo copricapo di scorta, un cappello da sole, la cui maglia di paglia ricadeva floscia intorno alle mie orecchie. Nonostante ciò, lungo il bordo della tesa, il cielo mi assaliva. Lassù il sole si era calato dal suo brutale piedestallo a perpendicolo, diretto verso la bassa cresta di brulli dirupi in lontananza, e il vento aveva ripreso slancio. Controllai il mio telefono, che non era più un telefono, bensì un orologio, e anche una sorta di talismano scintillante, vestigio di un mondo o di una vita precedente. La terza o la quarta volta che lo feci, Lorrie disse: "Non è così che ti contattano quaggiù."

Avevo appreso qualcosa sulle due tribù, gli Orsi e i Conigli, da Heist. Gli Orsi dovevo ancora incontrarli. Lorrie era un Coniglio. A quel punto, avevo conosciuto otto o nove persone del suo gruppo, per lo più donne e un paio di uomini, tutte arse dal sole, segaligne, industriose e con un'aria che forse definirei opaca. Enigmatica.

Ero stata di nuovo abbandonata da Heist, un'umiliazione che bruciava, ma Lorrie non ne era stata testimone. Si era comportata in modo amichevole senza darmi il minimo indizio sulla questione se fosse o meno completamente pazza. Colsi quest'occasione per farla uscire dal suo guscio.

"No? E come ti contattano quaggiù?"

"Quaggiù loro usano le scie di condensazione."

"Le scie di cosa?"

Sollevò la tesa del cappello e indicò il cielo. Opportunamente – o l'aveva calcolato in anticipo? – la scia bianca di un jet si distendeva obliqua sulla tela blu solcata da nuvole sospinte dal vento. L'aereo, sparito da tempo. Se qualcuno, diciamo un passeggero del volo da JFK a LAX com'ero stata io di recente, avesse lanciato un'occhiata in basso, avrebbe visto solo dorsali inumane, scultorei vuoti raschiati. Marte. Mai e poi mai avrebbe immaginato due donne strinate, intente a raccogliere rametti come contadine di Bruegel, e men che meno avrebbe potuto scorgere le nostre sinistre ombre allungate, due macchioline in mezzo ai rilievi e all'artemisia, tra le piante, gli uccelli, i massi e le altre cose disseminate in questa landa desolata.

"Scie di condensazione," ripeté Lorrie.

"E 'loro' chi sarebbero?"

"Sai, chiunque voglia penetrare nel tuo corpo con radiazioni o pubblicità." Accennò di nuovo col mento al telefono tra le mie mani.

"In realtà stavo pensando di chiamare mia madre." Be', a dire il vero la mia intenzione era di chiamare la madre di qualcun altro. Volevo telefonare a Roslyn Swados e dirle dov'ero e che ci stavo ancora provando, che ero là fuori a cercare sua figlia. Oppure scattare una foto a Lorrie e al suo fascio di rametti e mandarla a Roslyn. Per quanto riguardava le mamme, per il momento non c'era motivo di non mantenere la confusione tra Arabella e me nella mia testa. Era meglio che equipararmi a Lorrie, l'opzione che Heist mi aveva lasciato scaricandomi.

"Quaggiù ci facciamo quasi sempre da madri da sole. Però se vuoi posso farti da madre."

Ecco, allora direi che possiamo stabilire che trattasi di pazzia, pensai. Però volevo che continuasse a parlare, perché anche la voce di una persona folle può servire ad ancorarti all'umanità, e lì mi sentivo ai confini della realtà.

"Quand'è stata l'ultima volta che le hai parlato?" le chiesi. "A tua madre, voglio dire."

Lorrie si strinse nelle spalle. Non era un argomento fertile. Allora indicai in alto, verso la scia di condensazione.

"Quella ti dice qualcosa?"

"Solo che tutto va avanti e non hanno smesso di fingere e le bombe non sono cadute e non stanno neanche provando a rispondere alla domanda su cosa accadrà poi e non sono pentiti e il nostro compito è semplicemente essere testimoni di tutto questo, soffrire insieme al pianeta che sta morendo. Non credo di poterti spiegare tutto quello che dice, ma questo è un inizio."

Adesso ci eravamo accosciate sulla sabbia per riposare e studiare il cielo, e Lorrie mi sorprese scostando i pantaloncini e lasciando scorrere un rivolo di urina. Defluì tra la sabbia increspata, fino a un minuscolo precipizio dove cominciò a volatilizzarsi come vapore su una padella di ghisa.

"Però non c'è un messaggio personale." Mi rendevo conto che stavo facendo la stronza. "Niente tipo 'Lorrie, telefona a casa'?"

Lei mi guardò con compassione. "Mi spiace che tu stia soffrendo."

"Anche a me."

"Ti staccherai dalle persone nel sistema. È come il processo di elaborazione di un lutto."

"Non amo i processi, preferisco i procedimenti istantanei. Come l'iniezione di botox, o la liposuzione." Avevo la sensazione di poter dire qualunque cosa a Lorrie, ma non nel senso buono. "Per esempio, solo qualche settimana fa lavoravo proprio nel cervello del sistema, aiutandolo a riflettere su di sé. In pratica ero la *fidanzata* del sistema."

"Wow."

Non riuscivo a resistere accosciata a lungo quanto Lorrie, e così mi lasciai ricadere sul sedere, puntellandomi con le mani. Non avevo una pozza di pipì fresca da evitare, e in ogni caso ero già ricoperta di sabbia e del sudiciume desertico trasportato dal vento. Continuammo entrambe a fissare il cielo. A ben pensarci, forse la pagina riservata agli opinionisti esterni del "New York Times" era più o meno come una scia di condensazione, altrettanto attendibile sul suo eccelso piedestallo.

"Già, è un po' strambo," dissi. "Prima sono Madame

Sistema, poi, *bum*, conosco dei cani e un opossum, e un attimo dopo sono qui con voi. Il popolo dei Conigli. Non ti dà fastidio se dico così, vero?"

"No, è il nostro vero nome."

"E quindi, come dicevo, eccomi qui."

"Karma istantaneo, è così che lo chiamano."

"Be', qualcuno lo chiamava così."

In quel momento, trasalii per una presenza che si avvicinava alle mie spalle. L'aridità isolante del Mojave mi era parsa assoluta, e scoprire che Lorrie e io non eravamo sole nella nostra fuga con le scie di condensazione mi fece sentire una visionaria, come se lo spazio si fosse ripiegato per formare una soglia.

"Signore."

Era Anita. Grande Capo Coniglio, quella che Heist aveva cercato quando, qualche ora prima, ci eravamo imbattuti nel villaggio dei Conigli. Era dopo aver parlato con lei che Heist era ripartito in tutta fretta, inoltrandosi nel deserto e lasciandomi lì. Ne imputavo la colpa ad Anita. Era una donna di una certa età, gagliarda e scheletrica come il resto del gruppo, ma con capelli bianchi meravigliosamente folti e il portamento e il contegno di un'attrice cresciuta negli studios, una che aveva smesso di mentire sulla propria età.

Anita indossava adesso una maglietta dei Meat Puppets e pantaloncini da jogging, con un paio di grossi scarponi infangati ai piedi. Prima era apparsa in una tenuta sacerdotale bianca che, come avevo appreso, era studiata per accostarsi agli alveari del deserto – Anita era un'apicultrice. Era stata lei a ordinare a Lorrie di portarmi a raccogliere frasche, e così non avrebbe dovuto stupirmi più di tanto che ci avesse trovate. Era solo che avevo l'impressione di aver fatto chilometri da quel posto, e di doverne fare altrettanti per tornarvi – d'altro canto, era possibile che avessimo camminato in tondo, per quantopotevo fidarmi della mia bussola interiore. Non mi fidavo neppure di uscire da una stazione di Midtown della linea F.

"Lorrie, forse dovresti parlarle meno delle scie di condensazione, e più dei serpenti a sonagli."

"Serpenti a sonagli?" dissi, alzando di scatto le mani da terra. Per quanto tempo Anita era rimasta lì ad ascoltarci? O conosceva semplicemente le ossessioni di Lorrie? Doveva esserci tempo in abbondanza per scavare a fondo nella mente degli altri Conigli, laggiù.

"Ti sta prendendo in giro," disse Lorrie. "In questo periodo sono quasi tutti in letargo."

"Non sapevo che i serpenti a sonagli andassero in letargo."

Anita intrecciò le dita e sporse gli occhi in fuori. "Sì, tutti attorcigliati in grossi fastelli per scaldarsi. Anche se ultimamente stiamo assistendo a segni e portenti, su questo Lorrie ha ragione. Ormai non ci sono più certezze. Un sole come questo potrebbe attirare fuori qualche giovane affamato e confuso."

"Fantastico," dissi.

Anita si chinò e raccolse i rametti di artemisia dal punto in cui li avevo lasciati cadere. Sarebbe stata una di quelle donne di una certa età che stabiliscono uno standard irraggiungibile nella classe di yoga – per me, erano sempre un valido motivo per mollare. Si rivolse di nuovo a Lorrie. "Adesso mi riprendo Phoebe. Quando hai finito, puoi accendere il falò."

"Va bene," disse Lorrie. Sarà anche stata una donna fuori dagli schemi e con lo sguardo allucinato, che prestava ascolto solo alle scie di condensazione, ma Anita era il Capo Coniglio, e Lorrie saltò su ubbidiente.

Anita e io lasciammo Lorrie lì e ci avviammo nel nulla, forse nella direzione da cui era venuta, forse no. La disposizione delle formazioni rocciose poteva magari rivestire un qualche significato ai suoi occhi, ma per me era una pagina di geroglifici planetari. Ero nelle mani di questa donna – se aveva una buca scavata da qualche parte, e un costume da coniglio, ero nella popò fino al collo.

"Voglio mostrarti un posto dove potrai riposare quando farà buio," disse. "Non so se Charles tornerà prima di domani."

"Va bene," dissi, da perfetto Coniglio. Se da una parte mi bruciava che Anita sapesse che Heist mi aveva scrollato di dosso come un insetto dal cappotto, fui riconoscente per la spietata gentilezza di trattare la cosa con tanta disinvoltura.

"C'è un letto libero al Neptune Lodge, e una stanza con la porta che si può chiudere."

Neptune Lodge? Era la prima volta che sentivo quel nome. Dedussi però che si trattava di una sistemazione di lusso – udite, udite, una porta che si può chiudere! Mi sentii come la principessa sul pisello, là fuori in mezzo a quei topi del deserto.

"Ve ne sono grata."

Anita fece uno di quei suoi sorrisi rapidi e secchi, poi disse: "Non avrei mai immaginato che sarebbe tornato qui."

Mi studiò come se mi avesse rivolto una domanda. Cosa dovevo rispondere? *Signora, là nel mondo reale, dove le transazioni avvengono tramite valute diverse dagli sterpi, l'ho pagato per i suoi servigi*? Però in effetti non l'avevo ancora fatto. O magari, *Cara, gli ho succhiato l'uccello*?

"Credo l'abbia fatto per te."

L'ha fatto per te. Faccio tutto per te, tesoro. Chiusi gli occhi e sentii il sole calante sulle palpebre. Quanto sarei riuscita a camminare accanto ad Anita a occhi chiusi sul pietrisco scricchiolante? E poi all'improvviso capii. Era così semplice: camminavamo verso ovest. Certe cose erano strutturate in modo tradizionale, ad esempio il sole che tramontava a ovest. Gli uomini facevano delle cose per le donne e poi sparivano, e le donne ne discutevano. Forse stavo avendo un crollo nervoso, lì nel deserto. Forse era questo l'incontro col vuoto che Stephanie mi aveva predetto. L'ennesimo di una serie. Mio padre mi aveva inculcato una visione dei rapporti tra uomini e donne propinandomi videocassette di film in bianco e nero, per lo più musical o commedie romantiche, tutti più leggeri dell'aria (mentre mia madre si immergeva nell'atmosfera caliginosa di un noir alzando il gomito in cucina). Avevo passato la vita ad attendere che qualcuno mi facesse perdere la testa. Mi attraversò la mente il frammento di una canzone, che non era mai lontano dalla soglia della mia consapevolezza: "*A fine romance, with no kissing...*"

"Gli Orsi sono diventati pericolosi."

"Sì, be', fin qui ci arrivavo persino io."

"Sono diventati pericolosi in nuovi modi. Ho tentato di avvertirlo."

"Sono sicura che abbia capito."

"*Soprattutto* per lui, voglio dire."

Sì, avrei voluto dire, è tutta colpa mia. Era più gratificante del contrario: che io non c'entrassi niente. A occhi chiusi, tenni il suo passo, camminando nel sole.

"A dire il vero, c'è un'altra ragione per cui ti voglio portare al Neptune Lodge," disse Anita. "Vorrei mostrarti una cosa. A Charles non l'ho detto. Ma sento di potermi fidare di te. Spero di non sbagliarmi."

"Lo spero anch'io. Cos'è che mi vuoi far vedere?"

"Abbiamo una rogna," disse lei.

"Cioè?"

"Un Orso, uno malato."

"E cosa gli state facendo?"

"Ci stiamo prendendo cura di lui, ovviamente. E poi, se si ristabilirà, potremo ucciderlo."

22.

Quel mattino, quando Heist era arrivato con la Jeep, stavo dormendo. La luce filtrava a malapena nel capanno, anche se il cielo era pallido, e il fuoco spento da tempo. Jessie era schiacciato contro il mio fianco, inchiodandomi al rotolo di coperte. Non si alzò all'arrivo di Heist, ma sollevò lo sguardo truce, esprimendo perfettamente la mia riluttanza a venir stanata dalle coperte nel gelo. Heist tentò di allettarmi con un sacchetto bianco di Dunkin' Donuts – caffè senza latte e un rivoltante bagel con uovo e formaggio.

"Andiamo," disse.

"Dove?"

"Nel deserto."

"Dove sono gli altri cani?"

"Meglio che restino a casa. Melinda sta badando a loro."

"Ti seguo con la mia auto?"

Lui scosse la testa.

"Sono responsabile di quest'auto a noleggio," dissi. "Non mi sogno neanche di mollarla qua fuori, davanti a questa baracca da serial killer. Lasciamela portare giù dalla montagna e riconsegnare."

"Sono le sei del mattino. Dobbiamo darci una mossa."

"Allora la parcheggerò da qualche altra parte. In paese, almeno."

"Dovrebbe restare lontana da sguardi indiscreti."

"La lascerò allo Zendo."

Heist annuì, soddisfatto. Bevvi metà del caffè e lo seguii in paese. Lui e Jessie aspettarono mentre imboccavo il vialetto d'accesso dello Zendo e giravo intorno all'edificio principale. L'Econoline verde opaco con la ragnatela di crepe sul parabrezza, le gomme gigantesche e i paraurti di legno era sparito. Entrai in cerca di un bagno. Era misericordiosamente sprovvisto di specchio.

Mentre uscivo, mi imbattei in Nolan, seduto nella sua veste arancione sul portico, inghirlandato dai vapori dell'alba, che sorseggiava un tè erbaceo da una scodella. Non parve sorpreso di vedermi, neppure quando gli diedi le chiavi e gli chiesi di tenere d'occhio l'auto. Era un compito compatibile con la sua aura generale, immagino. Non sapevo come esprimere a parole ciò che avevo imparato da quando l'avevo conosciuto, il modo in cui la montagna mi aveva cambiata, ma Nolan non era tipo da far pressioni. Una cosa che apprezzavo.

"Dovresti mangiare qualcosa," disse Heist quando risalii sulla Jeep. Il sacchetto con il bagel all'uovo aspettava sul sedile in mezzo a noi, intatto.

"Ho un aspetto così tremendo?"

Heist non rispose, ma uscì a spron battuto dallo Zendo per avviarsi giù dal pendio. La Jeep era rialzata sulle sospensioni e sobbalzava di lato con una disinvoltura e una scioltezza che attestavano la sua capacità di affrontare un terreno accidentato e promettevano anche attacchi di vomito in stile alto mare. Era dotata di barre stabilizzatrici davanti e dietro, sulle cui implicazioni non avevo mai riflettuto seriamente. Quel veicolo votato alla libertà divenne al tempo stesso, mentre ci lasciavamo alle spalle la mia auto a noleggio e deviavamo verso est rispetto alla zona familiare del Doubletree e del Wash, la mia nuova gabbia.

Ricavai un'apertura nella carta stagnola e sbocconcellai il bagel, quindi ne strappai un pezzo e lo usai per attirare Jessie dal sedile posteriore della Jeep e fargli prendere posto ai miei piedi, con la testa posata sul mio grembo. Non degnai Heist di uno sguardo. In quel momento non mi importava gran che di lui. Preferivo il cane, il mio dolce accolito. Ci spartimmo il bagel all'uovo. Quando raggiungemmo la pianura, mi addormentai di nuovo, con Jessie stretto alla mia pancia, compiacente.

23.

A un certo punto mi svegliai, scoprendo che stavamo sfrecciando in mezzo al traffico su quattro corsie, la maggior parte del quale formato da enormi camion a diciotto ruote. Il paesaggio era piatto e giallicio tra i cartelloni e i magazzini. Un treno merci infinito sferragliava su un binario parallelo al mio finestrino, container provenienti dalla Germania e dal Giappone. Alzai lo sguardo verso Heist, che teneva gli occhi incollati alla carreggiata. Sul lato del guidatore della Jeep, procedendo alla nostra stessa velocità, almeno in quell'istante, c'era una motociclista, una donna vestita di pelle su una Harley dorata con fluenti capelli biondi sotto un casco dorato e occhialoni di protezione. Heist avvertì il mio sguardo e mi mise la mano sulla fronte come una visiera, riparandomi gli occhi dalla luce, per poi spostarla più in basso, carezzando la testa al cane. Non mi vergognai di venire messa sul suo stesso piano, di venir coccolata come un animaletto d'affezione. Le nostre scorte gemelle, il treno e la Fanciulla Aurea, viaggiavano al nostro fianco a velocità costante, dirette verso l'ignoto. L'oceano ormai così lontano alle nostre spalle da essere inimmaginabile.

Procedere a est dal mare significava inoltrarsi nell'ovest, questo compresi un attimo prima di ripiombare nel sonno.

O magari non mi ero affatto svegliata, magari il treno e la motocicletta erano stati un sogno. E tuttavia non era così facile scacciare dalla mente la Fanciulla Aurea. Era sfrecciata accanto a me come una beffa, o un avvertimento? Davvero, la Fanciulla Aurea poteva essere un frammento del mio desiderio, del modo in cui immaginavo me stessa, distaccatosi contro la mia volontà per essere gettato in cromature, pelle e velocità.

Non ero mai stata su una moto, inutile dirlo. E neppure una volta avevo desiderato farlo.

Quando mi risvegliai potevano essere passati venti minuti o un milione dianni, in ogni caso Heist continuava a pilotare stoicamente la Jeep nel paesaggio che si dilatava, con gli alberi che si diradavano e la sterpaglia desertica a punteggiare la polverosa superficie scorticata con l'impalpabilità di ciuffi su ascelle o pubi adolescenti. Battei le palpebre e socchiusi gli occhi rivolti in lontananza mentre Jessie mi leccava il collo e le orecchie quasi fossi un cucciolo che aveva dato alla luce. Colsi un odore di bagel e uovo sui suoi denti, ma l'alito al di là di esso non era canino, bensì dolce ed etereo come quello di un amante.

La valle davanti a noi era costellata, come notavo adesso, di strane sculture bianche e incombenti, candidi speroni celesti, velivoli senz'ali di Brancusi. All'inizio ne vidi cinque o sei, poi centinaia, quasi stessimo procedendo in una valle di torri aliene, piantate in una sorta d'invasione statica.

"Quelle cosa sono?" bofonchiai con voce roca.

"Pale eoliche."

"Perché non stanno girando?" Un paio di esse ruotavano pigramente, con tale lentezza che non sarebbero riuscite a strapazzare un uovo.

"Le turbine si accendono quando la rete ha bisogno di energia."

Continuammo a salire fino a ritrovarci minuscoli al loro cospetto, nelle lande aride e desolate che si stendevano fino a lontane creste lunari in ogni direzione. Non capivo la faccenda delle pale eoliche, ma non erano le pale che avevo bisogno di capire.

"Charles, sei stato allevato da animali?" Mi ero schiarita la gola dal sonno, e pronunciai queste parole con una sincerità che le distingueva dal mio consueto, estroso sarcasmo, non senza fatica. Sapevo che Heist era in grado di cogliere la differenza.

Nonostante ciò, la sua prima mossa fu di schivare la domanda. "Dal momento che anche noi siamo animali, chi non lo è stato?"

"Non è quello che intendevo."

Mi toccò di nuovo la testa. "Arriveremo a destinazione tra un paio d'ore. Dimmi se hai bisogno di una sosta a un distributore."

Respinsi la sua mano. "Sei stato cresciuto dai Conigli o dagli Orsi?"

"Un po' dagli uni e un po' dagli altri."

"Raccontami."

24.

Dei tanti branchi di hippie votati all'utopia che si erano ritirati nella natura incontaminata nei tardi anni sessanta, pochi avevano resistito più di un inverno o due. Quasi tutti si erano dispersi, dissolvendosi al crocevia di dissensi ideologici, parassiti o malattie veneree, inedia, gelosia e pura e semplice ignoranza delle crude realtà della sopravvivenza nella natura selvaggia. Quella del Viscera Springs Ranch era una comune tenace, se non la più capace, o la più fortunata. Al gruppo fu servito l'intero menu – ideologia, piattole, fame – e tuttavia non mollò.

Anno dopo anno la sua popolazione calò, fino a ridursi al nocciolo duro dei più resilienti, visionari, o disperati. Poi crebbe di nuovo, quando le voci di un rifugio nel deserto attirarono coloro che si erano disillusi sullo stato delle cose altrove, nelle città, nei college o nelle loro cellule rivoluzionarie. In un modo o nell'altro resistettero, nonostante la brutale esposizione al sole e al vento del deserto del Mojave, e la carenza d'acqua. Poiché le sorgenti che avevano dato il nome all'accampamento minerario acquistato dal gruppo per una bazzecola si erano rivelate un mero rivolo sulfureo.

Quell'affare fu la loro rovina: dopo sette anni, venne fuori che erano stati truffati. Il gruppo aveva rilevato una concessione mineraria dal precedente occupante, niente di più. La concessione non garantiva il diritto specifico di occupare, espandere, costruire, né di fumare erba e scopare e palparsi in gruppi di tre o quattro nelle conche ombrose, mettendo a disagio i prospettori più anziani. Tecnicamente non avevano neppure il diritto di passare lì la notte. In ogni caso, il terreno era inalienabile. Gli acri su cui avevano piantato le loro tende ed eretto le loro capanne di argilla e canne non erano di loro proprietà, appartenendo al BLM – il Dipartimento per la gestione del territorio.

Fu il BLM a spiegare al branco di Viscera Springs, sessanta o settanta tra uomini, donne e bambini, che dovevano sloggiare. Era il 1974. Charles Heist aveva solo sei anni quando Viscera Springs fu sfrattata dalla sua fantasia di essere una colonia, una nuova casa nel deserto, ma pareva ancora ricordarlo come un trauma recente. Immagino sia stato tale trauma a plasmare la sua vita. Doveva però esserci stato qualcosa del bambino straordinariamente vigile e circospetto anche prima di esso. Qualcosa del detective, che raccoglieva indizi. Quella natura lievemente ferita e tuttavia immune all'autocommiserazione, quel carattere determinato e paziente ed eterodiretto, depresso e a volte esasperante in cui mi ero imbattuta nell'ufficio su Foothill Boulevard, imparando poi a conoscerlo, doveva essere stato in via di formazione ancor prima che il Viscera Springs Ranch si dissolvesse, o esplodesse, dividendosi in due tribù: Conigli e Orsi.

Colmai alcuni vuoti nel racconto di Heist più tardi, cercando in rete quando ebbi un minuto libero e un po' di campo – su un aereo, guarda caso. (Spoiler alert: salirò su un aereo almeno un'altra volta in questa storia. Almeno un'altra volta nella mia vita.) Il link più utile fu quello alla tesi di uno studente di sociologia di Berkeley, *A Place Was Our First Idea: Oral Accounts of Red Bear, Breath Ranch, Eveningstar, and Viscera Canyon*. Nulla contraddiceva il racconto di Heist, anche se lì non si parlava quasi di quanto era accaduto dopo il 1974.

Quindi: alcuni sloggiarono. Altri si aggrapparono con le unghie, sostenendo di essere stati involontariamente occupanti abusivi per tutta la durata dell'esperimento – e dunque perché non continuare volontariamente? Il pianeta era immenso, soprattutto la porzione in cui si erano persi. C'erano baracche abbandonate praticamente ovunque in quel paesaggio, e roulotte, rimesse e caverne là dove non c'erano baracche. Quelli disposti a vivere da nomadi non dovevano costruire qualcosa che molto di rado. Non erano legati ad appezzamenti di terra perché non coltivavano, non in pieno deserto. Sopravvivevano grazie a quasi ogni altro mezzo: caccia, foraggiamento, commercio. Quelli che trafficavano ancora con il denaro preparavano droghe o vendevano il proprio corpo, scambiavano manufatti di bachelite rispolverati ai mercatini del baratto nei terreni del vecchio drive-in, tornavano in città per pulire le case o mendicare agli angoli delle strade. Altri incassavano zitti zitti gli assegni caritatevoli che li aspettavano alla Western Union, per poi tornare su dune buggy cariche di sacchi di fagioli e farina. Altri ancora presero le distanze da qualunque economia non fosse basata sui poteri della psiche, evitando di avvicinarsi alle strade e ai centri di scambio, imparando a sopravvivere per mesi e mesi con una dieta di null'altro che sogni, nuvole e serpenti a sonagli.

Quelli che si radicarono più profondamente e continuarono a trascinarsi dietro i tepee e a tenere riunioni e a mettere in comune il cibo finirono per venir chiamati Conigli. Erano le donne e i bambini e quegli uomini che, a prescindere dal fatto che avessero effettivamente procreato i bambini o meno, parevano riconoscere la loro presenza come una forza vincolante, una sorta di progetto per un mondo nuovo, ossia il motivo per cui erano venuti inizialmente lì. E i ragazzini che, essendo dei ragazzini, scorrazzavano selvaggi nella natura, ma di notte tornavano sempre al conforto del gruppo e sembravano offrire una dimostrazione del profondo bisogno umano di una *casa*.

Gli altri, quelli che si aprirono la strada verso i rilievi più alti, nell'oscurità selvaggia, tornando sempre più di rado ai falò cerimoniali per condividere quanto avevano trovato lassù, furono chiamati gli Orsi. Gli Orsi erano uomini.

"Ne ho sentito parlare," scherzai con Heist. Aveva parlato a lungo, tratteggiando l'affresco di un mondo e dando a volte l'impressione di rientrarvi sognando a occhi aperti. Volevo riscuoterlo bruscamente, affinché tornasse in questo. "Ci sono dei siti web per questo genere di Orsi, quelli umani e pelosi che fanno sesso tra loro."

"In realtà all'inizio si chiamavano Ammazza-Orsi," disse, ignorando la mia ironia. "Non Orsi. Il primo re degli Orsi, un certo Howard Burkhardt, era andato a nord e ne aveva ucciso uno a fucilate per poi tornare indietro su una dune buggy con il suo trofeo. Alcuni Orsi ne indossarono le parti non commestibili, i denti e la pelliccia, e Ammazza-Orsi li fece partecipi del suo nome, che in seguito venne abbreviato in Orsi."

"Va bene, allora non è esattamente la stessa cosa."

"Non sto dicendo che non ci possa essere qualche sovrapposizione." Tentai di incrociare lo sguardo di Heist quando lo disse, ma stava ancora guidando, e l'umorismo impassibile era il suo forte.

"Di quanti ragazzini stiamo parlando?" gli chiesi.

"Credo che a quei tempi ce ne fossero almeno venti. Non tutti dati alla luce nel deserto, un paio erano stati trascinati lì all'inizio, ma non restarono. In seguito... è nella natura delle cose che abbiano continuato ad aumentare."

"Nella natura dei conigli, vorrai dire? Certo. Anche questo è un fatto ben noto. Soprattutto se di quando in quando gli Orsi passavano a fare una visita coniugale."

"Avevano questa tendenza."

"E tu eri uno di quei ragazzini."

"Sì. Fui il primogenito."

Adesso si stava sicuramente prendendo gioco di me. "Il primogenito di... cosa?"

"Di Viscera Springs. Be', in realtà c'era stato un altro bambino, ma era morto, e credo sia una delle ragioni per cui la mia nascita assunse tanta importanza. Sapevano di dover imparare a farlo nel modo giusto, e io sopravvissi, e mi chiamarono il primogenito."

"E vivevi con i Conigli."

"Ho vissuto per un po' tra i Conigli."

"Scusami, *tra*. Ma non eri un Orso, giusto? Perché a loro non fregava molto dei bambini."

"Be', è questa la cosa buffa, Phoebe."

Durante il suo lungo discorso le sei corsie si erano ridotte prima a quattro e adesso a una sola in ciascuna direzione. I denti rotti dei rilievi desertici ci circondavano da ogni lato. Un po' più lontano, si ergevano le catene più alte, incappucciate di neve. Scorsi il mio primo albero di Giosuè, e poi altre centinaia di quelle forme nodose e torturate, metà Bosch, metà Seuss. Mi cucii le labbra, convinta che avrei fatto la figura dell'oca se mi fossi meravigliata ad alta voce della loro effettiva esistenza.

A un certo punto del viaggio, mentre questo racconto prendeva forma, avevo sentito risvegliarsi i miei sentimenti per Heist. Jessie aveva svolto la funzione di scudo canino mentre sonnecchiavo. Adesso tornò ad arrampicarsi sul sedile posteriore e si raggomitolò per appisolarsi a sua volta. Mi rilassai, lasciandomi carezzare dalla voce di Heist mentre fissavo ipnotizzata i contorni del deserto spazzato dal vento che si spalancava davanti a noi, dispiegandosi in ogni direzione. Lanciai solo qualche occhiata furtiva al profilo ruvido di Heist, e fui sollevata nel vedere che non ricambiava i miei sguardi. Questo avrebbe reso le cose più complicate di quanto non volessi, almeno per il momento.

Qui era la terra l'unico punto di riferimento, l'unico principio di realtà. La manciata di elementi collocati dagli umani era sotto il segno della provvisorietà, e per lo più in rovina. Molte strutture erano meri ruderi, edifici abbandonati e persino crollati a metà che si riconsegnavano alla polvere a vista d'occhio, carcasse d'auto arrugginite, recinzioni che segnavano confini irrilevanti tra terreni che nessuno rivendicava. Altrove apparivano eruzioni di stazioni di servizio nuove di zecca e ristoranti di qualche catena, megastore, le stesse brutture che spuntavano ovunque. Più spesso la realtà locale si riaffermava, squallidi centri commerciali in miniatura pieni di esercizi che offrivano massaggi e tatuaggi, sigarette elettroniche e rettili, come se l'unico modo per adattarsi a questo posto consistesse nell'inghirlandarsi di lucertoloni, fumo e inchiostro sottopelle.

Nell'ultima decina di minuti ci eravamo lasciati quasi del tutto alle spalle anche questi marginali tentativi di civilizzazione. Adesso, prima che potessi interrogarlo sul suo *spassoso periodo con gli Orsi*, Heist si fermò a un distributore, forse l'ultimo avamposto prima di spingerci oltre il confine del mondo conosciuto. Lì fece il pieno di benzina, e io di un caffè veramente spaventoso.

Il mio telefono aveva una tacca di segnale, e mentre Heist entrava a sua volta, scorsi le e-mail che si erano accumulate da quando ero salita sulla montagna. La mia realtà di un tempo era in fibrillazione, preparandosi all'insediamento dell'idiota. Immaginavo che se fossi stata lì avrei dipinto a mano un cartello, cercando di far proseliti per la marcia di protesta in programma. Da questa distanza sembrava impossibile crederci. Erano appena le otto del mattino. Risalimmo sulla Jeep e Heist imboccò la Twentynine Palms Highway verso nord, se dovevo fidarmi del sole.

I reticolati cedettero il posto a ghirigori di filo spinato, e poi al nulla. La strada stessa era l'ultimo elemento umano inciso all'acquaforte in questa landa arida; il resto era dietro di noi.

"Mi stavi raccontando degli Orsi."

"Sono stanco di parlare."

Gli porsi quel caffè schifoso e inarcai il sopracciglio. Riprese il suo racconto.

25.

Gli Orsi avevano un debole per il primogenito. Il giovane maschio, colui che era stato soprannominato prima Bambino, poi Ragazzo, e poi, per il colore dei suoi occhi, Castano. Pur non avendo molta voglia di cambiare pannolini, cercare cactus commestibili, rimescolare tegami con lo stufato, defecare nelle apposite buche, o starsene seduti ore e ore davanti al fuoco per arrivare a decisioni all'unanimità, gli Orsi si interessarono ai progressi del bambino. A quei tempi avevano cominciato a spingersi più lontano, fino ai Cleghorn Lakes, alla Death Valley e al lago Salton, alcuni in moto e altri in roulotte. Questo fu anche l'inizio dei loro pellegrinaggi a Mount Baldy, della loro ascesa annuale alle nevi, a quella vetta di lapislazzuli e riti segreti. Ma i territori governativi del Mojave costituivano ancora l'asse dei loro vagabondaggi, e tenevano d'occhio il bambino. Se nessuno sapeva chi fosse il padre, non potevano forse esserlo tutti gli Orsi, collettivamente?

Gli Orsi passavano ancora a far visita ai Conigli, un avvenimento rituale a metà strada tra la festa e il raid. A nove anni, Castano era il capo di una banda di giovani Conigli che stavano per conto proprio, arrampicandosi sulle rocce, facendo il bagno nel fango, ammazzando serpenti e prendendo possesso in segreto di caverne e baracche tutte per loro. Fu allora che gli Orsi avanzarono le loro pretese su di lui. Era giunto il tempo, informarono i Conigli con un diktat che non ammetteva repliche. Fu così che Castano andò in mezzo agli Orsi – Charles Heist, anche se non ancora sotto questo nome, all'età di nove anni.

Gli Orsi avevano una sorta di re. Avevo già sentito parlare di lui, Burkhardt, l'Ammazza-Orsi. Ex membro dei Diggers e degli Hells Angels, Burkhardt era il più forte e carismatico tra loro. Era anche il più vecchio, e parlava in continuazione della propria morte imminente, sostenendo di essere straziato dal cancro, anche se non dava alcun segno di essere malato. Burkhardt assicurava che da un giorno all'altro, quasi senza preavviso, se ne sarebbe andato in un posto elevato e si sarebbe lasciato morire, arso dal sole, per venir becchettato dagli uccelli. Nel culto virile che gli Orsi avevano coltivato dietro incoraggiamento di Burkhardt – un'accozzaglia asistematica in cui trovavano spazio tanto Henry Miller che Edgar Rice Burroughs, insieme a frammenti di Sun Tzu, Castaneda e John Wayne – il bambino era stato proiettato come la loro progenie totemica. Puro prodotto del deserto, Castano non doveva soltanto vivere in mezzo a loro, ma venir allevato per succedere ad Ammazza-Orsi nelle vesti di sovrano tribale.

Durante quel primo anno Castano scappò dagli Orsi per cercare i Conigli. Una delle sue madri preferite (non aveva mai saputo con certezza quale fosse la sua madre biologica, né se vivesse ancora con i Conigli) gli insegnò a leggere in quel periodo, usando un vecchio tascabile di *David Copperfield*. Meno di un anno dopo questa fuga fu trovato, durante uno dei suoi vagabondaggi, da alcuni Orsi, e riportato al loro accampamento; tre anni dopo, tredicenne, passò di nuovo ai Conigli.

Al suo secondo ritorno, scoprì che c'era stata una piccola rivoluzione tra i Conigli, che avevano sviluppato una certa resistenza morale – adesso parlavano degli Orsi come se fossero poco più che stupratori, e si erano armati per difendersi da loro. Castano fu trattato in parte come una spia dell'altra fazione (e Heist non poteva negare che ci fosse stato effettivamente un elemento sessuale nella sua curiosità di riunirsi ai Conigli). Alcune madri lo accolsero a braccia aperte, altre temevano potesse avere un'influenza nefasta sui più piccoli. La maggior parte dei ragazzini di cui era stato il capo non si ricordavano più di lui. Visse quindi a una certa distanza dai Conigli – visse come un semipredatore, una creatura dalle mire ambivalenti, che tuttavia accettava scampoli di educazione. E sì, aveva passato qualche notte con branchi di cani, arrancando a quattro zampe dietro di loro, per conoscere dall'interno la loro società.

Selvaggio? Certo, poteva essere il termine adatto.

Castano era cresciuto così, facendo la spola tra i gruppi attraverso gli spazi che li separavano, senz'altra casa che la propria pelle. Infine, a quattordici anni, aveva raggiunto in autostop la città di Palm Desert, una metropoli per i suoi standard, che aveva conosciuto grazie a una manciata di visite colme di meraviglia. Lì si era consegnato alla polizia per venir affidato ai servizi sociali. La sua fede assoluta nella vastità del raggio d'azione degli Orsi, nei loro occhi puntati su di lui dalle dune e dai pinnacoli di roccia, si estendeva alla certezza che l'avrebbero trascinato indietro se non si fosse rifugiato in una roccaforte della civiltà.

Arthur e Mary Heist erano un'anziana coppia di Redlands. Gli Heist avevano cresciuto sette bambini in affidamento prima di Castano, che sarebbe stato l'ultimo. Visse con loro solo per quattro anni, il tempo sufficiente a procurarsi un nome, un codice di previdenza sociale, un diploma superiore e, seppur controvoglia, una dose di cristianesimo scientista. A quel punto, aveva cominciato il suo addestramento di base. Dopo sei anni passati come riservista e bighellonando al San Bernardino Community College, che poi abbandonò, Heist dovette sopportare un periodo di lavoro manuale nei cantieri di Long Beach. Soltanto allora cominciò a tastare il terreno per quella che avrebbe potuto essere una vocazione inevitabile: trascinare randagi di ogni specie fuori da situazioni traumatiche. Per questo, la permanenza da Arthur e Mary era stata una sorta di apprendistato. Il lungo rapporto di mutua fiducia tra i genitori affidatari e i servizi sociali offrì a Charles Heist una via d'accesso all'infrastruttura di soccorso dell'Inland Empire per i ragazzini in fuga e i bambini vittime di abusi, così come per gli adolescenti accalappiati da sette o reti di trafficanti di esseri umani.

Fu solo dopo aver messo in piedi la sua singolare attività a Upland che Heist tornò, dopo dieci anni, nel deserto, per scoprire cosa ne fosse stato dei Conigli. Andò laggiù per rendere omaggio alle madri, ma anche per aiutare a fuggire tutti i bambini o gli adolescenti che gli avrebbero detto di volersene andare. Informò gli adulti, con la maggior delicatezza possibile, che la decisione non spettava a loro, bensì al ragazzo – alla persona – in questione. Charles "Castano" Heist poteva invocare le proprie origini a conferma irrefutabile di ciò. Poteva citare ai Conigli i loro stessi principi. Egli era anche il loro prodotto.

Tutte queste cose dovetti cavarle a forza a Heist, come il proverbiale dente. Non aveva nessuna voglia di parlare di come fosse stato vivere tra gli Orsi a nove o dieci anni, né dopo. Si vergognava di essere stato cresciuto come un mezz'uomo, un ibrido di yin e yang. Era sia il mistero di questa identità di Orso sia la sua vergogna per essa ad attirarmi in lui. Allora lo desiderai di nuovo, con un piccolo accesso di bramosia che mi sgomentò, perché pareva del tutto fuori luogo alla luce del sole, e durante la nostra missione tra le sabbie. Mi stavo identificando un po' troppo con la mia gabbia, la Jeep, come se pilotandola Heist stesse pilotando anche me. Avrei voluto coprire gli occhi al cane e fare qualcosa mentre Heist cambiava le marce. E provai anche una punta di gelosia.

"Hai mai avuto una fidanzata?"

"Dipende da cosa intendi."

"Facevate cose da Orsi?"

"Non sono sicuro di capire quello che intendi."

"Dopo essersi separati dai Conigli, vivevano senza donne? Mi riesce difficile crederlo, Charles."

"Ci sono sempre delle donne. Nel deserto c'è più gente di quanto non si immagini. Gli Orsi avevano un sacco di groupies tra gli abitanti delle roulotte. Come dicevo, spaziavano in lungo e in largo."

Quella parola, *groupies*, fece saltare un piccolo, orribile fusibile nel motore della mia immaginazione. Pensai ad Arabella, a quanto sperassi per lei che il mondo stesse veramente cambiando, e al fatto che in realtà non stava cambiando affatto. "Eri un adolescente."

Heist tacque.

"Ho capito," dissi. "È un mondo di Orsi, Orsi, Orsi, ma non sarebbe nulla senza una donna o una ragazza."[2]

"Phoebe."

"Lascia perdere, non dirmelo. Preferisco non saperlo." Forse gli Orsi non erano niente di più che una trasposizione rustica di Donald Trump, Anthony Weiner e Bill Cosby, la solita realtà merdosa da cui ero fuggita ma che nessuno riesce a lasciarsi alle spalle su nessuna strada, nessun pianeta abitato.

Dopo di che restammo in silenzio per un po'. Heist svoltò a destra su una pista in terra battuta che si inoltrava verso la distante topografia, poi fermò la Jeep dopo aver messo qualche centinaio di metri tra noi e l'ultima strada lastricata. Lui e il cane saltarono giù, il cane per una pisciatina contro un palo d'acciaio arrugginito, Heist per armeggiare con le ruote. All'inizio pensai stesse controllando la pressione, ma tenne quell'attrezzo appoggiato troppo a lungo a una gomma sibilante, guardando nel frattempo con gli occhi socchiusi le colline solcate da lunghe ombre.

"Cosa c'è che non va?"

"Niente. Faccio uscire un po' d'aria." Girò quindi intorno alla Jeep, sgonfiando tutte le gomme.

[2] Riferimento al brano "It's a Man's Man's Man's World," composto da James Brown e Betty Jean Newsome, di cui anche Van Morrison ha registrato una versione dal vivo per l'album *A Night in San Francisco*. (*N.d.T.*)

“Quale sarebbe la grande trovata?”

“Le gomme morbide hanno più aderenza. Dovremo saltellare un po’ tra le rocce.”

Passammo le ore seguenti a inerpicarci sulle gomme sgonfie nel frastagliato paesaggio roccioso, lontano dalla pianura, usando i letti dei torrenti o i massi caduti come strada. La Jeep ondeggiava da una parte all’altra simile a un ragno in esplorazione, bisognosa di ogni centimetro di spazio per evitare che il telaio venisse danneggiato dagli spuntoni di roccia. Poi, d’un tratto, lo spazio non era più sufficiente. Restavamo incastrati con uno scricchiolio angosciante, bloccati in un crepaccio di granito.

Ogni volta immaginavo che la Jeep fosse condannata, infilzata come un granchio su un masso insuperabile. Ma Heist non batteva mai ciglio. Scendeva per scervellarsi sul modo di affrontarlo. Di solito retrocedeva dall’ostacolo, e poi contorceva le ruote in un improbabile raggio di sterzata per scalarlo da un’altra angolazione. Altre volte spostava qualche pietra sotto le gomme, in modo da avere qualcosa su cui arrampicarsi. A questi intoppi, Jessie balzava giù per esaminare le rocce insieme a Heist, mentre io mi sedevo all’ombra di qualche macigno, albero ritorto o cactus, sforzandomi, francamente, di non piagnucolare. Poi Heist mi faceva cenno di risalire in auto. Portandola su di giri come se il motore stesse per esplodere, la spingeva su un masso fino a scalarlo, con la gomma molliccia che strideva lungo qualche parete diagonale, il telaio che si divincolava cigolando dalla sua prigione. Più di una volta resi grazie al mio Signore inesistente per le barre stabilizzatrici, tanto ero sicura che ci saremmo ribaltati di lato verso la rovina.

Ci trascinammo in avanti a singhiozzo, a una velocità di forse dieci chilometri all'ora, forse meno, ma presto fu inconcepibile che ci fosse stata una strada, che qualcuno potesse seguire o anche solo tentare di seguire il percorso che avevamo fatto. Ci dividemmo l'acqua, noi tre. Il deserto odorava del calore stillante che il sole aveva intrappolato cumulativamente nelle rocce, per eoni. Le ampie vedute sparirono. Eravamo sempre in fondo a qualche torrente o labirinto di pietra, mai sulla cima, dove si poteva presumibilmente godere il panorama. In realtà questo alleviò la mia ansia celeste. La Jeep si bloccava in continuazione in un solco dentro un solco dentro un solco. Il nostro unico traguardo i pochi metri davanti a noi.

Anche la mia mente era così. La vita si rimpicciolisce nei punti di transizione, il guardaroba tra l'Inghilterra e Narnia, l'angusta capsula spaziale lanciata verso un altro mondo. Tentai di dare una mano a Heist spostando pietre da mettere sotto le gomme, in modo da non sentirmi inutile. Accettò il mio aiuto senza critiche, ma anche senza gratitudine. Eravamo insieme in quella situazione, qualunque essa fosse, e dato che ci conoscevamo a malapena, eravamo anche soli. E tuttavia la Jeep doveva uscire dalla trappola successiva, e poi dalla seguente – c'era del lavoro da fare.

Fate molto silenzio, mi dissi. *Andiamo a caccia di conigli.*

26.

Il primo accampamento dei Conigli non mi fece un'impressione migliore di quanto avevo visto entrando nel San Antonio Wash, quando il gigante era sbucato fuori dal suo nascondiglio sotto la pioggia. Anche questo era un campo profughi, fatto di materiali di recupero, con secchi sistemati all'aperto per raccogliere l'acqua piovana, circondati da patetiche tracce di progetti di colonizzazione intrapresi e abbandonati. Non c'erano tepee, ma due basse casupole di adobe, con i tetti di lamiera. Il primo Coniglio fece capolino da una di esse e ci guardò con diffidenza. In quel sole appariva una mera sagoma, una silhouette piatta, e non riuscivo a decifrare la sua espressione, né a capire se avesse riconosciuto Heist. La scena era simile a quella nel Wash, e tuttavia diversa, per lo scotto della distanza che avevamo pagato per raggiungerla. La donna a piedi nudi di fronte a noi, che adesso stese una mano verso Jessie affinché la annusasse e leccasse, faceva pensare al primo incontro tra due esseri umani sulla superficie di un remoto pianeta, o quantomeno della luna. Tanto inverosimile era la sua presenza.

Eravamo sgusciati fuori dall'ultima trappola rocciosa, facendo del fuoristrada in mezzo a viluppi di rami degli alberi di Giosuè, fino a un punto elevato ormai alle nostre spalle. Lì Heist aveva scrutato il panorama, individuando alcuni indizi che non ero riuscita a cogliere, e noi tre ci eravamo avviati a piedi. Avevamo lasciato la Jeep e il suo contenuto – comprese le nostre scorte d'acqua – in cima all'altura mentre scendevamo in qualche modo lungo la scarpata. Avrei lasciato lì anche la borsetta, se non fosse stato per il telefono che conteneva. Ero grata che restasse ben salda intorno alla mia spalla, essendo convinta che da un momento all'altro sarei caduta sulle mani.

A dire il vero, forse sarebbe stato più comodo procedere a quattro zampe. Avevo l'impressione di aver stretto un patto allucinatorio con Heist e il cane, per trovare un posto in cui disfarci dei nostri vestiti, e poi della nostra pelle umana. Dopo il racconto di Heist, ero pronta a strisciare in qualche forra ombrosa, per succhiare l'umidità dalle rocce. Fu allora, prima che andassi del tutto fuori di testa, che arrivammo al primo insediamento di Conigli.

"Sono Charles Heist," disse quindi il Detective selvaggio. Jessie si aprì la strada con il muso oltre la donna, entrando nella casupola. La donna non tentò di fermarlo, né di ritrarsi. I miei occhi cominciarono ad abituarsi al contrasto che l'aveva fatta sembrare inizialmente una mera figura ritagliata nella luce abbagliante. Poteva avere venti o venticinque anni – più giovane di me. Sembrava però sbirciarci da una fotografia della Grande depressione, spogliata d'ogni traccia del presente, con quel vestito grigio che era in pratica un sacco di tela, le mani intrecciate all'altezza della vita. Mi chiesi se vedendo il mio iPhone l'avrebbe venerato o morso.

"Sto cercando Anita," disse Heist con dolcezza, quasi si stesse rivolgendo a un bambino o a un animale. "Lei ti può dire chi sono."

"Lo so chi sei," disse la donna. "So tutto di te." Parlava in tono spento e uniforme, senza lasciar trasparire nulla. I suoi occhi erano aridi come il paesaggio.

Heist accennò a me col mento, quasi invitandola a esaminarmi in cerca di segni di costrizione o lividi recenti. "Non sono un Orso." Decisi di non far notare che aveva passato l'ultima ora a spiegarmi di essere uno di loro, almeno in parte. Invece annuii incoraggiante, alzando la mano per mostrare che non sfoggiavo abrasioni ai polsi. Lei si limitò a fissarmi.

"Puoi dirci il tuo nome?" le chiese Heist.

"Certo, amico. Sono Scintilla."

Prima Salvia, adesso Scintilla; probabilmente c'erano anche Curcuma e Cannella ad attenderci da qualche parte se avessimo perseverato. Soffocai l'impulso a presentarmi come Lagna o Piaga. Rimasi però perplessa da quell'approccio in punta di piedi di Heist, che sembrava camminare sulle uova. Era forse parte della sua commedia da superuomo femminista? Fu in quell'istante che vidi il luccichio metallico tra le mani della ragazza, che non erano intrecciate nella posa della sempliciotta stereotipata, come avevo immaginato in un primo momento. Le dita stringevano invece, contraendosi leggermente, una pistola puntata su di noi dal centro del suo corpo.

Il foro della canna formava un minuscolo occhio nero, simile alla pupilla di un animale. Non mi ero mai trovata sotto tiro, non avevo mai sperimentato la capacità di un'arma di ridurre un intero universo a un punto, o di risucchiare il mio sguardo. Gli Orsi avevano dovuto scavare un'enorme buca apocalittica di fango e sangue su una vetta innevata per sortire lo stesso effetto vertiginoso che questa donna aveva ottenuto con uno sguardo noncurante dell'occhio della pistola. Un punto per i Conigli.

"Lei è Phoebe," disse Heist. Sospettavo avesse pronunciato il mio nome più che altro per farmi coraggio. "Sta cercando la sua amica. Puoi metterti in contatto con Anita? Hai un walkie-talkie?"

"Non so dove sia Anita in questo momento. E neppure tu."

"Naturalmente hai ragione."

"Anita dice che non ha più tempo per cazzeggiare."

La donna con la pistola si rivolgeva a Heist, ma fissava me.

"Se le dicessi che sono qui, potrebbe decidere da sé. Siamo vecchi amici."

"Sì, ma tu e io non lo siamo. Ed è qui che sei adesso, non con Anita bla bla bla."

"Perché bla bla bla?" disse Heist.

"Magari so tante cose quanto Anita. Magari ne so ancora di più."

"Hai voglia di dirmele?"

"Perché dovrei?"

"Va bene," disse Heist. "Senti, adesso puoi anche abbassare la pistola."

"No che non posso," rispose Scintilla. "È il mio lavoro." Avevo frainteso la situazione. Non solo riguardo alla pistola. Scintilla era una sentinella, non una vagabonda. La sua casupola di fango un posto di guardia in posizione strategica, una sorta di valico di frontiera. O forse era una semireietta, come era stato Heist. Le due cose non si escludevano a vicenda. Poteva essere una di quelle persone che vengono tenute ai margini per rivolgere la loro violenza all'esterno, dove serve a uno scopo.

"Hai già fatto il tuo lavoro," suggerì Heist. "Hai capito perché siamo qui."

"Non è così semplice."

"Va bene," disse Heist.

"Prendi il tuo cane," disse Scintilla. "Non mi importa dove andate adesso."

Heist fece un fischio sommesso che sentivo per la prima volta. Jessie uscì dalla casupola, tornando ai nostri piedi. Dopo di che, approfittammo del via libera e passammo accanto a Scintilla, avviandoci alla sua destra. La pistola continuò a fissarci mentre camminavamo sul crinale.

27.

In me c'è una specie di interruttore che in determinate circostante fa scattare un cicaleccio da figlia-unica-di-psichiatri-pazzi. Così accadde allora, come se l'intero deserto fosse una di quelle stanze prosciugate dell'ossigeno dai litigi dei miei genitori, e che tentavo di rianimare con la semplice forza della mia volontà infantile. Cominciai un monologo, raccontando a Heist di Renee Lambert, con cui avevo diviso una tripla a Thayer Hall, proprio in mezzo allo Yard, nel mio anno da matricola.

Renee fece subito colpo su di noi con la sua sbalorditiva indifferenza agli studi e con le sue prodezze nelle baldorie insonni, inframmezzate da ronfate diurne altrettanto stupefacenti. La trovavamo nell'area comune, ancora sveglia, ritta sul divano a cui era rimasta incollata, quando ci alzavamo per far colazione – bisognava dirle di andare a letto, quasi avesse dimenticato come funzionava la faccenda. A differenza di Arabella alla Reed, Renee aveva resistito per tutto il primo semestre – in qualche modo. Quando tornammo entrambe a New York per le vacanze di Natale fui invitata a un veglione di Capodanno con gli amici della Dalton di Renee, ma alla festa la persi di vista finché non andai a prendere il cappotto nella camera da letto in fondo all'appartamento verso le due o le tre del mattino. Lì trovai Renee seduta in mezzo alle giacche e alle borsette. Fissava il vuoto davanti a sé con uno sguardo leggermente strabico e un'espressione estatica che non riuscii a decifrare, finché non focalizzai l'attenzione sulle sue mani, che stringevano un ago ipodermico. Era rimasto lì ad aspettarmi, come la pistola di Scintilla, appena sotto il fulcro del mio sguardo.

Fu solo per quest'eco dello sconvolgente infrangersi della mia ingenuità che mi tornò in mente Renee. E tuttavia, stranamente, dopo aver fatto quel collegamento, Scintilla mi ricordò Renee Lambert tanto da vicino che per un attimo mi chiesi – e lo dissi ad alta voce a Heist – se non potessero essere la stessa persona. Magari dopo aver abbandonato gli studi era venuta a ovest? Ma no, non era possibile, adesso Renee doveva essere più vecchia. Aveva la mia età, e io ero vecchia.

Heist mi assecondò. E così, in una frenesia di ciance sovreccitate, riuscii ad andare avanti, a superare la vista della pistola e, cosa forse ancora più spiacevole, la consapevolezza che ci stavamo inoltrando nel deserto senza provviste, e sempre più lontano dalla Jeep. Be', in caso di necessità avremmo potuto bere il cielo, e sgranocchiare il mio candore azzimo come un cracker. A quanto pareva, me n'ero tenuta stretta una bella scorta.

Mi sentivo più vicina che mai a Heist. Mentre il mio assurdo paragone si esauriva pian piano, non disse nulla, ma mi aveva già dato molto sulla Jeep. Avevamo due stili diversi. Io mi aprivo in volubili fiammate, lui ricambiava con maratone cogitabonde o con il silenzio. Mi aveva condotto in questo deserto. Lo presi sottobraccio. Non si oppose.

28.

L'insediamento più grande mi colse del tutto alla sprovvista. Avrei dovuto far caso al fatto che Jessie si era precipitata davanti a noi. Stavamo arrancando su una distesa di sabbia dove non c'era neppure un sentiero, e un attimo dopo, aggirata un'altura, ci ritrovammo in un dedalo di tracce umane. Una porzione del paesaggio era punteggiata da piccole abitazioni: casupole come le due che ci eravamo lasciati alle spalle, qualche tepee, sì, e anche case a fossa coperte da lamiere e sprofondate per metà nel terreno.

Heist si destreggiò in mezzo alle baracche più piccole, e io lo seguii. Trovò la via per un pozzo fangoso, un ampio scavo non riparato con gradini ricavati nella roccia che conducevano a un luogo in cui il fango e l'acqua si raccoglievano in una pozza nell'ombra tiepida. Il pozzo aveva l'aria di essere in uso da lungo tempo. Immaginai che il grappolo di costruzioni vi fosse cresciuto intorno.

C'erano due persone in piedi sul gradino più basso, immerse nell'ombra. Una donna e un uomo macilento, la barba da messia, entrambi in morbide vesti di un grigio smorto.

Heist scese fino a metà della gradinata e parlò con loro. Non fu un incontro teso come quello con Scintilla. Dovevano conoscere Heist, o forse lui parlò il linguaggio dei Conigli in modo da far abbassare loro la guardia, o magari non erano mai stati in guardia. Magari Scintilla era l'eccezione. Mentre aspettavo sul gradino più alto, scorsi di sfuggita il primo bambino, un capellone a piedi nudi, di sesso indecifrabile. Era acquattato come un cavernicolo all'ingresso di una baracca, poi mi fece uno sberleffo e si raggomitolò per rotolare comicamente all'indietro, scomparendo alla mia vista.

Heist mi condusse quindi nell'edificio più grande, una capanna. Lì incontrammo Anita. Indossava la veste bianca che, come presto avrei appreso, era studiata per avvicinarsi ai suoi alveari. Heist mi presentò, e Anita ci diede dell'acqua e poggiò a terra una ciotola per Jessie, che lappò con gratitudine. Poi Heist andò dritto al punto, chiedendole di una ragazza che poteva farsi chiamare Arabella o Phoebe, evidentemente convinto che Anita non si sarebbe lasciata confondere dalla sovrapposizione di nomi. Anita mi lanciò una rapida occhiata, scettica e penetrante, ma mi rivolse anche un sorriso. Quando aprì la bocca mi accorsi con sollievo di trovarla simpatica, anche se sembrava pronta, e persino ansiosa, di stroncare le nostre speranze.

"Mi spiace, Charles. La tua ragazza non è mai stata da noi."

"Però sai di chi sto parlando?"

"Non sotto questi nomi. Né qualunque altro. C'è stata qualche voce, qualche avvistamento. Le priorità degli Orsi stanno cambiando di nuovo. Si parlava di una ragazza, tra le altre cose. Ma del resto è sempre così."

Dicendo ciò, Anita si era inginocchiata con aria noncurante davanti a quello che sembrava un mucchietto di pietre al centro del pavimento. Quando lo smosse con un rametto biforcuto vidi uno sprizzo di scintille, e un bagliore sotto la superficie. Jessie balzò indietro, poi venne di nuovo avanti. Era una specie di fuoco rialzato, anche se non faceva particolarmente freddo a metà mattina, neppure al coperto, lontano dal sole. Ci sedemmo accanto a lei. I miei occhi si adeguarono all'oscurità della capanna.

"E cosa mi dici della montagna?" La domanda di Heist era vaga, o almeno mi sembrò tale. Non rivelava quanto avevamo visto sul Baldy. E tuttavia il tono assegnava ad Anita il ruolo di partner disponibile a vaste speculazioni. Lei parve abboccare all'amo.

"Oddio, la montagna. Ho sentito le solite storie degli Orsi su un'imminente inondazione, ma con una nuova e stupida enfasi su un qualche scaltro accordo che avrebbero stretto sul Baldy. Ho avuto l'impressione che siano stati fregati da qualcuno o qualcosa."

"Credevo che si sarebbero accontentati della loro fiera, tenendosi lontani dai guai," disse Heist.

"Da quando in qua gli Orsi si tengono lontani dai guai?"

"Non stanno diventando troppo vecchi per queste cose?"

"Come tutti noi, Charles. Ma hanno un nuovo e giovane re. Il peggiore che abbiano mai avuto, il che è tutto dire."

"Lo conosco?"

Anita smosse di nuovo le pietre, e allora vidi che non erano tutte pietre. Alcune erano forme simili a sassi avvolte in carta stagnola annerita. Usando il suo ramo biforcuto, le trascinò sul pavimento, poi fece un buco nella stagnola per liberare il vapore intrappolato al suo interno, e una fragranza appetitosa riempì all'improvviso la stanza. Rimasi pietrificata dalla fame.

"A dire il vero, credo che nessuno lo conosca. L'unico nome con cui si fa chiamare è, tieniti forte, Amore Solitario."

"Avanzo di galera?"

Molte allusioni di questa conversazione mi risultarono oscure. Heist e Anita parevano parlare in una sorta di antico codice. Ma non ero gelosa. Sentivo invece di essere stata finalmente coinvolta nelle indagini. Avviluppata in quell'atmosfera di complicità, che capissi ogni dettaglio o meno.

"Amore sostiene di essere un veterano di Enduring Storm," disse lei. "Ma dubito che i tatuaggi e il soprannome arrivino dall'Iraq. Se socchiudi gli occhi, sembra quasi umano. Il nostro piano è di dargli fuoco appena si avvicina."

Heist alzò le mani in segno di resa. "Ho già visto quel film una volta, e mi è bastata."

Anita aveva polarizzato la mia attenzione su quanto aveva cavato dalle braci. Adesso usò il ramo biforcuto per spingere verso di me sul pavimento uno di quegli oggetti misteriosi. Lo raccolsi per dare un'occhiata. Il cibo all'interno era una specie di impanatura di farina di granturco intorno a qualcosa di verde. "Avanti," disse, e notando la mia incertezza, aggiunse: "Tamale di cactus." Spinse un altro pacchetto fumante davanti a Heist, e uno anche verso Jessie.

"Grazie." Addentai un boccone troppo caldo per essere inghiottito.

Adesso ero qualcosa di più della spalla di Heist, ero la nuova fidanzata, presentata e accettata di buon grado da...

chi? La sua ex? Sua madre? Queste distinzioni non avevano molta importanza; ero stata presa sotto la sua ala, accolta in famiglia. Il tamale era squisito, pungente per il calore e le spezie. Ripensandoci, era ovvio che stavo tornando in me dopo essere sclerata per un cocktail di fame e shock alla vista dell'arma. Alla velocità con cui mi stava scendendo l'adrenalina, se non fossi stata attenta mi sarei raggomitolata per svenire sul pavimento.

"Pare che dovrò andare a conoscere questo nuovo re," disse Heist. Parlò come se non si stesse rivolgendo a nessuno, se non all'orizzonte frastagliato che cingeva quella capanna da ogni lato.

"Non scordartelo mai," disse Anita.

"Cos'è che non dovrei scordare?" chiese lui.

"Tutto questo avrebbe potuto essere tuo."

29.

Quel che accadde poi accadde in fretta. Heist uscì a grandi passi dalla capanna di Anita, lasciando sul pavimento il suo tamale mangiato a metà. Jessie lo seguì. Anita mi sorrise di nuovo, come se fosse naturale che venissi abbandonata lì, impotente, sul suo pavimento sabbioso. È così che va il mondo. Trangugiai quel che restava del tamale, agguantai la borsetta e mi precipitai fuori per seguirlo.

Dovetti correre per raggiungerlo. Quando ci riuscii, la ricompensa fu che si voltò e disse: "È meglio se resti qui."

"Stai scherzando."

"Sarò di ritorno tra qualche ora." Non smise neppure per un attimo di camminare, lo sguardo fisso sulla destinazione come quando guidava. Era verso la Jeep che stava andando, ovviamente. Superammo le due casupole dove Scintilla ci aveva affrontato con la pistola, anche se adesso non vidi traccia di lei.

"Neanche per sogno," dissi. "Vengo con te."

"Devo farlo da solo."

Il linguaggio tra noi divenne rudimentale, e circolare. Continuai a ripetergli che la responsabilità delle ricerche era mia, che lui non conosceva neppure Arabella e che l'avevo seguito fin lì per un motivo, non perché si sbarazzasse di me nel momento cruciale – depositata come un Coniglio di scorta nella conigliera. Lui continuò, be', a sbarazzarsi di me. Presto Heist rimase in silenzio mentre inveivo contro di lui, tra le desolate colline nate per inghiottire il linguaggio umano, scolpite dal tempo per far apparire insignificanti le mie proteste. Sono sicura che stessi ormai urlando quando raggiungemmo il dirupo scosceso che ci aveva impedito di arrivare direttamente al villaggio dei Conigli in auto. Più in alto, si intravedeva la Jeep. Ricordo la frase *fottute stronzate da macho* senza particolare orgoglio.

Heist aprì la portiera sul lato del guidatore, e Jessie saltò dentro. Montai sul sedile del passeggero. Lì mi ritrovai temporaneamente ammutolita. Seduta di nuovo sulla Jeep, ricordai il nostro lungo viaggio, la tenerezza con cui Heist mi aveva aiutato a superare la paura dormendoci sopra, la sua mano sulla mia testa. Inoltre, era possibile che fosse bastato seguirlo fino all'auto per averla vinta, e che adesso sarebbe andato ad affrontare il Re degli Orsi con me a bordo. Almeno non mi aveva buttata fuori dalla Jeep.

Però Heist non stava andando da nessuna parte. Con la sua tipica passività, restò seduto con la chiave nella mano poggiata sul ginocchio, pronta, lasciando che la sua irremovibilità mi piegasse silenziosamente. Quando aprii di nuovo bocca il mio tono era furibondo eppure tranquillo, e ravvisai in esso la mia sconfitta.

"Tu e io siamo almeno sullo stesso *pianeta*?" dissi.

"C'è un solo pianeta."

"Grazie, dottor Spock. Sai, adesso ti ho capito. Potrai anche sembrare una creatura selvatica, ma sei l'opposto. Sei uno di quei tipi alla Leonard Nimoy, un robot di Asperger dalla testa ai piedi. Ai tuoi occhi, gli esseri umani sono solo degli animali incomprensibili, che vale la pena di salvare per il gusto di farlo, poco più che cani randagi. C'è un solo pianeta, certo – ma lo stai osservando dalla parte sbagliata del telescopio." Mi rendevo conto che erano assurdità, davvero, ma volevo raspare la porta dietro cui Heist aveva sigillato la sua infinita tristezza. La vanità con cui me la nascondeva mi parve d'un tratto ripugnante.

Heist non reagì, ma Jessie lo fece, lanciandosi su di me per leccarmi la faccia. Mi accorsi così delle lacrime cui avevo dato la stura. Heist si limitò a chiudere gli occhi e ad allungarsi all'indietro, facendo un sospiro corporeo senza alcun suono ad accompagnarlo.

"È come se ti stessi vedendo ricascare in quei vecchi rancori tribali," gli spiegai. "Mi fa infuriare, perché ti ho trascinato in tutto questo per trovare una ragazza smarrita reale, viva e vegeta, una giovane donna." Non intendevo me stessa. Ma evitai di nominare Arabella, per mantenere l'ambiguità. "E mi rende triste, in un centinaio di modi diversi. Se dici che è un pianeta triste finirò per vomitare."

Volevo costringere Heist a uscire dal suo arrocco nel passato, in modo che tornasse alla vita presente – quella in cui lui e io eravamo, per quanto esile potesse essere il nostro legame, amanti.

"Il punto non è quello che stai dicendo. Il punto è che non intendo presentarmi lì con un altro ostaggio bell'e pronto."

“Sei un ostaggio bell’e pronto quanto me.”

“Non è così che la vedono loro.”

“Ottimo. Eccellente. Esaminiamo tutto dalla prospettiva degli Orsi. Con questo asso nella manica hai già sbaragliato tutto quello che potrei mettere sul tavolo. Non sopporto che adesso questa parola sia rovinata, così come tante altre cose.”[3]

“Quale parola?”

“Lascia perdere. Lo so che l’attualità non è il tuo forte. Quando hai un minuto va’ a chiedere al Gufo, o al vecchio e saggio Tasso, e te lo spiegheranno.” Jessie mi leccò le narici appiccicose. Me lo sbaciucchiai un po’, il mio premio di consolazione, solo per far vedere a Heist quello che si stava perdendo. “E va bene, fa’ pure le tue stronzate da maschio. Jessie e io ti aspetteremo nella sala d’attesa mestruale.”

“Ho bisogno di Jessie,” disse Heist. “Ho bisogno di un battitore.”

“Oh, certo, Jessie ha il pene. Errore mio.”

“Sai come tornare indietro?” Heist non dovette far altro che sollevare il mento. La Jeep era rivolta nella direzione da cui venivamo, l’altura dietro la quale i Conigli facevano le loro cose da Conigli.

Gli dissi che sapevo come tornare indietro. Quindi aggiunsi: “Ho fatto breccia in te in qualche modo? Perché tu hai fatto breccia in me. Ti ho visto ululare, Charles.”

Era tutto il giorno che volevo ricordargli quello che era successo tra di noi nell’Airstream, che ci eravamo divorati a vi-

[3] La parola in questione è *trump*, che indica la briscola, l’asso nella manica. (*N.d.T.*)

cenda, portandoci all'orgasmo. Ma questo era banale, in realtà. L'avevo fatto con un sacco di idioti da cui mi ero poi distaccata facilmente, distrattamente, e con sollievo. Era quanto accaduto sulla montagna a legarci, o così credevo. È il *trauma a far di voi una famiglia*, pensai assurdamente. Avevo pensato che Heist e io fossimo stati devastati insieme, ma forse eravamo solo stati devastati contemporaneamente, in due modi diversi. In fondo, non sapevo cosa significasse la montagna per lui.

"Ricordo." Non disse altro, ma poi si voltò verso di me, e i suoi occhi si addolcirono nella maschera dei suoi lineamenti tirati.

Non se la sarebbe cavata così facilmente, non questa volta. "Cos'è che ricordi? Di essermi venuto in bocca?" Non potevo accettare che Heist si rivelasse un artista di prim'ordine del rimorchio in stile West, tanto assorbito dall'orizzonte dei propri eventi interiori da non prendersi neppure il fastidio di scaricarmi.

"Non è quello che intendevo."

"Sentiti libero di approfondire."

"Io... io ti vedo, Phoebe Siegler."

Il mio nome per intero: adesso ero io a essere nella *sua* bocca. Questo mi commosse, ma feci finta di niente. "Vedi un sacco di cose," insistetti. "Sai, non spunto fuori dal nulla. Ho visto delle cose anche per conto mio, delle cose che ti manderebbero fuori di testa come ciò che abbiamo visto su quella montagna, e forse ancora di più." Al momento non mi veniva in mente quali potessero essere esattamente. Ma era lo stesso.

"Non ne dubito."

"Non sono un randagio in un cassetto. E non sono neppure un Coniglio."

"No," ne convenne. "Sei una donna, qualcosa di diverso."

"Cioè?"

"Ancora non lo so."

L'*ancora* mi piacque. Forse Heist stava solo mercanteggiando per liberarsi di me. Non mi importava.

Un attimo dopo ci stavamo baciando, e andammo avanti per un po'. Jessie tentò di unirsi a noi, confuso dal mio incoraggiamento di un attimo prima, ma lo scacciammo sul sedile posteriore, dove si calmò. Bravo cane. Il modo in cui Heist e io ci baciammo non si tradusse in qualcosa di più di quanto non fosse – nessuno dei due persuase l'altro di alcunché, e non avevamo neppure intenzione di spogliarci lì. Ebbi la netta impressione di star baciando una scultura, una statua bizzarra e interessante, il cui interno era massiccio fino al midollo, e inaccessibile. Era come se fossimo due topografie, contigue, ma solitarie all'interno. Nonostante tutto ciò, ehi, non era niente male.

Rimasi atterrita dal fatto che Heist avesse instillato in me una paura dell'abbandono che non avevo mai provato prima. Se le mie illusioni erano come degli ex, ebbi la sensazione di essere stata mollata otto o dieci volte nell'ultima settimana. E tuttavia potei almeno sentire, solo per un istante, che le mie stesse paure erano radicate in una nuda brama di qualcosa di inesprimibile, ma reale. Al di là di tutto ciò di cui ero stata defraudata, mi potei osservare dall'alto mentre mi davo da fare. Forse Heist era come un deserto: un incontro col vuoto, in grado di elevarmi al di sopra di una certa Phoebe Siegler.

Heist era più di questo. Era una persona che si preparava a ululare di nuovo, tornando nel suo mondo selvaggio. E forse era anche l'ultima speranza di Arabella Swados. Non gli chiesi più di portarmi con sé.

"Sta' attento, Charles."

Odiavo il fatto che avesse tanto fegato, e temevo potesse essere la sua rovina.

30.

Quando ripassai di lì, indugiai un istante davanti all'ingresso buio della casupola da cui aveva fatto capolino Scintilla. Lei non c'era, ma avvertii la sua presenza. Mi sentii osservata. Mi avviai verso il crinale oltre il quale c'erano il pozzo e la capanna di Anita, la piccola civiltà dei Conigli. Poi alzai lo sguardo e scorsi Scintilla, che teneva il mio passo su un'altura alla mia destra. La pistola penzolava da una corda intorno alla sua vita; questa volta non faticai a notarla. Era uno dei modi in cui stavo cambiando.

31.

Adesso, due ore più tardi, tornando dalla raccolta di frasche con Lorrie, mentre camminavo insieme ad Anita verso il Neptune Lodge nella luce dorata che appiattiva ogni cosa e nel vento tagliente, avvertii di nuovo la sua presenza. Scintilla. In me c'era un nervo speciale sintonizzato sulla ragazza con la pistola, e adesso si risvegliò. Mi voltai per scrutare le colline e ovviamente eccola lì che arrancava dietro di noi, tenendosi a una certa distanza.

"Anita?"

"Sì?"

"Quella ragazza dell'avamposto ci sta seguendo. Scintilla, credo sia questo il suo nome."

"Sì, l'ho notato anch'io."

"Credo che stia seguendo me in particolare."

"Sono certa che tu abbia ragione. A quanto pare, le interessi."

"Sono così interessante?"

"Per Scintilla sì."

"*Tattaratà!*"

Ma Anita tirò dritto, come la Regina di Cuori con Alice, costringendomi a seguirla, indifferente alle mie facezie. La sua stronzaggine mi fece venir voglia di prenderla in parola ed essere grata di avere almeno un'ammiratrice in Scintilla. I Conigli sembravano del tutto immuni al mio charme. Mi domandai se fosse opzionale oppure obbligatoria: la visita all'Orso malato che tenevano prigioniero, questo coinvolgimento sempre più profondo nel regno bislacco e polveroso di Anita. Durante l'interludio di raccolta ramoscelli, avevo cominciato ad attendere con ansia il falò. Sentivo il richiamo di un morso di cibo bruciacchiato e del riparo delle tenebre – di un posto sotto le stelle e a una certa distanza dalla follia di queste donne. Forse era il meglio che si potesse desiderare, a parte una doccia calda e un segnale wi-fi.

In tale umore, il Neptune Lodge fu un piccolo shock. Ero nel Mojave da meno di ventiquattr'ore, ma la grossa antenna parabolica, che si stagliò in alto quando aggirammo un affioramento roccioso, apparve come una specie di squillo di trombe della modernità, una torre Eiffel o un Empire State Building. L'ampio e basso tetto dell'edificio sfoggiava addirittura pannelli solari. La struttura si annidava in una culla di roccia, riparata dal vento. La raggiungemmo dall'alto, su gradini scavati nella pietra. Qui c'erano anche finestre di vetro. Magari la doccia calda non era fuori discussione. Ricordai l'allettante prospettiva offerta da Anita: una camera con la porta che si chiudeva.

Il cosiddetto lodge non era più grande di una villetta monopiano di periferia, a dire il vero, ma avevo ridotto le mie aspettative alla scala locale. Heist era forse a conoscenza di questo posto? Stentavo a crederlo, ma d'altra parte la mia fiducia in qualunque congettura riguardante le speranze, i sogni, le ragioni, gli interessi e ogni altro contenuto del suo cranio aveva raggiunto il minimo storico, insieme al mio desiderio di continuare a curarmene.

"Questo posto è dei Conigli?" chiesi ad Anita.

"Appartiene a un alleato."

"Perché non vivete tutti così?"

"Tipica domanda di chi sguazza nell'oro."

"Siete occupanti abusivi," sbottai. "I proprietari non ci sono."

"Le uniche cose abusive sono le tue regole. Stanno occupando la tua mente. Adesso non ho tempo di sfrattarle."

"Sì, ho sentito che sei molto impegnata. Aspetterò."

La disposizione del lodge era simile a quella di una casa familiare su due livelli sfalsati, con una cucina open space dotata di frigorifero e batteria di fornelli, anche se gli ambienti erano spogli e le stanze buie, senza traccia di corrente elettrica nonostante i pannelli solari. Lì conobbi una donna di colore dell'età di Anita, nella consueta tenuta da Coniglio-Beduino, di nome Donna, e un'altra ragazza bianca all'incirca della mia età, che indossava una giacca a vento di plastica e un paio di occhiali da sole al chiuso. Mi fece l'impressione della debuttante dello squat, forse era la Edie Sedgwick del gruppo. O magari il lodge era addirittura di proprietà dei suoi genitori. Quando fummo presentate, bofonchiò il proprio nome, che suonava tipo Lucy o Luce, e tentò di intimidirmi scrollando le spalle e alzando gli occhi al cielo. Mi domandai se tutte le regole che avevano occupato abusivamente la *sua* mente fossero state sfrattate, o se quell'operazione fosse ancora in corso.

Avevo perso di vista Scintilla mentre scendevo lungo la scarpata insieme ad Anita, e adesso mi chiedevo se venisse mai al chiuso, in un posto come quello – ne dubitavo. La mia indagine sui Conigli era ancora ai primi passi, ma stavo cominciando a distinguere alcune sottospecie diverse.

32.

Donna mi accompagnò insieme ad Anita, mentre Lucy o Luce restava indietro. L'ampia stanza dall'alto soffitto era in fondo al corridoio, sul retro del Neptune Lodge – la camera da letto principale, avrei detto, ma dubitavo che tale denominazione avesse una qualche importanza per loro, date le circostanze. Le finestre erano messe in ombra dalla rupe incombente, e mentre la luce del sole si affievoliva ebbi la sensazione di venir condotta in una caverna sotterranea. All'inizio pensai che la stanza fosse vuota, e che mi stessero mostrando i miei alloggi, spaziosi ma sinistri – e invece no. L'Orso, la rogna, giaceva sul letto, il suo corpo una montagna immobile e solitaria sotto il sottile lenzuolo, da cui spuntavano la barba da mennonita e le braccia coperte di tatuaggi. Poi vidi un anello con la catena che correva dal suo braccio a una tubatura verticale nell'angolo più lontano della stanza. Non sembrava una sistemazione scomoda – aveva problemi più gravi – ma neppure accogliente.

La bocca dell'Orso era spalancata, il suo respiro così affannoso e incostante che ero sicura fosse addormentato. Poi ci avvicinammo e vidi che i suoi occhi non erano soltanto aperti, ma seguivano i nostri movimenti nella stanza davanti al suo capezzale. Sembravano l'unica cosa viva nel bilioso pasticcio di carne del suo faccione. Le labbra non si increspavano mai per produrre quel suono, il russare del non dormiente o il rantolo del non morto che riempiva la stanza – pareva invece trasmesso via filo, come se gli avessero nascosto un altoparlante nella barba. I lobi delle orecchie mostravano segni di piercing tribali rimossi, di cui restava solo la pelle flaccida. Tutto il metallo era stato asportato dal suo corpo, forse dai Conigli, quasi a volerlo liberare dalle sue tossine preferite.

L'odore della stanza era terroso e salino, come di sabbia fresca e profonda estratta da una buca sulla spiaggia.

"Shockley, ti ho portato una visitatrice," mormorò Donna prima di accennare a me.

"Vi ho detto che voglio mia *sorella*," rispose l'Orso a margine dei suoi respiri gutturali, corrosi, che però non cessarono solo perché stava parlando.

"Tua sorella non può venire. Lei è Phoebe. È di New York." Donna si voltò verso di me. "Shockley andava in moto, e gli piace parlare dei posti in cui è stato. Non è così, Shockley?"

"Cazzo, ci sono stato a New York," disse Shockley. I suoi occhi si posarono su di me. Fu necessario uno sforzo sorprendente per decidere di avvicinarmi ancora di qualche passo al suo letto.

"Cosa ci facevi lì, a New York?" chiese Donna.

"Cazzaaate." A parte questo, Shockley si limitò a respirare, e tutte noi ad ascoltare. Quella scena avrebbe potuto essere dipinta da Goya. Mi sforzai di non vergognarmi di nessuno di loro: del vetusto corpo da balena, deturpato dalle fantasie di gloria criminale, adesso prigioniero di una sollecitudine accondiscendente, né di Donna, l'unica persona di colore nell'intero deserto del Mojave (a quanto avevo potuto vedere fino a quel momento), che si comportava come se fosse la sua infermiera. Non spettava a me farlo notare.

Donna riprese a parlare. "Per Shockley è stata una buona giornata, ma verso sera comincia a essere un po' stanco."

"No, voglio parlare con Phoebe. Phoebe mi è *simpatica*."

Faticai a ritrovare la voce. "Anche tu mi sei simpatico, Shockley." Perché mi faceva venir voglia di piangere? Perché mi ricordava Heist, maledizione.

"Sai chi è Andy *War*-hole?"

"Certo."

"Be', adesso non sono un granché, ma che sia dannato se quando arrivai a New York nel 1967 Andy *War*-hole non volle farmi una foto." Il suo mormorio strozzato parve accalorarsi nel racconto, diventando più espressivo, anche quando dovette interrompersi per riprendere fiato.

"Ti ha dato una copia?"

"Tesoro, non mi è mai venuto in mente di chiedergliela." Riuscì a fare una roca risatina.

"Sarebbe stato un ricordo prezioso."

"Ahhhh, tanto ormai l'avrei persa, o ci avrei rollato della roba e me la sarei fumata. L'amfetamina migliore che abbia mai assaggiato, lì alla Factory."

"Dev'essere stata una bella esperienza per te."

"Ho pure svuotato la borsa con una signora che non era neanche una signora."

"Spero che anche questo sia stato bello."

"Bisogna provare *tutto* almeno una volta. Be', diciamo due." Tentò di fare un sorriso, appena leggibile tra la bocca ansimante e la folta barba. "Adesso raccontami qualcosa di te."

"Le mie storie non sono molto interessanti."

"Che diavolo, tutti hanno una storia. È questo che fa di noi degli esseri umani. Voglio solo sentirti parlare, Phoebe di New York. Di' a queste Conigliette che ho bisogno di un po' di maledetta privacy qui." Mi fece trasalire alzando una mano, quella non incatenata, per agitare un dito in direzione della porta. Lo sforzo parve costargli parecchio, e quando la mano ricadde le dita pelose e cicciute si contrassero, come paralizzate.

Donna si voltò a guardare me, e Anita.

"Va bene," dissi. "Lasciatemi sola con lui."

"Vado a fare un po' di caffè," disse Donna. "Ne vuoi una tazza?"

"Sì, grazie," risposi, e lei e Anita uscirono dalla stanza. Andando anche questa volta contro il mio istinto, mi alzai e chiusi la porta alle loro spalle.

33.

"Senta, signor Shockley. Probabilmente non abbiamo molto tempo."

"Tesoro, sono veramente commosso, ma non sono sicuro di farcela al momento."

"No, mi stia a sentire." Mi era venuta un'idea geniale. L'effetto di essere così fuori dagli schemi, mi resi conto in quel momento, non era molto diverso da quello di esserne troppo prigionieri. Prevaleva la creazione di un'identità fantasiosa. Se questa gente era strisciata fuori dalle città, fuori dal tardo capitalismo, per diventare Conigli e Orsi – se Renee Lambert poteva anche essere Scintilla – allora cosa mi impediva di essere il Detective selvaggio? Nel Mojave, nessuno sa che non sei un cane. "Signor Shockley, io non sono chi lei crede."

"Chi credo che tu sia?" I movimenti dei bulbi oculari dell'Orso non tradivano esattamente il panico, o così mi parve. Forse era impossibile interpretare i bulbi oculari in assenza di altri segni del linguaggio del corpo. Be', adesso avrei visto se non si poteva instillare un po' di panico in lui.

"Non sono un Coniglio."

"Non un Coniglio," mi fece eco, come se una cosa non fosse reale finché non l'aveva rimasticata un po' nella sua barba.

"E non sono neppure una loro alleata, nonostante l'impressione che potrei averle dato. Queste donne non sospettano niente, ma sto lavorando sotto copertura in preparazione di un vero e proprio raid paramilitare. Sono stata mandata qui per portare in salvo una ragazza prima che comincino a sparare."

"*Sparare*? Sparare a *chi*?"

"Il dipartimento per cui lavoro, signor Shockley, di cui a questo punto è necessario tacere il nome, agisce in modo piuttosto sommario. Non sono molto interessati alle distinzioni tra specie diverse. Non vorrei essere là fuori sulle dune quando arriveranno gli elicotteri."

"Elicotteri?"

"Neri."

"Cazzooooo."

"Giusto per farle capire l'entità dell'operazione. Però sono stata autorizzata a offrirle l'amnistia in cambio di un minimo di collaborazione." Sì, gente, lei sa rifare la polizia in voci diverse. Ero l'apoteosi di un ragazzino abbandonato a sé stesso davanti a un televisore, fanatico di *Law & Order*.

"Mi tirerai fuori da questa stanza?"

"Sì, magari non subito. Potrei anche provare a mettermi in contatto con sua sorella o portarla al sicuro in qualche altro rifugio." In quell'istante sentii di aver sconfinato nell'ambito di ciò che si potrebbe giustamente definire subdolo: a quanto mi era dato supporre, Shockley sarebbe morto in quella stanza.

"Merda, allora collaboriamo!"

"Ho la sensazione che siamo partiti col piede giusto."

"Anch'io, dolcezza."

"Allora mi spieghi come arrivare alla persona che sto cercando. Si fa chiamare Arabella, o Phoebe. Ho assunto il suo nome, per confondere i Conigli."

"Non ne so niente. Ad ogni modo, chi è l'obiettivo di questo raid? Non dirmi che mandano agenti sotto copertura in un'operazione segreta per trovare una ragazza scomparsa."

"Il mio dipartimento sta dando la caccia a una serie di bersagli, tra cui un certo signor Solitario, Amore Solitario. Immagino che lei lo conosca, o sbaglio?"

"Quel matto di Solitario non si lascerà mai prendere vivo, e per farlo fuori potrebbe volerci un bazooka."

"Lo prendo come un sì. Conosce anche Charles Heist?"

"È della grande speranza bianca che stai parlando." Il respiro di Shockley divenne più profondo e rapido. "Carne della mia carne, sangue del mio sangue, pelliccia della mia pelliccia." La mano libera riprese vita con un fremito, chiamando con un cenno la sua tribù lontana. Ripensai alle vecchie signore che avevo visto su Madison Avenue, in visone, a malapena in grado di fermare un taxi. "Quel ragazzo mi ha spezzato il cuore ma non potrei mai fare a meno di perdonarlo."

"È stato avvistato nelle vicinanze ed è a sua volta ricercato per essere sottoposto a un interrogatorio."

"Cara mia, è tornato perché l'hanno richiamato." Il suo tono divenne introspettivo, e arrovesciò gli occhi. "E cazzo, lo sapevo che avrebbe *funzionato*. Gli hanno gettato un amo, e lui è ricomparso."

"Cos'è che sta dicendo? Che sono stati gli Orsi a richiamare qui Heist?" Mi avvicinai tanto da fiutare il suo odore, il sentore di muffa del suo corpo sotto il lenzuolo, il miasma esalato dalla sua bocca.

"Certo. In realtà è il suo destino che lo chiama. Noi siamo solo il telefono." L'Orso fece ricorso alla sua voce inquietante. Aveva il dono di sussurrare in maiuscole.

"Come avete fatto a chiamarlo? Con le scie di condensazione?"

"Abbiamo lasciato un segno sulla montagna."

"Temevo che lo dicesse." Adesso ero libera di odiare l'uomo disteso in quel letto. Questo non lo privò del fascino che esercitava ai miei occhi, ma gli diede un nuovo sapore. E avevo anche altre domande da porgli, se solo i Conigli fossero rimasti dall'altro lato della porta. Dovevo sperare che da quelle parti ci volesse un sacco di tempo e di lavoro manuale collettivo per sfornare una tazza di caffè.

"Allora, qual è il suo destino?"

"Se c'è qualcuno che può sistemare la faccenda, è il vecchio Charlie. Il piccolo Charlie. Vorrei essere lì a vederlo."

"Sistemare in che modo?"

"Faranno un combattimento tra Orsi. Quando sarà finito, avremo un vero re."

"Chi è che combatterà? Amore Solitario e Charles Heist?"

Lui ridacchiò, a mo' di conferma. "Qualcuno morirà." Questo gli uscì in un mero bisbiglio. L'Orso si stava di nuovo spegnendo, l'eccitazione del nostro incontro privato non bastava più ad attizzarlo nelle ore della sera.

"Perché è necessario che qualcuno muoia?"

"Libertà, ragazza mia. La morte è la sua compagna di letto."

"Forse. Forse il mio entusiasmo per la libertà non è pari al suo."

"Stronza viziata."

"Dio, mi piacerebbe. Mi ricordo che effetto faceva. Spero che a un certo punto qualcuno mi vizi di nuovo."

"Bugiarda."

"Adesso che ne dice di parlarmi di Arabella?"

"All'inferno."

"Ah, stiamo facendo il gioco delle associazioni? Sono brava. Mi sono allenata nei lunghi viaggi in auto con i miei genitori. E io che pensavo di farla *uscire* di qui."

"*Troia.*"

"Ecco! La parola dell'anno. Dritta sparata al primo posto in classifica." Dubitavo che la mia mossa avesse ancora una qualche efficacia. Quell'uomo stava morendo, ma per quanto mi riguardava stava morendo ancora più in fretta. Non era più un uomo, ma un oracolo imprigionato nella carne malata. Adesso l'oracolo aveva esaurito le risposte.

Mi voltai, accorgendomi che la porta alle mie spalle era aperta, e Donna e Anita erano lì. Da quanto tempo, non potevo dirlo.

34.

Il caffè arrivò dal piano cottura in un tegame aperto. Ci avevano messo dei gusci d'uovo, per dissolverne l'acidità, ed era ottimo. Le uova erano di un volatile più piccolo di una gallina – o di una gallina minuscola. Speravo solo che non fossero uova di serpente a sonagli. Ma in qualche modo la resistenza a spirale del piano cottura aveva funzionato, almeno fino a un certo punto. Mentre ce ne stavamo lì in cucina, Anita e io su sedie rigide di legno, Donna appollaiata sul davanzale di una finestra spalancata sul crepuscolo imminente, osservai la resistenza che si raffreddava, tornando da arancione a nera. Al Neptune Lodge c'era la corrente, che fosse generata dai pannelli solari o meno.

Se anche l'antenna parabolica funzionava regolarmente, forse c'era un minimo di segnale di rete. Dubitavo di poter mantenere la promessa fatta all'Orso prigioniero di chiamare uno stormo di elicotteri neri, però magari sarei riuscita a far sapere a una qualche autorità dove mi trovavo, o a crogiolarmi nell'ultimo scandalo di Twitter. Archiviai quell'idea. Non volevo tirar fuori il telefono davanti a Donna e Anita, nel timore che me lo confiscassero. La nostra piccola riunione sembrava abbastanza amichevole, ma non ero sicura della mia reputazione tra gli Alti Conigli dopo quello che potevano aver sentito. Preferivo evitare di finire incatenata al polso con il loro altro ospite in una specie di romantico incubo hitchcockiano.

"Ti mostro la tua stanza, appena sei pronta," disse Anita.

"C'è la colazione continentale?" scherzai. "La mia porta si chiude dall'interno o dall'esterno?" Loro mi ignorarono, alla maniera di Heist.

"Sento odore di pioggia," disse Donna.

"Questo significa che la cerimonia del fuoco di stasera è annullata? La attendevo con ansia. Ho portato un *sacco* di rami."

"Accenderemo un falò," disse Anita.

"Potrei dormire nella Jeep," dissi. "Se mi spiegate come tornare lì."

Ignorarono anche questa uscita.

"Perché mi avete portata qui?" Mi sentivo abbastanza grintosa da mettere le carte in tavola, se questo significava che ne avrei vista qualcuna delle loro.

"Pensavamo che dovessi capire qual è la vera natura degli Orsi," disse Anita. "Conrad Shockley ti ha permesso di apprenderlo in un baleno. Lui è il corso accelerato."

"Già, com'è che ci sono tutti questi motociclisti e avanzi di galera? Mi aspettavo vesti con decorazioni in rilievo e percussionisti in cerchio." Non volevo dire quanto avessi trovato deludenti anche i Conigli. Avevo immaginato di vedere architettura basata su forme uterine, riti con sgocciolii di cera, nenie magiche condite con l'armonium. Invece tutto era spoglio e desolato, vita che si teneva aggrappata a fatica a una superficie esausta. Erano i sopravvissuti a una catastrofe non ancora accaduta, e forse era proprio questo il senso. Erano più pronti di quanto non fossi io.

“Tendi l’orecchio stanotte,” disse Anita. “Sentirai i tamburi.”

“Credevo che la colonia fosse stata fondata da un sacco di hippie idealisti.” Mi resi conto di non riuscire a smettere di punzecchiarle. “O erano solo le donne? Non siete riuscite a trovare dei fidanzati migliori?”

“Tutti gli Orsi erano hippie all’inizio,” disse Anita. “Ma del resto è così per ciascuno di noi. Gli esseri umani nascono polimorfi e liberi.”

“Non io. Sono nata in minigonna nera. Però va’ avanti.”

“La sfida è restare hippie, o quello che intendi con questa parola, non è così?” disse Donna. “Loro hanno fallito.” Parlò con lo sguardo rivolto altrove, verso la pioggia di cui sentiva l’odore ma che non riuscivo ancora a vedere. Non dubitavo del suo fiuto. Eravamo venute al Neptune Lodge per un caffè, un po’ di filosofia e un tetto.

“Sono stati logorati, fiaccati dal deserto,” dissi. “Voi no.”

“Non nello stesso modo.”

“Magari sono solo invecchiati. Anche se questo non spiega il comportamento dei giovani.”

“Gli uomini sono imprigionati nel passato,” disse Donna. “Anzi, si potrebbe dire che gli uomini sono il passato del genere umano. Hanno un grande bisogno del nostro aiuto su questo fronte.”

“Che genere di aiuto state dando a Shockley là dentro?”

"Shockley è senza speranza, impossibile aiutarlo se non prestandogli ascolto," riconobbe Donna. "Ma credo che l'ascolto sia proficuo per entrambe le parti. Alla fine viene fuori un sacco di roba da loro, quando l'anima si sta separando dal corpo. Non la definirei saggezza, ma *senso*. Mi piace provare a coglierlo con la mia attenzione più amorevole."

"Credo che ti stia illudendo, ma non importa. Cosa farete riguardo a Heist? Hanno in mente qualcosa di più dei tamburi per stasera. Heist è arrivato con tempismo perfetto."

"Non possiamo farci niente."

"Vi fa piacere," dissi, rendendomene conto solo mentre pronunciavo quelle parole.

"Lascia che ti mostri la tua stanza," disse Anita. Era una battuta da Igor, se si riusciva a immaginare Jane Fonda nel ruolo di Igor.

35.

Però non c'erano sbarre alle finestre, né lucchetti alla porta. Non si curavano di me. O meglio, solo una di loro se ne curava. Venne dopo il calar della notte, mentre Anita e qualcuna delle altre erano fuori ad accendere il fuoco sul crinale. Stavano preparando qualcosa di speciale, un falò, in mio onore o come contraltare ai tamburi, un segnale da irradiare attraverso l'oscurità in direzione degli Orsi.

Scintilla si affacciò alla finestra aperta. Ebbi la netta impressione che questa qui entrasse negli edifici perfettamente squadrati solo dalle finestre, ammesso che entrasse negli edifici squadrati. Non vidi la sua pistola, e non ne sentii la mancanza.

"Ciao," dissi.

Scintilla batté le palpebre, una volta. Non lo faceva spesso.

"C'è qualcosa che mi vuoi dire?"

"Ho visto la tua amica." Lo disse come se Arabella l'avesse visitata in sogno, ma non dubitavo che l'avesse vista davvero. Tutto poteva essere un sogno per lei. E in ogni caso, non potevo permettermi quel dubbio.

"Sta bene?"

Scintilla annuì.

"È la notizia migliore che potessi darmi. Grazie."

"La vedrò stanotte."

"Come?"

"Sto andando a guardare gli Orsi. Lei sarà lì."

"A guardare il combattimento per il nuovo re, vuoi dire?"

Lei annuì di nuovo, di nuovo senza battere ciglio.

"Puoi accompagnarmi lì?"

"È una lunga camminata nella sabbia di notte. Sarà bello, ma non so se ce la puoi fare."

"Vorrei provarci."

Parve riflettere. "Ci sarà molta luce delle stelle, ma il terreno non è piatto."

"Ho portato delle scarpe comode," dissi. Agguantai la borsetta, poi mi arrampicai fuori dalla finestra, non perché pensassi che gli altri Conigli mi avrebbero fermata – erano tutti là fuori al falò – ma per mostrare a Scintilla che ero in grado di farlo.

Parte quarta
Notte e mattino

36.

All'inizio non notai l'arena. Tanto ero ipnotizzata dal cielo. I miei piedi si erano abituati al terreno friabile, e avevo volto lo sguardo in alto dopo il primo centinaio di metri e ulteriori rassicurazioni di Scintilla sul letargo dei serpenti a sonagli. Non avevo incontrato particolari difficoltà nella camminata. La gente di altre parti del paese sottovaluta sempre l'agio con cui i newyorchesi affrontano lunghe distanze a piedi. Tenendo il passo alle sue spalle lungo il tracciato più agevole, la via più comoda intorno agli ammassi di rocce e ai letti dei torrenti, cominciai a sentirmi l'ombra di Scintilla, un'estensione del suo furtivo, animalesco procedere in cerca della preda, anche se il compito di orientarsi ricadeva interamente su di lei. Ci eravamo lasciate alle spalle il bagliore del falò dei Conigli, ma non prima che cogliessi un riflesso luccicante della canna di metallo sulla cintura di corda di Scintilla.

Adesso, forse un chilometro e mezzo più avanti, avevo finalmente capito cosa intendessero gli abitanti delle città con *inquinamento luminoso*. L'oscurità mi aprì gli occhi. Il cielo mi inondò, senza alcun argine a contenerlo. Traboccava di stelle, cento per ognuna di quelle che credevo esistessero. Dovevo tenerle d'occhio tutte contemporaneamente, nel caso avessero cominciato a cadere. Temevo il disvelarsi della luna, una prospettiva intollerabile che un tempo avrei creduto possibile solo per il sole. Ma la luna, se era davvero lì, pareva avviluppata in basse nubi stagnanti come fango. Mi riusciva difficile immaginare che potesse cavarsi d'impaccio.

E così ero come una bambina ai primi passi, che girava su se stessa, inebriandosi di vertigine, quando l'arena, una sorta di anfiteatro naturale all'aperto, si spalancò davanti e sotto di noi. Sarebbe stato più facile notarla se avessero acceso le torce, ma così non era stato. Le torce invece attendevano, disseminate tra altre ombre che si stagliavano sul fondo del deserto, gli alberi di Giosuè, i massi inclinati. Ecco quello che la mia attenzione alterata aveva imparato a catalogare: i massi inclinati e le loro ombre. Qui non c'erano edifici, nessun grattacielo o baracca, nessuna corsia intasata dal traffico né jet incolonnati per decollare alla volta di destinazioni turistiche, nessuno squallido negozio di una catena o invitante boutique hipster. Nessuno che preparava un altro espresso. Non potevo far scorrere uno schermo in basso o in alto, né una carta a destra o a sinistra. Solo pietre e ombre di pietre, alberi di Giosuè, torce spente e, quando i miei occhi si abituarono alla scena, una manciata di creature umane sparse sotto la coppa della notte. In numero trascurabile, erano appollaiate in postazioni sopraelevate rispetto al fondo del cratere, come mosche su un soufflé forato di sale e desolazione, sotto la materia stellare che le illuminava e spregiava. Immaginai fossero gli Orsi.

Be', ero lì per delle creature umane. Per Arabella, come

continuavo a rammentare a me stessa. Lascia perdere Orsi e primogeniti fuggiaschi, legittimi eredi al trono degli Orsi. Trova Arabella, e squagliatela.

Scintilla mi guidò lungo l'orlo superiore, evitando contatti con gli spettatori raggruppati in basso. Quelli più vicini ricordavano, com'era prevedibile, Babbo Natale, e la loro tipologia fisica non era neppure impreziosita da una Harley-Davidson o da un elmetto germanico. Altri, più difficili da scorgere in quel paesaggio, somigliavano a cactus ambulanti, o spire di filo spinato, uomini come residui del fondo del deserto, in jeans anneriti e canottiere sottili. Qua e là, il bagliore arancione delle punte di sigarette o spinelli. La brezza che attraversava l'arena portava con sé vaghi odori sulfurei e carnosi, insieme a sinistre risate sbuffanti. Parte degli effluvi persistette anche quando il vento cessò. Quella ero io, cosparsa di peli di cane e impregnata dal fumo del fuoco nel capanno sul Baldy, con i vestiti infetiditi in quei due giorni, la biancheria intima inzuppata un paio di volte pomiciando con Heist.

Seguii Scintilla lungo il perimetro, senza ancora scendere, anche se pareva esserci spazio in abbondanza per guadagnare una vista ravvicinata. Mi tolsi da tracolla la borsetta e frugai per aver conferma dell'ovvio – nessun segnale. Vedendo la batteria mezza scarica, lo spensi. Le mie dita trovarono un tubetto di rossetto. Lo tirai fuori d'istinto e lo applicai, arricciando le labbra per tingerne le estremità. Scintilla mi fissò.

"Ho le labbra rovinate," dissi, senza accennare al fatto che me l'ero scorticate ripetutamente contro una maschera virile di lana d'acciaio. "A meno che tu possa offrirmi un qualche unguento di latte di capra, non ho altro." In realtà, avevo agito in base a un impulso vestigiale da *soglia-della-festa*, quasi stessi uscendo da un ascensore in un loft di Chinatown.

Non ero così sciocca da pensare di poter catturare l'attenzione di Heist con il Red Amour Crème Smooth di Laura Mercier. O forse sì?

"Ne vuoi un po'?"

Lei scosse il capo.

"Mi sono macchiata i denti? Lascia perdere. Adesso portami dalla mia amica."

"Non è ancora arrivata."

"Come fai a saperlo?"

"È parte della cerimonia. A quanto ho sentito."

"Ancora meglio, allora. Andiamo a rapirla dal camerino."

Scintilla volse il capo di tre quarti, quasi stesse scrutando un'opera d'arte moderna. "Sei buffa, Manhattan."

"Come fai a sapere che sto a Manhattan? Hai spulciato il mio portafogli?"

"Parli a manetta, tutto qui. Andiamo, dobbiamo incontrare un tizio che conosco." Sembrava un'adolescente. "Ti piacerà. Anche lui parla un sacco."

"Un Orso?"

"Non sono tutti Orsi, contrariamente a quello che forse hai sentito dire."

"Da Anita, vuoi dire?"

"Già. Da lei e Donna."

"Ah." Mi stavo sforzando di tenere un po' a freno la lingua, e così la chiusi lì. Strisciammo oltre l'orlo del crinale, per andare a incontrare un tizio che Scintilla conosceva. La mia nuova vita era incredibilmente piena e intensa.

37.

Il ragazzino che piaceva a Scintilla – lo notai subito, che era un ragazzino, e quanto le piacesse – amava parlare, eccome. Si era piazzato in un piccolo triangolo di rocce, che forse qualcuno aveva un tempo allestito con grande sforzo, con un'eccellente vista del crinale e della voragine sottostante.

Era alto e bello, con una chioma da messia e il genere di barba con le peculiarità dell'adolescenza – non ancora uniforme lungo la mascella, né molto alta sulle guance, ma meravigliosamente incolta là dove cresceva. I suoi occhi erano di un azzurro pallido anche nell'oscurità, e in essi c'era qualcosa di perspicace e beatifico. Riconobbe Scintilla e accettò anche la mia presenza, porgendoci un thermos da cui bere. Lo presi, aspettandomi dell'acqua. Non era acqua, bensì una specie di forte sidro del deserto, forse nettare d'agave fermentato. Già mentre bevevo un paio di generose sorsate, sapevo che era una sciocchezza fidarsi, e che non mi sarebbe stato d'aiuto neppure nel migliore degli scenari possibili.

"Una notte come questa è un test per la concentrazione di una persona," disse il giovane angelico, a mo' di benvenuto. Infuse un sincero calore nell'osservazione.

“In che senso?” chiesi.

“Siamo inglobati nel sogno, che però non si cura affatto di noi. Rifletterci sopra riempie di amarezza, davvero. Sento un peso sul petto come l’incarnazione di un grosso animale, ma probabilmente non sta cercando di confortarmi. Ho in bocca un sapore come di fiori bruciati. Non ho fumato niente, però ho mangiato qualche seme.”

Non sapevo fino a che punto avrei dovuto tentare di seguirlo. “Io sono Phoebe,” dissi. “Come ti chiami?”

“Al momento non mi fregio di alcun nome.”

“Fai bene. Anch’io mi sto sforzando di non complicare troppo le cose. Sto cercando di trovare la mia amica scomparsa, prima che qualcuno si faccia male.”

“La semplicità è bella! Basta non prendere nulla sul personale. Quando si abbatterà la grande tempesta, inscenerанno il loro dramma sott’acqua.”

“Vuoi dire il combattimento tra Orsi?” Lanciai un’occhiata all’arena sottostante. Sagome si muovevano nelle tenebre, forse per i preparativi, anche se le torce restavano spente. Una colonna sonora aveva cominciato a fluttuare nella notte. Qualcuno picchiava su quelli che sembravano secchi di plastica, e poi altri tre o quattro si unirono a lui. Il suono era troppo sordo e grossolano per conformarsi agli standard del vecchio movimento mitopoietico.

“Sì,” disse l’Adone. “A noi sembra importante perché siamo animali umani, e così non possiamo fare a meno di pensare che la storia conti. Ma tutto questo stupido gioco potrebbe essere spazzato via dall’acqua.”

“Come in un rinvio per pioggia, vuoi dire?”

Lui non batté ciglio. "Al college giocavo a baseball, seconda base. Un giorno, al piatto, mi sono beccato una battuta forte e tesa sulla tempia. Dire all'allenatore che non sarei tornato è stata una delle cose più difficili della mia vita. Lasciai anche antropologia. Ero vegano, ma neppure questo poteva avvicinarmi alle cose che volevo veramente conoscere."

"E così sei venuto a conoscere gli Orsi."

"La gente si preoccupa troppo delle particolari incarnazioni animali," disse. "È sufficiente ammettere che siamo dei grossi mammiferi, e la stranezza della cosa. Quello che mi piace di questa gente del deserto è che è l'unico posto in cui si possa parlare francamente dell'apocalisse. Questo vale per il tizio del distributore di benzina a Twentynine Palms come per chiunque di noi quaggiù."

"Che semi hai mangiato?" gli chiese Scintilla. Si era spostata al riparo del suo triangolo di rocce. Era attratta, come non potevo fare a meno di sentirmi a mia volta, dalla straordinaria grazia delle sue membra, dallo sfrenato turbinio dei suoi pensieri. La sua bellezza mi fece vedere diversamente il deserto, gli Orsi. Mi fece vedere diversamente anche Scintilla. Prima, avevo visto il suo appetito. Potevo invidiare i suoi zigomi, ma poco altro. Guardandola acquattata accanto a lui, capii che godeva dell'appetito e del sesso selvaggio della gioventù, probabilmente con regolarità.

"Semi secchi dell'autunno," le spiegò. "Datura. È un viaggio piuttosto tosto. Ho vomitato e orinato un rivolo bianco come il gesso. Voi due, per esempio, adesso mi apparite in forma canina. Prima che arrivaste ero impegnato in una discussione con una creatura fatta di cartocci di pannocchia e carbone.

Sono cresciuto vicino a un campo di granturco, ma questo non significa che fosse mio."

Non conoscevo la droga che aveva menzionato, ma afferrai il principio. Non era la prima volta che mi trovavo in compagnia di qualcuno che stava facendo un viaggio con gli allucinogeni. "La gente che parla dell'apocalisse non è sempre super partes," osservai. "Alcuni di loro forse stanno tentando di provocarla."

"Tutti noi l'abbiamo fatto," rispose lui. "Abbiamo portato la terra alla rovina."

Se avessi dovuto preparare un calendario di Uomini del Riscaldamento Globale, quel ragazzo sarebbe stato l'ideale per Mr Gennaio. Però sentivo divampare in me la collera, perché ci aveva sprofondato in un'assolutoria notte delle vacche nere insieme ai malvagi appestatori in giacca e cravatta, agli arraffoni e ai falsari, ai machiavellici estrattori, perturbatori e recintatori, al Collegio Elettorale. Forse erano tutti grossi mammiferi, certo, ma non tutti possedevano un animo umano.

"Non tutti noi," dissi. "Alcuni di noi, una manciata, l'hanno appioppata agli altri." Cos'era stato il ragazzo nella buca sulla montagna se non un vagabondo sputasentenze come questo prima di mettersi quelle pellicce? "Devi andartene di qui," dissi, con un improvviso risveglio del mio istinto materno. "Qualcuno potrebbe ucciderti prima del tempo. Sarebbe un vero peccato perdersi la tua apocalisse."

"È impossibile perdersela. Ci siamo dentro costantemente."

Magari avevo assaggiato qualche residuo dei semi di datura dal bordo del thermos che ci eravamo passati, ma le sue parole mi parvero tutto sommato sensate. Lì nel deserto eravamo avviluppati in qualcosa di sconfinato che forse non era sbagliato chiamare apocalisse. Fiutai la combustione del cherosene da qualche parte, un odore più maligno, sospettavo, dell'apparizione di cartocci di pannocchia e carbone.

Era una parola fuori moda, *maligno*. Ma negli ultimi mesi i nostri rapporti erano diventati più amichevoli. Apprezzavo che fosse in grado di fare il grosso del lavoro.

"Sono capaci di qualunque cosa," dissi, per rammentarlo a me stessa.

"Sono privo di aspettative."

"Va bene, ma non si può dire altrettanto di loro. Perseguono la morte, solo non la propria. Cosa pensavi di trovare qui?"

"I riti cupi e circolari sono davvero fantastici. Insegnano un po' d'umiltà riguardo ai sogni chimerici della civiltà."

Tutto questo era molto interessante, ma mentre mi accingevo alla discesa, giunsi alla conclusione di dovermi liberare di questo ragazzo. Avevo ancora bisogno di Scintilla, affinché fungesse da occhio surrogato di Coniglio, per riconoscere i giocatori familiari e pericolosi in questa partita. Forse anche per la pistola assicurata alla sua vita. Ma il suo fidanzato era una palla al piede, se non altro per la lampante incapacità di passare inosservato. Fintanto che fosse rimasto nei paraggi, avrei rischiato di farmi infettare dalle sue allucinazioni – quella sua filosofia ispirata dai semi era altamente contagiosa.

"Ricorda solo che un uomo dovrebbe tentare di uccidere un altro uomo," dissi. Presi per mano Scintilla, e lei mi seguì.

"Sembreranno minuscoli da quassù," disse il ragazzo.

"Sì, be', tiferò comunque per un annullamento per pioggia."

38.

Le dimensioni dell'arena non divennero chiare che quando le torce furono accese. Il loro inquinamento luminoso e i pennacchi di fuliggine macchiarono l'immensità interstellare che coronava il deserto. Ma al suo posto furono rivelate l'ampiezza e la profondità della conca in cui eravamo entrate, in parte dall'incapacità delle torce di far qualcosa di più che squarciarne la tenebra con isole di luce. Mentre Scintilla e io scendevamo furtive lungo la parete dell'arena, la distanza dal fondo divenne più evidente. Restavano delle sacche di oscurità, e ci tenemmo in esse. La notte stava diventando più fredda, le stelle offuscate dalle nuvole, e invidiavo i fuocherelli degli spettatori. Sentivo la mancanza di Jessie. Scintilla non sembrava una gran coccolona.

Scorsi Anita e Donna, con un paio di altri Conigli anziani, nel loro posto d'osservazione sul cratere, l'equivalente di un palco all'opera. Immagino che la cosa non avrebbe dovuto sorprendermi. Era venerdì sera, se avevo tenuto bene il conto, e questo era l'unico spettacolo in città. Il disincanto che provai mi parve familiare, come scoprire che il democratico Chuck

Schumer era un compagno di palestra del repubblicano Jeff Sessions, che tutti i pezzi grossi si riunivano a bere Martini in smoking quando il kabuki delle fazioni contrapposte era finito per quel giorno. Sulle tribune si vedevano anche altre donne, che non avevano affatto l'aria dei Conigli. Erano abitanti del deserto di un'altra specie, forse le groupies degli Orsi cui Heist aveva accennato.

Una volta mi sono trovata su un treno della linea 4, quella della Lexington, in una carrozza atterrita dalla presenza di un detenuto di Rikers appena scarcerato. Il suo status era inconfondibile per via della terrificante paranoia che fremeva nei suoi occhi, come una linguetta di granata pronta a venir tirata. Era stato per troppo tempo lontano da qualunque cosa somigliasse a un vagone stipato della metro, dove i corpi non invadevano il suo spazio in qualche eloquente manovra per imporsi, ma solo perché non potevano fare altrimenti mentre tentavano di arrivare al lavoro. Ogni volta che qualcuno gli si avvicinava troppo o commetteva l'errore di incrociare il suo sguardo, pareva non stare nella pelle, minacciando di avventarsi contro di loro. Era inconfondibile anche per l'oscena muscolatura marmorea, del genere che si vede solo negli attori internazionali di primo piano, quelli che compensano il terrore rettileo ispirato agli altri esseri umani con occhi dolci da cuccioli e sorrisi impacciati, per rammentarti che le dimostrazioni di forza si accompagnano a vite di lusso perbenista, a cuori grandi e genitali innocui e striminziti per gli steroidi.

Non Amore Solitario. Il re degli Orsi, come l'uomo della metropolitana, abbracciava il proprio terrore, e quello degli astanti. Indossava un costume in pelliccia d'orso con le falde che gli ricadevano intorno alle spalle, legato con delle cinghie al petto, e niente sotto. I suoi genitali oscillavano pesantemente nell'ombra, come se fosse sempre leggermente eccitato. Anche da dove me ne stavo appollaiata, quando si avvicinò alle torce vidi che i suoi occhi erano spalancati, e in mezzo alla barba la bocca era un orrendo disastro. Ricordavo anche questo dell'episodio in metropolitana. In prigione c'erano parecchi bilancieri, ma non altrettanti dentisti. Bisognava ricordarsi di usare il filo interdentale.

Sarebbe stato tuttavia un errore fare troppo affidamento sulla mia associazione involontaria, quella tra Amore Solitario e l'ex detenuto messo in libertà sulla parola della Lexington. Stavo cercando di confortarmi con quell'idea. Non ero più a New York. L'uomo sul treno era probabilmente a mezz'ora dal suo prossimo incontro con la giustizia, forse a un giorno o due dal nuovo arresto o dalla morte per la stretta alla gola di un manganello. Potevamo anche aver paura di lui sul treno, ma era il nostro treno, non il suo. Amore Solitario era invece la quintessenza di quel deserto, e noi eravamo alla sua mercé. Il fidanzato senza nome di Scintilla aveva ragione nel suo trip. L'aspetto e il contegno di Amore Solitario erano un correttivo di ciò che il ragazzo senza nome aveva chiamato il sogno chimerico della civiltà. Vedendo il re degli Orsi avanzare a grandi passi nell'arena di pietra dove guizzavano le torce, il problema non era tanto che tutta la misericordia e i sentimenti umani, tutto il gusto e l'ordine e il senso fossero stati liquidati, cancellati – be', c'era questo, ma anche molto di più. Vedendolo, in un certo senso desideravi che così fosse. Venga il diluvio.

Fu in quel momento che feci i calcoli e mi resi conto che eravamo entrati da un certo numero di ore nel nuovo mondo. Barack Obama non era più il presidente.

Altre sagome zampettavano lungo i margini dell'arena in cui Amore Solitario attendeva, ma fu piuttosto facile, dopo, scorgere Heist. Era l'altro tizio in pelliccia d'orso, il capo chino, seduto su un masso. Sotto il costume indossava la sua pelle rossa e i jeans sporchi, il costume normale che aveva fatto fremere il mio cuore. Era solo.

Una pulsazione cominciò a battere in me, seguendo il ritmo dei tamburi. "Dobbiamo avvicinarci di più," dissi a Scintilla.

39.

Le prime gocce cominciarono a tempestarci le braccia nude e a punteggiare le aride rocce. I due corpi si alzarono e si mossero l'uno verso l'altro nell'arena, uno spazio definito adesso da un cappio di corpi che si stringeva. All'esterno di questo ring, quattro donne con indosso scialli ornati di perline a coprire il bikini o qualcosa di meno di un bikini ballavano dentro e fuori dal bagliore tremolante di un fuocherello, ma quando furono abbastanza vicine perché si delineasse il loro profilo vidi che erano più basse e tozze di Arabella, che in ogni caso aveva seguito un sacco di lezioni di danza africana alla Saint Ann ed era improbabile che agitasse le braccia e le gambe con movenze così trite. (D'altro canto, qui la qualità del tambureggiamento era disastrosamente bassa.) Gli spettatori erano per il resto uomini – Orsi, dovevo supporre. Non sapevo per quanto ancora saremmo riuscite a passare inosservate inoltrandoci in mezzo a loro, anche se Scintilla restava impavida. Questo dovetti riconoscerglielo. Sgusciavamo di ombra in ombra, mentre la conca continuava a spalancarsi davanti a noi e l'orlo del dirupo, con le stelle ormai completamente oscurate da un cumulonembo temporalesco, appariva minacciosamente lontano.

I due corpi si scontrarono nello stesso istante in cui il cielo si schiuse come una soglia. Aghi di pioggia si propagarono immediatamente sulla polvere ai nostri piedi come corrente elettrica che si fa strada in un circuito. L'acqua colpì le lampade al cherosene, che non si spensero ma vomitarono sbuffi di vapore maleodorante in risposta. I tamburi non tacquero – la caratteristica distintiva dei tamburi, immagino. Però avevano cominciato a venir soverchiati da voci umane, grida e ululati, sinistri scherni. Attraverso cortine di pioggia ed eruzioni di vapore, con la crescente cacofonia che rimbalzava contro le pareti frantumate della voragine, Scintilla e io non avemmo difficoltà a scendere nell'arena dello spettacolo. Poi arrivarono momenti convulsi.

Amore Solitario aveva rotto il naso a Heist, probabilmente al primo colpo. Heist gli girava intorno a testa bassa, rannicchiato sotto il livello dello sguardo del suo avversario, ma scorsi comunque il nocchio violaceo della ferita in mezzo alle sopracciglia, il rivolo di un rosso acceso che colava sul mento, sul collo e sulla giacca. In quell'istante cominciai a urlare. Allora, diventandone parte per la prima volta, come non avrei mai voluto o immaginato di fare, imparai qualcosa sulla folla che assiste in cerchio a un combattimento. Se ti stava in qualche modo a cuore uno dei lottatori, non ne eri separata, trovandoti invece all'interno del combattimento insieme a lui, e lo scorrere del tempo rallentava. La pioggia cadeva a scrosci, come un metronomo, ma tutto il resto divenne immobile e sordo, per poi riprendere vita a singhiozzi, prorompendo in un dinamismo forsennato. Le mani intrecciate di Heist si abbatterono come una scure sulle costole dell'avversario, poi scivolò all'indietro, con i piedi che slittavano sul fango. Ero fianco a fianco con altri spettatori, incitando e mettendo in guardia i lottatori che ci infiammavano e deludevano. Chi poteva sapere cosa sperassero gli altri? Forse tifavamo tutti per Heist, o per Amore Solitario. Forse ciascuno di noi osservava un combattimento distinto e un combattente distinto il cui dolore era il nostro, e tuttavia questa discrepanza faceva di noi una cosa sola. Forse non era troppo tardi per tornare a casa a leggere Joyce Carol Oates, se le piogge non avessero riempito la coppa di pietra per sommergerci, come era stato profetizzato. Heist, nel fango, afferrò una gamba di Amore Solitario, rotolando per evitare l'altra. Io gridavo e gridavo e gridavo.

Anche Arabella stava gridando, quando infine la vidi. Era stata spinta d'un tratto nella prima fila della calca, quasi in mezzo al guerreggiare tra i re degli Orsi. La ragazzina delle scuole private di New York che ricordavo di aver portato a vedere *Toy Story 3* non era *sotto le sembianze* di Coniglio, né di Orso. Le era stato concesso invece il privilegio di incarnare una specie tutta sua, un falco o un corvo del deserto. Le avevano messo una corona di piume, penne di pavone che adesso si erano inzuppate, con una collana di artigli sui seni. Quegli ornamenti potevano non essere altro che zampe di gallina recuperate da un picnic con barbecue, ma l'effetto era maledettamente inquietante.

Se ne stava per il resto nuda nell'acquazzone, alta e straordinariamente pallida, senza fare alcun tentativo di coprirsi. Come tutte le millennial, a quanto pareva, Arabella si radeva il cespuglio – non riuscivo a pensare che a quanto dovesse aver freddo. Non era però entrata nella parte della vittima di un rapimento, anche se la scena faceva gridare alla sindrome di Stoccolma. Non era estranea al parossismo di cui noi eravamo in balia, ne era a sua volta partecipe, sbraitando ai lottatori, contorcendosi in una furia pornografica, un emblema del caos come tutti i presenti, compresi Heist e Amore Solitario. Non so se avesse i requisiti per essere definita una cerimonia, ma qualunque cosa fosse, lei ne era senz'altro parte. E anch'io. Il mio sollievo nel vederla viva e vegeta rimase in un certo senso in sospeso, come se le mie emozioni fossero prigioniere quanto lei del rituale.

Credo che Arabella stesse urlando a Heist di crepare, anche se in seguito non le chiesi mai se l'avesse fatto davvero. Dopotutto, era la prima volta che lo vedeva. Probabilmente non riusciva a immaginare che un salvatore si presentasse sotto tale forma, ammesso che immaginasse di poter essere salvata dal regno di Amore Solitario, invece di doverne fuggire, oppure diventarne suddita o sovrana. In ogni caso, non era lui il suo salvatore, ma io.

Il piede di Amore Solitario trovò un appiglio nell'ascella di Heist. Dopo esser scivolato innumerevoli volte, non scivolò, ma si abbatté con uno scrocchio. Lo sentii, come il grugnito esalato da Heist, nonostante i tamburi e la pioggia e le mie urla. Fu allora che non potei più trattenermi al margine del cerchio e dovetti entrarci. La mia mano si infilò nella borsetta, non per reintegrare il rossetto che dovevo aver senza dubbio mordicchiato e lasciato defluire in gola con la pioggia, ma in cerca del clacson, quella minuscola trombetta antistupro che avevo tentato infruttuosamente di spiegare a Heist sull'Airstream. Lo trovai e avanzai in preda a una frenesia animalesca. Nonostante i torrenti di pioggia, i vapori di cherosene e lo strepito umano, l'atroce musica dell'odio che sparai nell'orecchio ad Amore Solitario – spinsi la tromba della bomboletta fin dove riuscii ad arrivare, *Lo fottei brutalmente con una strombazzata dritta nel cervello* – sovrastò ogni altra cosa nell'arena di pietra luccicante. Il suo avambraccio di dimensioni omicide esplose all'infuori per liberarsi con un colpo di me, ammaccandomi contemporaneamente e istantaneamente le spalle, la mascella e il cervello. Qualcuno mi resse prima che cadessi a terra. Era Scintilla, rimasta alle mie spalle.

Però avevo messo il gigante costruito in prigione in arresto, nel senso originale della parola: l'avevo *fermato*. E si fermò anche tutto il resto, per un istante scioccato, eccetto la pioggia e il fuoco. Quell'istante era tutto ciò di cui aveva bisogno Charles Heist. Mammifero straziato, con alcune membra non più funzionanti, si alzò senza mettersi in piedi. Heist parve invece arrampicarsi sul corpo di Amore Solitario come su una scala, deciso a raggiungere a ogni costo le parti morbide in cima. La testa di Heist si girò di traverso, e i suoi denti piombarono sul collo di Amore. Osservai quell'atto con ammirazione, anche se non mi sarei mai sognata di provarci, ma fu il gesto della mano sinistra di Heist a far sì che qualcosa cedesse dentro di me.

La mano si era sollevata stringendo un sasso, e con esso continuò a colpire l'occhio di Amore, quasi avesse una volontà autonoma, finché l'orbita non cedette. Il sasso fu quindi gettato via. Le dita di Heist si infilarono intorno a quel che restava del bulbo oculare di Amore, più in profondità di quanto avrei preferito vedere, serrandosi a pugno dentro il volto di Amore. A quel punto il maestoso corpo era crollato. Heist si acquattò su di esso, con del sangue sulla bocca e sul mento. La mano scavò e strappò. Distolsi lo sguardo prima che fosse troppo tardi.

Avevamo avuto lo stesso impulso, aggredire la testa del colosso. Il resto di Amore era superiore alle nostre forze, ma in cima c'era pur sempre attaccato un volto umano con aperture nella carne, parti che non si potevano pompare nella palestra di una prigione. Anche se l'approccio di Heist fece sembrare delicata la mia trombetta, sentii di non dover giudicare. Quei pensieri idioti danzavano nel mio cervello, ma in realtà era il mio corpo a giudicare. Tutta la paura animale che avevo associato ad Amore Solitario si riversò allora su Heist, e ne fui avvelenata. Mi ero sbagliata, poco prima. Amore Solitario non aveva in mano nulla contro il suo avversario, a parte l'aspetto. Heist aveva lottato per la propria vita come una creatura cui neppure un uomo trasformato in un mostruoso colosso dalla prigione poteva tener testa. Avrebbero dovuto chiamarlo il Detective atavico.

Le gocce di pioggia cadevano come martelli. Il mio corpo cominciò a prendere decisioni. Approfittando dell'abbraccio della mia salvatrice, avevo messo le mani intorno al calcio della pistola legata alla vita di Scintilla. Fu scioccante prenderne possesso, come se avessi staccato una parte del suo corpicino segaligno, una cosa fatta di ossa. D'altra parte, il mio cervello stava solo tentando di tenere il passo, senza riuscirci. Una volta qualcuno mi aveva detto che non sai mai chi potresti diventare in caso di emergenza. Scoprii che a quanto pareva la mia reazione era di tentare di trasformarmi nell'emergenza stessa. Puntai la pistola contro Heist, disteso nel fango, gemente, con le interiora della testa di Amore Solitario nelle mani, e la puntai contro il corpo in preda agli spasmi del re degli Orsi, che sfoggiava un'erezione arcuata, una fontana di sangue e il contenuto fetido delle viscere evacuate, tutto contemporaneamente, una cosa che altrimenti non avrei creduto possibile – *Oh, quante cose vedrai!*

La puntai contro chiunque fosse vicino ad Arabella. Lei rimase lì impietrita, la creatura piumata in trance, e forse stava cominciando a capire che ero venuta a prenderla ma anche che nel far ciò avevo perso la ragione. Puntai la pistola contro tutti simultaneamente, in un frenetico gesto mulinante. La pioggia era come un elemento in cui avremmo dovuto respirare, se solo avessimo potuto farci crescere le branchie. Nel frattempo la mia voce plasmò parole dalle mie urla.

"SMETTETELA SMETTETELA SMETTETELA MALEDETTI BASTARDI FUORI DI TESTA! GUARDATE COS'È APPENA SUCCESSO!" Le parole si dispiegavano fuori di me come striscioni nel cielo. "COSA VI FA CREDERE DI POTER FARE QUESTE CAZZATE?" Nessuno rispose alla mia domanda, anche se continuo tuttora a credere che fosse più che legittima. "ALMENO AVETE CAPITO COSA STA ACCADENDO, BRUTTI STRONZI SENZA CERVELLO? ALMENO AVETE *VOTATO*, CAZZONI?"

Nel silenzio sbigottito, feci un passo avanti e strappai lo scialle a una delle tornite danzatrici. Era zuppo di pioggia, ma lo gettai comunque ad Arabella. "Mettitelo." Indicai con la pistola, non per minacciarla, ma perché era diventata la mia voce, il mio organo di comando. Mi venne in mente che era così che doveva spesso sentirsi la gente armata. Straordinaria illuminazione! "Portala via," dissi a Scintilla. Intendevo fuori dal cratere. Scintilla prese Arabella per il braccio e si avviarono.

Adesso, nella pioggia incessante, il tableau pietrificato iniziò a rinvenire. L'incantesimo del mio clacson e della mia follia e della pistola di Scintilla parve svanire. Gli Orsi ricominciarono a muoversi nel fumo, come i gorilla del Museo di storia naturale, quelli impagliati in primo piano, ma anche quelli dipinti sulle montagne in lontananza, che riprendevano vita indolenti. Non c'era una lastra di vetro tra me e loro. Indietreggiai, temendoli più della sagoma straziata di Heist o del cadavere di Amore Solitario alle mie spalle.

"State indietro!" strillai, ma la mia voce, come il mio amuleto, avevano cominciato a tradirmi. Nessuno pareva intimorito, tranne la danzatrice cui avevo rubato lo scialle.

Apparve un numero nutrito di Orsi che sorreggevano una vecchia porta di legno. Mi vennero incontro. Mi chiesi se intendessero usarla come scudo, per piazzarla tra sé e la mia pistola. Però mi ignorarono. La porta non era uno scudo da battaglia, ma una lettiga per trasportare il loro primogenito ferito. La calarono a terra con una certa delicatezza, e spinsero Heist gemente sulla superficie di vernice scrostata, con la vecchia targa di bronzo recante l'indirizzo di una casa che era crollata e svanita nel deserto, lasciando solo la porta.

Credo che rimasi lì esterrefatta, con la mano che brandiva tremante la pistola, persa nella contemplazione del corpo di Heist con la sua strana bellezza, da cui era stata adesso espunta la violenza, ridotto a un totem abbattuto. Non sapevo quanti ribaltoni potessi sopportare, ma ne sopportai un altro – adesso mi struggevo per lui. Poi Anita e Donna mi presero, ciascuna per un gomito. Mi fecero voltare dall'altra parte, per avviarci insieme sul sentiero, su cui scorreva ormai un rivolo di fango, seguendo Scintilla e Arabella.

"No!" Mi liberai. "Lasciatelo stare!" Ad Anita dissi: "Dobbiamo prendere Charles."

Lei scosse il capo. "Non te lo permetteranno. È il loro re."

"Un re sciancato," dissi.

"Un re sciancato non è un problema per nessuno degli interessati. È così che ci piace."

"Ha bisogno di noi."

"Si prenderanno cura di lui. La tua amica ha bisogno di te. Vieni."

In preda alla collera, le puntai contro la pistola. "Fanculo, lo farò da sola."

Anita mi sorrise. "Lo sanno tutti che la pistola di Scintilla è scarica."

Nonostante la febbre che divampava nella mia mente, questo spiegava alcune cose.

40.

Una volta fuori da quel calderone, cominciai a tornare in me. Una dune buggy si era parcheggiata il più vicino possibile all'orlo della scarpata. Al volante, Donna. Scintilla aveva aiutato Arabella a salire sul sedile posteriore, dove si strinsero sotto un lacero ombrello nero. Anita mi guidò delicatamente, con la mano sul fondo della schiena, come quella di un'amante. Il motore della dune buggy girava in folle, i fari proiettavano i loro raggi attraverso la pioggia. Era come la batteria di fornelli, un'altra delle macchine funzionanti dei Conigli.

Porsi a Scintilla la sua pistola. Lei la prese senza dire una parola, ma facendomi cenno di salire sul sedile posteriore dell'auto accanto a loro. Non riuscivo neppure a immaginare come parlare ad Arabella, dato che l'amore e la paura che provavo per lei si erano trasformate temporaneamente in collera. Nutrivo un sentimento simile a quello che si potrebbe provare per un'adolescente dopo aver scoperto che si sta facendo del male da sola – autolesionista, diciamo, o bulimica. E tuttavia, come con una tale adolescente, per il momento bastava che il suo corpo fosse stato salvato, che il suo corpo fosse ancora in vita. Le parole e le emozioni potevano aspettare.

Scrutai l'orizzonte. Qualcosa attirò la mia attenzione. Sull'altro orlo dell'arena, gli Orsi marciavano con le torce accanto alla porta-barella su cui era adagiato Heist, che si stagliava inconfondibile nella notte. Rimasi un minuto lì in piedi a guardarla allontanarsi, e nessuno mi fece fretta. Poi salii sulla dune buggy.

41.

Durante il ritorno, rannicchiata sotto l'ombrello di Scintilla, sapevo che in teoria avrei dovuto stringere Arabella e rivolgerle parole rassicuranti mentre la riconducevo nella civiltà. In realtà, ci aggrappavamo l'una all'altra. Lei aveva le labbra bluastre. Io non riuscivo a parlare. Il mio corpo era scosso da violenti sussulti, e a un certo punto me l'ero fatta addosso, anche se nessuno se ne sarebbe accorto sotto quella pioggia. Le convulsioni di cui ero preda parevano avvicinarmi al corpo che avevo contribuito a uccidere. Amore Solitario era dovuto morire per dimostrarsi umano. Per il momento, non avevo da offrire ad Arabella più di quello che lei poteva offrire a me. E forse ancora meno. Ad ogni modo, chi sarebbe stato in grado di dire che qualcuno stava riconducendo qualcun altro nella civiltà? Potevamo essere dirette ovunque, verso la prossima arena.

E tuttavia, mentre uscivamo dal regno del fumo, dei tamburi e della mia stessa furia sanguinaria, mi sintonizzai di nuovo sul tormentone dei miei pensieri – il ronzio dell'autoregolazione, come una canzone pop che non taceva mai nel mio cranio, cui facevo caso solo a sprazzi. Una parte del mio cervello era ancora impegnata a redigere lo speciale di rivelazioni scioccanti sullo stato repubblicano, fantasticando sulla carriera che avrei salvato dalla rovina e sul mio ritorno trionfale a New York con contenuti virali garantiti. L'articolo si era appena espanso in un'epopea comprendente Heist e il duello nella conca desertica, il mio coinvolgimento, tutto ciò che avevo imparato su me stessa. Probabilmente il "Sunday Magazine" era una destinazione migliore, o "Harper's" – sarebbe potuto addirittura apparire nella sezione *Folio*. Da cui, inutile dirlo, sarebbe arrivato il contratto per un libro. Questa dissociazione da quanto avevo appena visto e fatto non era sopraggiunta a posteriori, ma aveva continuato a crearsi costantemente, anche mentre mi aggrappavo alla spalla di Amore Solitario, anche mentre tenevo in pugno la pistola.

C'è di più. Su un altro binario mentale, del tutto incompatibile con i miei sogni di gloria e con la rivendicazione della mia vita cosmopolita, c'era l'opposto: adesso ero un Coniglio. Comprendevo infine qualcosa che Anita e Donna, le mie guide che stavano pilotando la dune buggy, avevano tentato, ne ero certa, di farmi capire. Era il messaggio sottinteso quando mi avevano mostrato il loro prigioniero, Shockley: essere un Coniglio significava uccidere un Orso, o essere disposti a farlo. Essere un Coniglio significava incorporare in sé una parte di un Orso, con la forza, ed essere di conseguenza entrambe le cose – era questo che rendeva i Conigli più potenti degli Orsi, che in realtà andavano compatiti. Tali pensieri erano, ne convengo, folli. Ma non facevano che svilupparsi, contro la mia volontà. Se ero in parte Coniglio e in parte Orso, non ero diversa da Heist, giusto? Lui e io eravamo legati – ci avevo visto giusto, solo che all'inizio non avevo idea del perché. Adesso lo sapevo.

Questi fili di pensieri inconciliabili avrebbero coabitato nel mio cranio per il resto di quella notte, e fino al mattino inoltrato, quando Arabella e io sfuggimmo al Mojave, o ne fummo liberate. Presi insieme non avevano alcun senso – nessun Coniglio avrebbe sognato la fama virale – e tuttavia attecchirono senza difficoltà. Il primo richiedeva solo che fingessi con me stessa di star fingendo riguardo al secondo. Entrambi richiedevano che fingessi di non essere completamente distrutta.

42.

C'era di nuovo il fuoco, o ancora, nonostante la pioggia. Mi sentii assurdamente orgogliosa della persistenza della fiamma, come se il merito fosse della mia piccola opera di raccolta rami. Magari lo era davvero. La pioggia era calata d'intensità. Il vento che l'aveva portata era cessato del tutto. Le modeste sistemazioni, le baracche con il tetto a spiovente unico e le tende, i tepee semicoperti che circondavano la buca del falò, bastavano a offrire riparo a tutti noi. Da lì si vedeva il Neptune Lodge; dietro una finestra con le tapparelle alzate si poteva scorgere persino una lampada da scrittoio, che dimostrava l'esistenza dell'elettricità, senza però attrarci lontano dal fuoco. Il mio letto, la stanza con la porta che si chiudeva, non mi tentava. Avevo del lavoro da sbrigare al cerchio intorno al fuoco, anche se non avrei saputo dire in cosa consistesse.

C'erano sicuramente più Conigli di quanti avrebbero potuto nascondersi negli anfratti bui dell'arena. Nonostante ciò, questa riunione aveva l'aria di una veglia o di un collegio di testimoni in seguito a quell'altra scena, come se il falò fosse stato allestito in previsione di essa. Bisognava riversare quelle energie orsine nel cielo del deserto, sotto forma di fumo e mormorio dei Conigli. Qualcuno suonava dolcemente la chitarra, accordi aperti, circolari. Lì notai Lorrie, la mia sorella di frasche. Sorrise quando incrociò il mio sguardo. In un altro punto del cerchio scorsi Scintilla, più compassata di quanto l'avessi mai vista. Il ragazzo senza nome era lì con lei, e adesso mi parve chiaramente più Coniglio che Orso. Non provavo che amore verso tutti.

Mi sedetti accanto ad Arabella. Anita ci aveva dato dei vestiti asciutti, pantaloni della tuta e magliette di un negozio dell'usato, tirati fuori da un sacchetto per la spazzatura di plastica verde. Ci cambiammo all'aperto, come donne in uno spogliatoio. I miei pantaloni avevano la scritta *Juicy* sul sedere. Poi ci avevano messo sotto un tendone triangolare e offerto un po' di spazio in mezzo agli altri. Non stavamo ancora parlando, solo sintonizzandoci sulla lunghezza d'onda di un gruppo di autoaiuto per Newyorchesi Sopravvissuti agli Orsi, o così mi potei concedere di immaginare. Le sue labbra erano tornate di un colore normale. Il fuoco era tutto quello che potessimo desiderare, almeno all'inizio.

C'erano però cose che giravano lungo il cerchio, coperte, bong, sostanze da bere o da mangiare. Un Coniglio più giovane, che irradiava un incredibile surplus di calore e accoglienza, ci mise tra le mani una scodella di legno. Conteneva un purè caldo e dolce. Spiegò che era fatto con roba del deserto, pinoli e semi di chia, cactus, baccelli di mesquite. Fragrante di ginepro, sembrava qualcosa da servire a un bambino il mattino di Natale, e ce lo portammo alle labbra con le dita, riconoscenti. Prima di passare oltre, il Coniglio disse: "È bello rivederti,

Phoebe," ma si rivolse direttamente ad Arabella. Inoltre, non lo conoscevo.

"Hai usato il mio nome?" chiesi ad Arabella quando il Coniglio si fu allontanato. Me n'ero dimenticata.

Arabella annuì, rivolta verso il fuoco. Teneva le mani nella tasca a marsupio di una grossa e sformata felpa col cappuccio, tendendola per coprirsi le ginocchia. Avrebbe potuto avere dodici anni, su una spiaggia di Truro.

"Non c'è problema," dissi, non volendo che si sentisse criticata. Allora capii che quel deserto era un posto in cui le cose venivano disgiunte dai loro vecchi fini. E così il mio nome mi aveva preceduta in quel viaggio, per assaggiare vite che non potevo immaginare, forse per contribuire a proteggere Arabella. Non ne avevo la proprietà esclusiva.

Era però inevitabile che volessi sapere se l'avevo salvata, e da cosa. Heist era sparito, insieme a una parte di me. Non mi restavano che fini secondari. Non c'erano parole per l'incredibile perdita che avevo patito, e così passai alla dichiarazione d'intenti della mia missione – ai suoi, tra virgolette, valori fondanti.

"Ho promesso a Roslyn che ti avrei trovata," dissi. La chiamai Roslyn e non *tua madre* per mettere in chiaro una cosa: mi rendevo conto che ormai eravamo tutti semplici persone.

"Ok." Continuò a fissare il fuoco-impermeabile-alla-pioggia. Era facile restarne ipnotizzati.

"Sei triste?"

"Non saprei."

"Avevi un... Mororso?" Sapevo che avrebbe capito questa fusione di parole.

"Sì, credo di averne avuti un paio."

"Non vuoi tornare indietro, vero?"

"No. Quella gente è piuttosto pallosa."

Non era la parola che avrei usato io, ma ne fui sollevata.

"Amore Solitario era il tuo Mororso?"

Lei scosse il capo. "Lui era strano. Mi chiamava la sua regina finale. Sembrava un po' di essere in *Game of Thrones*, a dire il vero."

"Hai avuto paura?"

Arabella si limitò a fare spallucce. Non volevo sollevare la questione se avesse visto i cadaveri su Mount Baldy, se fosse stata costretta ad abituarsi, a imbeversi di certe forme di violenza. Non potevo accettare che queste cose diventassero abituali né per lei né per me, e così fui grata che non apparisse del tutto sconvolta. Potevo immaginare che non avesse dovuto sopportare niente di grave, pur sapendo che aveva assistito in prima fila al duello tra i re e alla mia stessa performance. Questo, e l'essere stata nuda, se non per le piume e la collana di artigli. In ogni caso, se era destinata a crollare, era meglio che aspettasse di arrivare a Brooklyn, da Roslyn.

"L'altro uomo," dissi. "Quello che l'ha ucciso..."

"So chi è, Phoebe. Il piccolo Charlie. Il primogenito."

"Sì, Charles Heist."

"Era lui il *tuo* Mororso?" Adesso era il suo turno per guardarmi, e il mio per fissare il fuoco.

"Credo di sì, forse."

"Mi hanno detto tutto sul tuo uomo," spiegò lei.

"Ah, davvero?"

C'era addirittura uno scintillio nei suoi occhi, e fui felice di notarlo. Farsi beffe delle miserie della mia vita sentimentale era stato uno dei suoi sport adolescenziali. "Eh già," disse. "È l'Orso superpalloso che non vuole essere un Orso, che continua a salvare giovani Orsi e Conigli, anche quando non hanno nessuna voglia di essere salvati." Il fatto che fosse in grado di punzecchiarmi in questo modo era incoraggiante, il genere di segnale che mi sarebbe piaciuto poter trasmettere immediatamente a Roslyn. Era ancora la ragazza sveglia e precoce che conoscevamo.

"Sì, be', sai che mi piacciono così – ambivalenti. Un po' pazzi e confusi." *Inoltre, Arabella, io sono il Coniglio superpalloso che ti sta salvando, che tu lo voglia o meno.* Ma questo non glielo dissi.

"Sembra il tuo tipico fidanzato loffio, Phoebe. Sono fortunata a non aver preso i tuoi gusti in fatto di uomini. Sarà anche un re loffio."

"Se sopravvive."

"Ha più probabilità di farcela di Amore Solitario." Sembrava risentita, ma mi sforzai di non prenderla sul personale. Mentre gli effetti della scarica di adrenalina stavano cominciando a scemare, tornai all'attitudine da Nancy Drew, e riflettei sul fatto che, a quanto avevo visto quella sera, Amore Solitario non corrispondeva minimamente alla descrizione fornita da Salvia dell'uomo di una certa età, amico dei monaci, che aveva portato lei e Arabella giù dalla montagna. Stavo forse inseguendo un fantasma? Dovevo chiedere ad Arabella se questa persona esisteva realmente. Ma prima dovevo riportarla interamente dalla mia parte. Per il momento, la battaglia che si era svolta nell'arena infuriava ancora dentro di noi.

"Anche se non abbiamo lo stesso Orso preferito, possiamo ancora essere amiche, no?" Mi sforzai di trovare il tono scherzoso appropriato.

Magari avrebbe funzionato.

"Non c'è problema," rispose lei, meditabonda. "Non ho un Orso preferito." Suonava un po' come un'autorizzazione a fare quello che avevo fatto – venire a cercarla, voglio dire, non aiutare a uccidere un uomo. Non ero in cerca di un'autorizzazione per questo.

Il falò e l'inane strimpellio della chitarra, oltre alla pancia piena di chia e pinoli caldi, stavano sortendo un effetto, non solo su di noi, ma anche su altri nel cerchio. Era quasi come se le scodelle contenessero una dose di una qualche fattura soporifera. Non appena finimmo di leccarci le dita, Arabella e io ci sistemammo a terra, raggomitolandoci insieme come i cani di Heist per un sonnellino. La mia borsetta era abbastanza asciutta perché me la mettessi sotto la testa a mo' di cuscino. Anita si avvicinò e ci coprì con un panno, e lasciammo la festa per un po'. In questo, avevamo compagnia.

43.

Un po' più tardi eravamo di nuovo sveglie. La temperatura era scesa. Qualcuno aveva riattizzato il fuoco. Cadeva ancora una leggera pioggia, ma le nuvole adesso mostravano squarci attraverso cui irrompevano le stelle. Scintilla e il suo messia senza nome strisciarono nel nostro rifugio. Noi quattro ci passammo una canna, e poi lo ascoltammo mentre parlava dell'imminente inondazione, dei posti del deserto che presto sarebbero divenuti spiagge, dei cimiteri e dei centri commerciali sommersi. Quel ragazzo sapeva un sacco di cose sull'acqua. Ci spiegò anche che guerra nucleare era una metafora.

Interruppi il suo monologo. "Non è una metafora."

"Capisco quello che vuoi dire!" Il suo tono era molto comprensivo. "Ma pensaci un attimo. Le cose che stiamo tirando fuori dalla terra e arrostendo nell'atmosfera sono fatte di atomi, giusto? La parola 'nucleare' viene da 'nucleo'."

"Lo so."

"Lo strato di sostanze particellari che vela il sole e cuoce i delfini nel mare è in pratica un inverno nucleare al rallentatore. Avete mai visto quel film in cui l'ispettore Clouseau è uno scienziato tedesco in sedia a rotelle che vuole portare tutte le belle donne in un rifugio antiatomico sotterraneo?"

"Certo," intervenne Arabella per offrire la propria testimonianza. "Mio padre mi ha fatto vedere quel film come minimo una dozzina di volte prima che avessi dodici anni."

"Non c'è da stupirsi. È un film molto importante per la gente di una certa età. Parlano della guerra fredda come se fosse qualcosa cui sono sopravvissuti, o che hanno evitato. In realtà, è la testimonianza di qualcosa che sta ancora accadendo, e noi vi siamo intrappolati. Le bombe sono già cadute. Ma continuano anche a cadere. Le bombe si chiamano Ford, CIA e Google. Quando ero a Davos, ho capito che queste persone sono in sostanza come l'ispettore Clouseau, dei ricchi che progettano un lussurioso rifugio antiatomico per il momento in cui l'oscurità calerà su noialtri."

"Aspetta, sei stato a Davos?" gli chiesi.

"Sì, una volta. I miei genitori ci vanno tutti gli anni. Però a me è bastata una visita per capire. In certi casi è più facile nascondere la verità in bella vista."

"Quale verità sarebbe?" domandai.

"Non hanno intenzione di andare sottoterra. Sarebbe una sciocchezza! L'acqua scorre verso il basso, ricordi? Stanno andando sulle cime dei monti. Ecco *cos'è* Davos!"

"Va bene, prima di tutto, credo che tu intenda il Dottor Stranamore, non l'ispettore Clouseau. Secondo, non credo si possano equiparare le due cose." A dire il vero, non ero neppure sicura di quali cose intendessi, solo del fatto che diversi elementi confluiti insieme avrebbero dovuto venir separati per ragionarci sopra lucidamente. Era possibile che intendessi la mia vita. Ero nel deserto, a bere da una scodella comune qualcosa che mi avevano detto chiamarsi tè dei Mormoni. Il sole stava sorgendo e Donald Trump era stato presidente per un giorno intero. Non solo non stavo scrivendo uno speciale per *Folio* di *Harper's*, mi ero anche impelagata in una discussione su Peter Sellers e Davos con il Gesù di un fondo fiduciario in pieno trip da semi di datura. E rischiavo anche di avere la peggio.

E poi Arabella si voltò verso di me e disse: "Troppe Orspiegazioni," e scoppiammo entrambe in una risata stridula.

"Cosa?" disse il ragazzo senza nome, allarmato.

"Orspiegazioni," disse Arabella, tra le risate. "Il mondo è prossimo alla fine, va bene, abbiamo capito."

"Io non sono un Orso." Sembrava un po' risentito.

"Fa lo stesso. Allora solo spiegazioni."

"Canta," le ordinai, o forse supplicai. "Fagli capire."

Quel gioco di parole tra me e Arabella era nato mesi prima, sostituendo nel testo delle canzoni *splain* a *rain*, nel giardino sul retro della casa di Roslyn a Cheever Place. La volta degli alberi, l'angusto praticello circondato da un'alta recinzione, i tulipani di Roslyn e un piatto di sandwich per accompagnare il tè. Ancor prima che potessimo tornarvi in aereo, quel gioco di parole ci riportò lì. Era qualcosa di cui sentivo un bisogno disperato, come mai mi era accaduto prima.

"*I can't stand the splain, against my window...*" Arabella aveva una bella voce, una voce educata. Si era esibita come cantante qualche volta, alle feste della Saint Ann's, con tre punk che non erano alla sua altezza.

"Fa' *Splainy Night in Georgia*."

"Quella non la conosco."

"Te l'ho fatta sentire! Che delusione. Che ne dici di *It's Splainin' Men*?"

"No, questa te la ricordi? *Splaindrops keep falling on my head...*"

Mi unii a lei, anche se non avevo certo una gran voce. Come per miracolo, dall'altra parte del falò, la chitarra dei Conigli venne imbracciata e strimpellata per accompagnarci con gli accordi giusti, almeno a quanto mi pareva di capire con il mio orecchio limitato.

Adesso Arabella e io eravamo entrambe in piedi a ballare davanti al fuoco, mentre lei continuava a cantare. Il cielo era rischiarato da schegge dell'alba, mentre il diluvio portava via con sé la notte. Ondeggiammo sull'orlo delle braci, lei nella tuta mimetica blu con lo scialle di perline, io nei miei vestiti di Juicy Couture. Sentii un Coniglio svegliarsi con un gemito: "Cosa sta succedendo?"

"Le due Phoebe stanno ballando," rispose un'altra. "È una bella cosa."

La chitarrista, una donna buffa, con i denti radi e la testa a forma di melagrana, si alzò per ballare insieme a noi, continuando a schitarrare allegramente. Arabella improvvisò sulla melodia e sul testo, riempiendolo di melismi alla *American Idol*: "*Splainy splaindrops, splainy sidewalks, because we're freaks, nothing's worrying meeeeee...*"

Sarebbe potuta diventare la regina di qualunque cosa avesse voluto, senza dubbio di qualcosa di più dei Conigli o dei Conigli-Orsi; nello splendore della sua gioventù, avrebbe potuto conquistare intere città. Questo pensiero tradiva la mia perdurante prevenzione nei confronti della gente del deserto, anche se qualcuno avrebbe potuto sostenere che ero diventata una di loro. Forse nella mia inevitabile, nuova fase lesbica post-elezioni mi ero innamorata non della mia amica ma di sua figlia, ammesso che non fosse un pensiero mostruoso – probabilmente lo era. Ma adesso ero libera, e ballavo insieme ai miei pensieri mostruosi.

Gridai, "*It* WON'T *be long till* HAPP*iness steps* UP *to* GREET *me,*" e suonava bene, suonava magnificamente.

Il sole sorse. La pioggia cessò. Continuammo a ballare. Arabella passò a un altro brano. "*I can see clearly now, the* SPLAIN *is gone*," cantò, e noi Conigli danzanti, che adesso eravamo diventati cinque o sei, gridammo insieme a lei, mentre gli altri ci guardavano e battevano le mani. La chitarrista conosceva anche questo pezzo. In quel momento Donna risalì la collina e mi tirò per la manica. Voleva riportarmi al Neptune Lodge, dove lei e Anita erano sparite da un po' senza che ci facessi caso, e perché avrei dovuto? Il motivo per cui era venuta a cercarmi non era chiaro. Era qualcosa che riguardava Heist, aveva qualche notizia? No.

"C'è qualcosa che credo tu voglia vedere."

La rogna, Shockley – stava forse morendo? L'avevamo accompagnato alla linea del traguardo con i nostri canti?

Mi condussero all'interno del Lodge, fino a un piccolo televisore sul bancone della cucina. Il canale era la CNN. Le immagini delle città della costa orientale, Boston, New York, Washington, di strade invase da corpi e cartelli, da un tripudio di rosa. La marcia. Avevo seguito lo sviluppo del progetto sul mio feed per settimane, ma come tutto il resto nel deserto, eccetto il deserto stesso, era diventato qualcosa di irreale ai miei occhi. Adesso era un'immagine sgranata che era anche una pura iniezione di quella che ero stata fino a poco prima in quella che ero diventata, qualunque cosa fosse. Lì c'era la mia gente, rivelata nella sua segreta, possente moltitudine. Le lacrime zampillarono dai miei occhi nel vederla tumultuare giubilante, con cappelli a forma di utero fatti a maglia, strombazzando il proprio oceanico rifiuto in faccia al mostro – colui che non si poteva fare a meno di immaginare mentre se ne stava a guardarla, infuriato come un bambino patetico. Ma la mia gente era anche da questa parte dello schermo. Il fatto che mi avessero chiamata affinché lo vedessi, che per loro avesse una qualche importanza, mi indusse a considerare la marcia come un evento dei Conigli, un coronamento e una risposta a quanto avevamo sopportato quella notte. Il giorno seguente, arrivata con Arabella all'aeroporto di Ontario, California, avrei trovato una presa per il mio caricabatteria, e il mio telefono così risvegliato sarebbe stato invaso dalle immagini, dagli sms e dai selfie, ma per il momento c'era solo questo, il segnale del satellite, e mi bastava. Restammo a guardare per un po', quindi tornai al falò alla luce del giorno e al bel canto di Arabella. "*I can see all obstacles in my way...*" Era un brano decisamente migliore di quello di prima. La parola *splain* era scomparsa, avendo ormai svolto il proprio compito. "*Here is that rainbow I've been praying for...*" Il cielo mattutino, a parte l'arcobaleno, era all'altezza della canzone.

Tirai di nuovo fuori dalla borsetta il rossetto. Questa volta Scintilla mi permise di applicarglielo. Si sporse verso di me, chiudendo gli occhi. Anche Arabella se lo mise, e non fu la sola, quando venne passato nel cerchio come uno spinello. "*I think I can make it now, the pain is gone...*" Mentre ballavamo e Arabella cantava, i Conigli indicarono un'altura a una certa distanza da noi – e richiamarono di nuovo la mia attenzione. Mi voltai e vidi una creatura vivente, non umana, il segmento di una linea che si precipitava verso di noi, un crotalo? Il mio cervello continuava a disegnare banalmente serpenti immaginari. E invece no. Era Jessie, che agitava la coda. Irruppe nella cerchia di Conigli e tra le mie braccia. Avevo tutto quello che mi serviva.

Parte quinta
Cobble Hill

44.

Rientrammo nel mondo violato. Riportare Arabella sulla soglia della casa di Roslyn, alla pace di arenaria di Cheever Place, il vecchio rifugio – in quegli ultimi otto giorni, là fuori nel Grande Nulla, a Upland e sulla montagna e nelle lande desertiche, questo era stato l'ago della mia bussola, il mio faro. Ma sull'aereo Arabella se ne stava con la bocca cucita, se non era addormentata. Quando attraversammo il distopico labirinto in ristrutturazione del LaGuardia, intuii che tutto stava andando a rotoli. Sopra le nostre teste, appesi ai soffitti di asbesto, tutti i televisori erano sintonizzati sulle immagini del piazzista intento a corteggiare il Congresso, spiegando di essere stato derubato della vittoria nel voto popolare dalla sua avversaria. Poi uscimmo per fermare un taxi scoreggione su un gelido marciapiede spazzato dal vento. Il mio ritorno trionfale era già stato guastato.

Cosa ancor peggiore, Roslyn non fu in grado di darci il minimo aiuto. Nove ore prima le avevo mandato un messaggio dall'aeroporto per dirle che avevo messo al sicuro Arabella e la stavo riportando a casa. Volevo che Roslyn tirasse su il morale ad Arabella e la rimettesse in sesto, e volevo che facesse lo stesso con me. E invece, arrivando lì a Cheever Place, scoprii di avere per le mani tre donne distrutte. Ossia me e due che non ne volevano sapere di abbracciarsi, né di guardarsi negli occhi.

Oh, certo, Roslyn compì meccanicamente i gesti di rito, ci servì un tè e ci invitò a fare una doccia calda, offrendoci soffici asciugamani puliti dalla sua vasta scorta. Ma non poteva aiutarci perché la mia amica solitamente indomita era a terra, a un passo dal KO. Sembrava assente, un po' svampita, non riusciva a smettere di raccontarci che il nuovo proprietario stava sventrando l'appartamento ai due piani superiori, facendo così scempio dei suoi sonni. Il sonno perduto ha tutta la mia solidarietà, ma quel discorso non sembrava troppo pertinente. Quando Arabella si trascinò al piano di sotto, con l'aria di esser stata frustata più che riaccolta in casa, Roslyn disse: "Non riesco più a prendere la metropolitana."

"Non riesci più a prendere la metropolitana?" le chiesi per compiacenza, anche se mentre me ne stavo lì seduta ad ascoltarla nella mia testa non c'era che il deserto. Sebbene avessero bisogno di lei all'ufficio della NPR di Midtown, spiegò Roslyn, non riusciva ad andarci, non sopportava il treno della F che si incuneava nelle gallerie in profondità a meno di un miglio dalla torre di Sauron. Adesso tutti erano dei nemici e Manhattan era sotto occupazione, da parte dei manifestanti quanto dei Servizi Segreti. Quando un vagone stipato di gente si fermava sussultando tra due stazioni, Roslyn sudava freddo in preda ai tremori, a mille attacchi di panico in miniatura. Era sicuro che il terrore avrebbe colpito – l'unico dubbio era quando.

La situazione peggiorò quando Arabella tornò di sopra, con i capelli avvolti in un asciugamano, velata come sotto quel copricapo di piume. La MSNBC non era d'aiuto. Neppure Rachel Maddow sembrava avere il polso della situazione. Continuavo a spegnere il televisore e Roslyn continuava a riaccenderlo. Non fu neppure in grado di organizzare la consegna della cena thai a domicilio, e quando ci pensai io, mangiò meno di Arabella. Quanto a me, mi ingozzai fin quasi alla nausea.

Ebbi un interludio tutto per me sotto la doccia calda, nel bagno elegantemente ristrutturato di Roslyn. Fu una sensazione meravigliosa sciacquar via dal mio corpo gli strati di aeroporto e deserto, ma quando chiusi gli occhi le gocce che cadevano mi fecero tornare in mente il diluvio nella buca, e così li riaprii. Poi mi infilai l'accappatoio e salii al piano di sopra, dove misi a letto loro due in stanze separate e me sul divano.

A dire il vero, se il mio appartamento non fosse stato subaffittato, forse non mi sarei fermata da Roslyn. Anche se la metropolitana non attirava neppure me. Però avevo una app per questo, e per qualunque altra cosa. Potevo usare di nuovo Uber. Tanto il mio cellulare che il mio cervello erano inondati d'attività, luccicanti come un flipper. Ero tornata a quella che Stephanie, a Culver City, aveva definito l'*atmosfera di nevrosi caffeica*. La città brulicava ancora di una subdola ressa di possibilità, di milioni di giovani corpi appena oltre la parete. In un accesso di bramosia passai qualche minuto al buio sul divano di Roslyn curiosando su Tinder, prima di svenire.

45.

Mi svegliai allo spuntar del sole e trovai Arabella in cucina, intenta a rimettere in ordine. Dapprima non mi vide. Roslyn era rimasta di sopra fino all'ora del lupo a bere vino bianco – me n'ero accorta vagamente sonnecchiando sul divano. Adesso Arabella sciacquò il bicchiere e lo posò a testa in giù su una tovaglietta, come le era stato insegnato. Sciacquò anche la bottiglia, e la mise nell'apposito contenitore della differenziata con delicatezza, non volendo svegliarci.

Era vestita nei suoi vecchi abiti, la divisa delle superiori, ossia una maglietta sgraffignata alla collezione di Roslyn di logore T-shirt di concerti – Zappa al Fillmore East, in questo caso – una gonna sopra i leggings, un prendisole e gli scarponi con i lacci. Al pari della sveglia all'alba e delle pulizie in cucina, sembravano scelti come un lieve rimprovero, quasi a dire a Roslyn, *Chi è davvero la ragazzaccia tra noi?* Forse Arabella era regredita alla studentessa dell'ultimo anno alla Saint Ann's, in procinto di andarsi a fumare sigarette ai chiodi di garofano sulla Promenade.

Invece di questo, decisi di compiere uno dei nostri rituali, mio e di Roslyn, ma anche mio e di Arabella, di un tempo, quando passavo regolarmente la notte su quel divano. Indossai i vestiti che Roslyn aveva tirato fuori per me, un altro costume newyorchese, e dal momento che non faceva freddo, nonostante la pioggerellina, camminammo insieme fino ad Atlantic Avenue, all'Iris Café. Il nostro posto preferito per una colazione ricercata, dove non dovevamo neppure dare un'occhiata al menu per sapere che volevamo le uova in camicia alla paprika e il toast all'avocado, e dove un tempo avevamo fatto tutte le nostre conversazioni migliori – io e Roslyn, ma anche io e Arabella, anche se mai e poi mai tutte e tre insieme.

Naturalmente, l'atmosfera era desolata. Era il mondo nuovo, e aveva solo quattro giorni. Nonostante ciò, per me fu come viaggiare all'indietro nel tempo, nella città che avevo abbandonato e perduto e da cui ero stata cacciata, senza più sapere quale delle tre cose. Era ancora lì, almeno nei suoi tratti e riti essenziali, ma io no, anche se in quel momento capitava che mi trovassi lì.

Arabella aspettò finché non furono arrivati i cappuccini. "Ieri sera, mentre eri di sotto nella doccia, mi ha detto di avermi preso un appuntamento con il suo medico e il suo strizzacervelli."

"E tu cos'hai risposto?"

"Le ho detto che incontrerò il suo strizzacervelli solo se verrà alla seduta insieme a me. Vuole che mi faccia delle domande ma ha paura di sentire le risposte."

"Anch'io ho un po' paura di sentirle."

"No, non è vero. Sai tutto quello che so io."

"E cioè?"

"Lo sapevi che è stata sulle Pocono Mountains a fare propaganda per Hillary? È lì che andava tutte le estati, nello stesso posto, a spassarsela con i cugini e a compatire la gente del posto sulle loro verande e a sentirsi superiore in quanto newyorchese. Ed è lì che è stata violentata, una cosa di cui non parla mai. Be', io *non* mi sento superiore solo perché sono di New York."

Sebbene fossi vagamente al corrente delle cose che aveva citato, il discorso di Arabella non era molto coerente. E tuttavia la lingua che parlava mi toccava nel profondo, trovando un'assonanza nella mia incoerenza.

"Credi di riuscire a essere gentile con lei?"

"Certo. Sto parlando così solo con te, per sfogarmi."

Mi guardai intorno nel caffè. Una coppia di mezza età delle Heights studiava la *Section A* insieme, come se da qualche parte, nelle sue colonne, ci fosse una descrizione dell'ora e del modo della loro morte. Avrebbero dovuto comprarne due copie. Ci sarebbe voluto un po' prima che qualcuno avesse di nuovo tempo per *the Arts* e *Science Tuesday.*

"Qualcuno ti ha violentata?" le chiesi.

Arabella scosse il capo.

"Nessuno ci ha neppure *provato*?"

"Amore Solitario mi aveva scelta. Aveva il senso del… rituale."

Oltre alla vergogna nel sentire quel nome, provai un'improvvisa rabbia per la sua stupidità. "Ti rendi conto di quanto sei stata fortunata?"

"Sì."

"Se scopro che stai contando sul senso del rituale o su

qualunque altra stronzata mistica per proteggerti da uomini del genere, vengo a cercarti e ti strangolo con le mie mani, hai capito?"

"Sì."

"Eri sul Baldy quando quei ragazzi sono stati uccisi?" La Nancy Drew in me sentiva il bisogno di sapere se avrebbe compreso la domanda. La sorellona in me non si curava più di proteggerla da quanto avevo visto.

"No, ma ne ho sentito parlare."

"C'era una certa Salvia con te," la pungolai.

"Sì, mi ricordo di lei."

"Era amica dei ragazzi sulla montagna? Di quelli che sono morti?" In apparenza ero la donna che ero stata fino a poco prima, una single nevrotica con un caffè preferito. Ma la mia vera personalità si librava indefinitamente su scene di follia. Il mio corpo in borghese era la base segreta di un operatore di droni, ospitava un occhio telecomandato che sorvolava lentamente terreni rocciosi, cumuli di scorie, pietrosi letti di torrenti, radure elevate in mezzo ai pini.

"Salvia era come me," disse Arabella. "Era nuova. Avevamo appena conosciuto la gente del deserto."

"Quei due che sono morti non erano nuovi?" Non ero sicura di capire.

"Erano già stati nel deserto. Credo che il tuo amico Heist li avesse aiutati a fuggire."

"Non volevano essere Orsi o Conigli?"

Lei scosse la testa.

"Be', è un vero peccato, dato che sono morti in quelle vesti," dissi con crudeltà, quasi che la crudeltà cui avevo assistito fosse adesso dentro di me e dovesse in qualche modo uscirne.

Arabella fece una smorfia, anche se non pianse. Però allora le credetti, quando disse di non essere stata presente. Per lei poteva essere stata una semplice voce. Prima di proseguire, le lasciai un lungo istante per assimilare la conferma di quella voce.

"Cosa vogliono gli Orsi sulla montagna?"

Non avevo neppure finito di formulare quella domanda quando intuii di colpo la risposta. Era sepolta nei monologhi della datura del ragazzo di Scintilla, nella sua Orspiegazione. Aveva persino detto che era nascosta in bella vista, ma fino a quel momento mi era sfuggita. Gli Orsi non volevano qualcosa sulla montagna, volevano la montagna stessa. Era un territorio elevato e difendibile, un fortino, la loro Davos.

"Parlavamo come se lavorassero lassù," disse Arabella, stringendosi di nuovo nelle spalle. "Tipo occupandosi della sicurezza, credo, per i coreani." Mi stava raccontando tutto quello che sapeva, ma adesso ne sapevo più io. I proprietari del centro survivalista avevano stretto un accordo fatale sul Baldy, forse qualcosa di simile all'errore commesso dai Rolling Stones nell'ingaggiare gli Hells Angels per occuparsi della sicurezza ad Altamont. Una volta invitati lì, gli Orsi avevano visto qualcosa che volevano, qualcosa di cui erano sicuri di aver bisogno per l'imminente inondazione. Anni di fantasticherie sulla fine del mondo avevano incontrato la paranoia dei survivalisti coreani, interpretandola come un dispaccio urgente, un appello all'azione. Soltanto l'urgenza era esagerata. Gli Orsi erano hippie morenti, come la rogna Shockley, convinti che il mondo stesse morendo insieme a loro.

"Cosa hai intenzione di fare?" le chiesi.

"Restare con lei finché non sarà un problema se me ne andrò."

Forse c'era un estratto di semi di datura nel cappuccino dell'Iris Café, o magari era solo che adesso le mie sinapsi erano spalancate, aperte alle rivelazioni. Come droga era più che sufficiente la caffeina. Credevo di essere andata a Upland a salvare Arabella, ma avevo frainteso la situazione. Ero andata a recuperare Arabella affinché si prendesse cura di Roslyn, e non viceversa. Quel pensiero mi fece venire in mente la teoria, diffusasi negli ultimi tempi, secondo cui non erano tanto i primi uomini ad avere addomesticato i cani selvaggi, quanto questi ad avere addomesticato loro.

"Dove andrai?" le chiesi. "Tornerai dai Conigli?"

"Ne dubito. Potrei andare in Canada. Ho conosciuto una persona che se l'è filata a Halifax. Lassù c'è un'ottima scena musicale."

"Adoro ancora il modo in cui canti."

"O su un'isola greca, non ho ancora deciso."

"Leonard Cohen, eh?"

Lei fece spallucce.

"Non mi dà fastidio se ti fai chiamare Phoebe."

"Non è che sia la cosa più strana che abbia mai fatto."

"Non ho detto questo." Fui distratta da qualcosa fuori dalla finestra, nel cielo: la scia di condensazione di un jet. Quanti messaggi si dispiegavano sopra New York ogni ora, senza che nessuno li leggesse?

"Cosa hai intenzione di fare riguardo a Charles?" chiese Arabella.

Mi aveva colta di sorpresa. Non che non avessi dei piani. Era solo che non credevo di averli scritti in faccia. Magari Arabella li aveva letti sulla scia di un jet di passaggio.

"Tornare indietro a cercarlo, naturalmente," risposi.

Parte sesta
Montagna, Wash, deserto

46.

Quando Nolan mi consegnò le chiavi e mi disse che l'auto non era stata spostata, gli chiesi se ne fosse sicuro – l'aveva tenuta costantemente d'occhio? Non parve cogliere l'ironia. Magari l'aveva tenuta costantemente d'occhio, trascurando il suo compito di spazzare il sentiero. In ogni caso, la mia valigia era là dove l'avevo lasciata, nel bagagliaio. Mi sforzai di non pensare alle penali per il ritardo nella riconsegna al noleggio che stavo accumulando. L'Econoline verde truccato era di nuovo lì, dalla parte opposta del parcheggio rispetto alla mia auto. Stavo quasi per interrogare Nolan in proposito, ma poi cambiai idea. Non era suo – nella mia precedente visita allo Zendo ne avevo notata l'assenza, mentre lui era rimasto lì.

"Ti spiace se mi cambio?" gli chiesi.

"Il cambiamento è l'unica certezza."

"Adesso sei tu che mi prendi in giro, Nolan."

Vedendomi aprire la valigia nel bagagliaio, allargò le mani e sorrise, come a dire *fa' pure*.

"Intendevo dentro, non qua fuori. Sono una ragazza timida."

"*Mi Zendo es su Zendo.*"

Entrai e rimpiazzai i pantaloni sportivi Eileen Fisher di Roslyn con un paio di jeans e una felpa con cappuccio, qualunque cosa pur di conformarmi al posto in cui stavo andando. Poi ringraziai Nolan e tornai nel parcheggio.

I portelloni posteriori del furgone erano aperti verso i boschi al di là della recinzione.

47.

Il furgone mi apparve diverso, non perché fosse cambiato, ma perché lo guardavo con occhi nuovi. Le gomme larghe, l'ampio spazio sopra le sospensioni: un veicolo da deserto e da arrampicata su roccia. I pannelli erano ricoperti da uno strato di sottile polvere gialla, che non poteva provenire dalla montagna.

La sagoma seduta a gambe incrociate nell'ombra sul retro del furgone era cherubicamente paffuta, con un'ampia veste che sarebbe potuta passare per quella di un monaco. Dal profilo, l'unica cosa che riuscissi a scorgere attraverso il vetro oscurato del finestrino quadrato del portellone, avrei potuto scambiarlo per una gigantesca statua del Buddha, per qualcosa che stavano spostando da una delle verande o dei gazebo dello Zendo. Tra i portelloni, sul bordo superiore del paraurti di legno, vidi però una caviglia caucasica, grassa e pelosa, assottigliarsi in una scarpa da ginnastica. Né la caviglia né la scarpa da ginnastica appartenevano al Buddha.

La testa della sagoma si volse forse verso di me?

Avevo trascurato di interrogare Arabella sulla questione dell'uomo di una certa età che quella svanita di Salvia aveva menzionato, il possibile procacciatore di giovani corpi su e giù da quella montagna. Era lui che stavo guardando adesso?

Memorizzai il numero di targa, poi montai sull'auto a noleggio per scendere fino al Mount Baldy Lodge e chiamare la polizia.

48.

Avevo già in programma di fare quella telefonata. Era una delle poche mosse di cui ero certa fin dal mio arrivo, dopo avere almanaccato sul modo di procedere tra i due aeroporti. Volevo adempiere ai miei obblighi nei confronti dei cadaveri nella buca, mettere in moto la scoperta delle loro morti solitarie da parte dei genitori afflitti, infliggendo l'orrore che avevo temuto di dover portare a casa di Roslyn. Di peggio c'era solo l'alternativa: che nessuno li trovasse finché non sarebbero state interrotte le ricerche, o ancora più terribile, finché nessuno avrebbe riconosciuto quanto era stato trovato.

Volevo però farlo senza restare invischiata. Nel lodge c'era ancora un telefono a gettoni, per accontentare i visitatori che si ritrovavano con i cellulari inservibili. Non sapevo se la polizia di Upland fosse tanto solerte e competente da rintracciare la chiamata, ma immaginavo sarebbe stato meglio se fosse arrivata dalla montagna. Dovetti aspettare un po' prima che si liberasse un tavolo vicino al telefono. Nel frattempo, trovai un posto da cui ero in grado di sorvegliare la strada, nel caso fosse apparso il furgone. Poteva anche esserci una porta sul retro per lasciare la montagna, ma questa era la via maestra.

Ci vollero un paio di false partenze prima di poter parlare con qualcuno di abbastanza zelante, ma alla fine riuscii ad attirare la loro attenzione dicendo di dover denunciare un duplice omicidio. Il poliziotto mi chiese come mi chiamavo, ma mi sottrassi alla domanda. "Vivo sul Baldy. Non voglio problemi. Ho solo trovato qualcosa durante una delle mie consuete camminate."

Spiegai che il sentiero era sbarrato da un cancello e recintato; avrebbero avuto bisogno di un mandato, a meno di voler inviare in incognito qualcuno che confermasse quanto avevo visto. "I proprietari non ci sono. È un centro survivalista, se chiedete in giro vi spiegheranno tutto. E comunque la gente di queste parti sale sempre lungo quella via." Pensai alle impronte congelate e rammentai a me stessa di buttare gli stivali che avevo usato per quella scarpinata.

Fornii quindi il numero di targa, e descrissi il veicolo come un Econoline verde con i paraurti di legno. Non accennai alla polvere gialla. Il poliziotto cercò di cavarmi altre informazioni, ma dissi che era tutto. Avrei potuto indirizzarli verso il deserto, naturalmente, e la pista che collegava i fuggiaschi e coloro che erano stati salvati dalle tribù di Viscera Springs a Upland e al Baldy, ma dovevo conservare un margine di vantaggio. Per il momento potevo concedere loro la montagna e il furgone. Dovevo tenere il deserto per me, in modo da tirar fuori Heist. Gli assassini che dovevano esserci tra gli Orsi attendevano da tempo il castigo; potevano aspettare ancora un po'. Ossia, oltre al castigo che gli Orsi si infliggevano da soli, o che i Conigli dispensavano sporadicamente, come nel caso di Shockley.

49.

Due giorni prima, il giorno della Danza per la Pace e la Giustizia dei Conigli, Donna e Anita avevano portato me e Arabella oltre le colline sulla dune buggy. Puzzavamo ancora di falò, di ginepro e dell'esuberanza che trasudava orgogliosa dai nostri pori. Non ci accompagnarono alla Jeep di Heist – sarebbe stato inutile, dato che nessuno aveva le chiavi – ma in un posto chiamato Giant Rock dove dissero che c'era un traffico sufficiente a garantirci un passaggio in autostop. Avevo ancora la mia borsetta, ma il cellulare era morto dopo aver dato la caccia a un segnale dove non ce n'era neanche l'ombra.

Come predetto dalle matriarche dei Conigli, scroccammo un passaggio fino alla Twentynine Palms Highway dagli escursionisti che visitavano in giornata Giant Rock. Al Joshua Tree, trovai uno sportello bancomat. Da lì, un taxi locale accettò di portarci all'aeroporto di Ontario, a oltre un'ora di viaggio. Il tassista non smise di parlare un istante, ma questo non ci impedì di appoggiarci l'una all'altra e di dormire, cosa che non pose fine alle sue chiacchiere. Arabella e io ci svegliammo intontite e spaesate davanti al marciapiede del terminal, con le bocche impastate come due ubriache il mattino dopo una sbornia.

Jessie era rimasto nel deserto. L'aveva preso Scintilla.

Nella nostra frenesia, Charles Heist e io avevamo lasciato cani e veicoli sparsi ovunque. Adesso che ero tornata lì, era il momento di fare un po' d'ordine. Mentre aspettavo il bagaglio davanti al nastro trasportatore avevo già chiamato l'autonoleggio di Montclair, organizzando lo scambio dell'auto con una Jeep predisposta per il deserto. Mi sforzavo di mantenermi alacre ed efficiente, compiendo azioni metodiche e non sentimentali, in modo da non indugiare su Heist, o sulle fantasie di salvataggio, più di quanto non fosse utile e necessario. Non ce n'era bisogno – stavo andando dritta da lui, anche se non avevo la minima idea di come riuscirci.

50.

Non c'era traccia di vita nell'ufficio di Heist sul Foothill, ma quando guidai la Jeep nel dedalo di roulotte fino all'Airstream sull'orlo del nulla, la trovai lì, come una parte di me non aveva mai dubitato. Non aveva l'aria sudicia della prima volta che l'avevo vista, non proprio. I capelli tirati all'indietro non le coprivano più il volto, e indossava una maglietta troppo grande degli L.A. Clippers sui leggings, ma i suoi occhi erano altrettanto guardinghi, i movimenti ancora guizzanti, furtivi, come quando mi aveva fatta trasalire spuntando fuori dall'armadio. La ragazza selvatica, Melinda.

Per ricordare il suo nome avevo dovuto scavare nella memoria sotto quelli dei tanti Conigli in compagnia dei quali ero stata abbandonata nei giorni precedenti – Lorrie, Anita, e le altre. Era logico ipotizzare che fosse stata cresciuta dai Conigli, anche se Melinda non mi dava l'impressione di essere una di loro. I Conigli, giovani o vecchi, che mi fossero simpatici o mi ispirassero diffidenza, parevano fluttuare nell'impalpabile levità del loro progetto collettivo – persino una mosca bianca come Scintilla. Melinda, al contrario, era come un tizzone caduto dal cielo, assolutamente unica, ancora ardente. Non è che fingesse di essere una creatura selvaggia – era davvero tale, e non aveva altra scelta. Proprio come Heist, o almeno fu questo l'effetto che mi fece adesso nel suo Airstream con i due cani rimasti. Era incredibile che tali creature dalle vite spezzate presumessero di potersi prendere cura le une delle altre, ma del resto era così che andava il mondo. E adesso ero comparsa io, per aggiungermi alla compagnia.

Pronunciai il suo nome, e mi permise di entrare. Fu d'aiuto, credo, che Miller e Aspiratutto fossero così felici di vedermi. Le loro metà posteriori divennero una macchia indistinta, frullando come motori fuoribordo. Distolsi lo sguardo dal letto, per tenere lontani i ricordi. Mi sbaciucchiai invece con i cani sull'angusto pavimento dell'Airstream. Melinda rimase in disparte, quasi nella doccia, a osservarmi. Poi disse: "Lui dov'è?"

"Non lo so con esattezza. L'hanno portato via gli Orsi."

"Perché sei qui?"

"Ho bisogno di compagnia," dissi seccamente. "Ho una Jeep. Voglio andare lì a cercarlo. I cani mi possono aiutare."

Lei non disse nulla, limitandosi a fissarmi torva.

"Se vuoi venire con me sei la benvenuta." Conosceva senz'altro il territorio meglio di me, ammesso che fosse in grado di comunicare le proprie conoscenze. Ma non ci avrei giurato. Il camper di Heist era una versione ampliata dell'armadio in cui era nascosta quando ero andata per la prima volta nel suo ufficio – un angolo dove consolarsi da quanto la affliggeva: autismo, agorafobia, o semplicemente la certezza dei giusti che il mondo fosse fottuto. Potevo condividere praticamente tutte queste cose.

"Hanno bisogno di cibo," rispose lei, ignorando il mio invito.

"Gliene prenderò un po'."

"Anch'io."

"Non ti ha lasciato dei soldi per mangiare?"

"Sono finiti."

"Non è un problema," le dissi. "Possiamo mangiare adesso, prima di partire."

Non mancava molto al crepuscolo, nella breve luce di gennaio. Non volevo aspettare fino al giorno dopo. Adesso la polizia si era messa in moto, grazie a me. Non molto tempo prima il loro ufficio per le persone scomparse mi aveva indirizzata verso l'assistente sociale Jane Toth, che mi aveva a sua volta mandata da Heist, e non era troppo difficile immaginare che la stessa sequenza si svolgesse al contrario, culminando qui all'Airstream. Nel frattempo, per Heist, ogni minuto poteva essere decisivo. Chissà quali altre cerimonie lo attendevano. Immaginai di guidare di notte fino al margine del deserto, con la ragazzina e i cani addormentati sul sedile posteriore. Se fossi comparsa a Viscera Springs all'alba, avrei forse avuto il vantaggio della sorpresa.

Quanto al mio bisogno di sonno, lo misi da parte. Avevo dormito un po' durante il volo notturno, e c'era sempre del caffè o del tè mormone a gorgogliare da qualche parte. Davvero, ero tutta un bluff, ma non potevo farne a meno.

"Cosa vorresti mangiare?"

"Ai cani piacciono gli hamburger dell'In-N-Out." Non accennò alle proprie preferenze. Nonostante ciò, colsi le prime avvisaglie della sua disponibilità a lasciarsi attirare sul mio veicolo. Quella prospettiva sembrava tanto meravigliosa quanto improbabile. Avevo cominciato a fissarmi sull'idea magica che in virtù della legge delle somiglianze, Melinda avrebbe potuto fungere da bastone divinatorio per individuare Charles Heist.

"Fantastico," dissi, trovando rapidamente l'In-N-Out più vicino sul mio cellulare. Era a meno di un chilometro sul Foothill. "Li prenderemo senza scendere dall'auto."

"Va bene, ma chiedi la ricetta bestiale."

"Cosa sarebbe la ricetta bestiale?"

"Lo vedrai."

Un quarto d'ora dopo ci stavamo ingozzando nel parcheggio dell'In-N-Out, con i cani sul sedile posteriore, Melinda su quello del passeggero, tutti a sbafare enormi hamburger sgocciolanti. Si scoprì che la ricetta bestiale era una specialità del cosiddetto menu segreto del ristorante, consistente in medaglioni inzuppati in cetrioli sottaceto, senape e salsa Thousand Island. Arrivai a metà del mio e poi lo passai dietro ai cani. Non che non mi piacesse, ma dovevo restare sveglia in autostrada – non avrei scommesso sulle doti di conversatrice di Melinda.

"Com'è che i cani hanno sviluppato questa predilezione per l'In-N-Out?" le chiesi, dopo aver raccattato gli involucri unti e i vassoietti di cartone. Era chiaro che avrei dovuto sacrificare la caparra sulle pulizie della Jeep a noleggio. Fece spallucce con una smorfia, senza muovere il corpo. "Siamo venuti qui a piedi. Quando i soldi sono finiti, abbiamo trovato un sacco di roba da mangiare nella spazzatura."

"Non ne dubito, in un posto del genere. Scommetto che potresti addirittura sopravvivere con lo stile animale."

Lei non rispose.

"Sei pronta per questo viaggio?" le chiesi. "Hai bisogno di... fare un bisognino?"

"Sono a posto." Poi la ragazzina mi stupì. "Il deserto è grande."

"Sì, lo so."

"Laggiù le cose si muovono," disse.

"Le cose?"

"Gli Orsi si nascondono." Stava pensando al mio piano, o alla sua mancanza.

"In qualche modo li troverò." Non me la sentivo di dirle che proprio lei era diventata l'elemento cruciale del mio piano, se non la sua totalità – che la sua capacità di indugiare ai margini e muoversi lungo prospettive insolite mi aveva convinto che potesse dominare il paesaggio segreto. Era solo una ragazzina.

"Cioè?"

"So dove c'è un Orso. Mi puoi portare al Neptune Lodge?"

"Certo. Arrivare al Neptune Lodge è un gioco da ragazzi. Non si muove come tutto il resto."

"Allora andremo lì e prenderemo il loro Orso. E una volta che sarà con noi, ci condurrà dagli altri." Sarei riuscita a far salire Shockley sulla Jeep? O intendevo dire che avrei spinto il suo letto di malato terminale sulle dune? Avrei risolto questi problemi strada facendo.

"Dovremmo fare un'altra cosa," disse lei, così laconica che mi ci volle un momento per capire che avrei dovuto chiederle spiegazioni.

"Cosa intendi dire?"

"C'è un Orso proprio qui. In realtà non è più uno di loro."

"Dove?"

"Vive nel Wash."

Anche in questo caso, sapevo senza esserne consapevole. "Si chiama Barone?"

"Già. Il Barone ci aiuterà. Adora Charlie."

Queste parole riaprirono una piccola ferita nel mio petto, di cui in quel momento non mi andava di preoccuparmi. Quel nome, Charlie, privo dell'insinuante *piccolo* di Shockley, mi parve d'un tratto reale. Magari un giorno l'avrei chiamato così.

"Andiamo a parlare con lui?" La recinzione sradicata, l'ingresso al Wash, era vicina. Ci restava forse un'ora di luce. L'inverno subliminale di Los Angeles era cambiato di nuovo, passando da un sole pomeridiano che mi aveva fatto sudare nel mio cappotto invernale a un gelo secchissimo mentre il sole si chinava verso il vociferato oceano, e la brezza fischiava verso le colline nell'ora dorata, nella direzione in cui ci saremmo avviate.

Lei annuì, poi esaminò l'interno della Jeep come se stesse prendendo le misure. "Posso sedermi dietro con i cani."

51.

Si era già preparato un falò per la sera. Lì sedeva, i gomiti sulle ginocchia, sempre a piedi nudi, con i pantaloni di una tuta che adesso gli arrivavano a metà caviglia e un grosso poncho di lana a coprire la sconcertante parte superiore del corpo. Il suo cranio riluceva al fuoco, e la scena fece risaltare la sua somiglianza con la gente che avevo finito per conoscere nel Mojave, gli spettatori nell'arena, i raccoglitori nella cerchia dei Conigli. Stava leggendo un romanzo di Tom Clancy, un massiccio tascabile che pareva un pacchetto di sigarette tra le sue poderose dita. Salutò Melinda senza alzarsi, e non parve affatto sorpreso di vederci. I cani lo raggiunsero danzando davanti al fuoco, uno per lato, quasi sfidandolo a eguagliare la loro vivacità. Lui ignorò questa sfida, preferendo continuare a leggere accigliato le sue pagine. Questa volta non c'era nessun cucciolo nel suo bivacco. Forse quello che avevo visto nell'altra occasione aveva raggiunto una dimensione tale per cui valeva la pena mangiarlo.

"Ehi, Mary Poppins," disse quando mi avvicinai. "Dov'è il tuo ombrello?"

"L'ho prestato al Pinguino," risposi.

"Errore," disse il Barone, senza esitare un istante. "Non lo riavrai mai."

"Non è un problema," risposi. "Sto imparando a vivere senza bagagli in eccesso." Non ero sicura di cosa intendessi. C'era qualcosa nella stazza, nell'immobilità e nel poncho di lana del Barone che mi faceva sentire una sciocca.

Melinda si sedette proprio accanto a lui. "Dobbiamo andare a cercare Charlie," disse.

"Come mai?"

"L'hanno preso gli anziani."

"Credo che sia in grado di cavarsela da solo."

"Al momento no," dissi. Non avevo detto a Melinda del combattimento. Inventai sul momento una versione da raccontare a entrambi, che comprendeva le ferite di Heist ma tralasciava l'omicidio di cui ero stata complice. "Gli Orsi hanno portato via entrambi," mentii. Omisi anche le parole *Amore Solitario*, non volendo sentirle pronunciare alle mie labbra. Come con altri nomi che avevo censurato negli ultimi tempi, si trattava di una presa di posizione contro l'evocazione dei mostri, contro l'incisione della loro realtà nell'aria.

"Vieni con noi," disse Melinda.

"Magari dopo aver finito il mio libro. Mi mancano meno di cento pagine."

Osservai il Barone. Adesso mi parve una via di mezzo tra Amore Solitario e Bartleby lo scrivano. Avrei dovuto sentirmi una carogna nel trascinare di nuovo il gigante gentile là da dove era fuggito, ma lo facevo per Heist.

"Leggilo sulla Jeep," dissi. "Stasera partiamo per il deserto." Non potevo fare a meno di considerare quel viaggio una corsa, sebbene non riuscissi a vedere il mio avversario.

"No, mi viene sempre voglia di vomitare." Il Barone si infilò il tascabile nella fascia elastica della tuta. Si scrollò sollevando una nuvola di fumo, come se fosse rimasto seduto nella stessa posizione per molto tempo. Infilò i piedi in un paio di Adidas annerite, con i lacci già legati.

"Forza," disse Melinda. Lo prese per mano. Con l'aria di essere usciti da una scena di *La storia fantastica*, si avviarono verso il pendio che dal Wash risaliva al Foothill, dove attendeva la Jeep. Li seguii, mentre Miller e Aspiratutto schizzavano avanti per tracciare il cammino. Melinda, come i cani, era diventata la mia aiutante, il mio vice. E adesso anche il Barone. I cani non mi facevano sentire altrettanto in colpa, dato che non avevo trovato il modo per mentire loro.

52.

Partimmo con l'ultimo sole. Mentre l'oscurità si infittiva sulla strada davanti a noi, i cani e Melinda si raggomitolarono per dormire sul sedile posteriore.

Continuavo a sperare che riapparisse la Fanciulla Aurea – la centaura, la mia emissaria nel deserto la prima volta che ero venuta qui, insieme a Heist. Rivederla avrebbe confermato la giustezza del mio fine. Ma così non fu.

L'unica voce nella Jeep era quella del Barone. Se ne stava seduto nel suo poncho, lo sguardo fisso davanti a sé, cantilenando come un navigatore GPS brusco e irritabile: "No, da questa parte," o "Sarà meglio far benzina qui, è la nostra ultima occasione," oppure, "Te l'ho detto, sempre dritto."

Seguendo le sue indicazioni, avevamo lasciato la strada principale prima di quanto mi aspettassi, virando a nord attraverso agglomerati urbani che portavano nomi come Hesperia e Victorville, e poi a est, su due carreggiate d'asfalto chiamate Old Woman Springs Road. Da lì in avanti, solo polvere e frantumi scricchiolanti, i posti per cui era fatta la Jeep. Il sole alle nostre spalle tinse il cielo di una lontana foschia arancione mentre raggiungevamo il confine delle strade con un nome e cominciavamo a sballottare su rivoli di sabbia e ghiaia.

"Sarà meglio sgonfiare le gomme?" chiesi al Barone.

Ero orgogliosa di sfoggiare quel sapere, ma lui lo snobbò senza il minimo interesse. "Non dobbiamo ancora arrampicarci da nessuna parte." E così ricadde il silenzio, con i fari che illuminavano un tunnel nel crepuscolo giallo, e i nostri battistrada attraversavano e riattraversavano i palinsesti dei veicoli che erano passati di lì, non avrei saputo dire se un'ora o un mese prima. Se il Barone aveva quel dono del battitore, non ne fece parola.

Mi sentivo svuotata eppure completa. La mia fatua nonbattuta sul bagaglio in eccesso indugiava nell'aria – per me, voglio dire. A giudicare dall'aspetto esteriore, il Barone non considerava la propria vita in termini di bagaglio da parecchio tempo, ammesso che mai l'avesse considerata in tal modo. Questo faceva di lui, con la sua aura da Thoreau-del-lotto-vacante, le Adidas di recupero e il tascabile da espositore girevole, un compagno perfetto per il mio attuale umore. La Ragazza Che Se N'è Andata Sbattendo la Porta aveva soltanto saggiato la propria gabbia; adesso ero la Ragazza Che Ha Rinunciato a Tutto.

Le vecchie paure se l'erano svignata senza che me ne accorgessi ed erano state rimpiazzate: desideravo ardentemente sparire nel deserto del Mojave, e meno cartelli stradali c'erano meglio era. Niente città per me adesso, né famiglie o tribù. Quest'equipaggio ridotto all'osso – Melinda, i cani e il Barone – era il massimo che potessi accettare o sopportare in termini di consorzio umano. Avrei voluto chiamare Arabella e scusarmi per averla trascinata via da questo paese delle meraviglie della vacuità, da sotto questo cielo. Solo che non lo feci, perché non volevo chiamare nessuno. Avevo smesso di guardare il mio telefono. La Jeep era il mio vero corpo.

Nel novembre dell'anno prima, quando la maschera era stata strappata, quando i nodi erano venuti al pettine, ricordavo che i miei occhi si erano posati per caso sulla copertina di una rivista sul comodino. Mostrava una caricatura in cui l'uomo che adesso dovevo chiamare presidente segava a metà un elefante, come un mago. L'elefante era il Partito Repubblicano. Quanto volevamo che lo facesse! La nostra sicurezza era ripugnante – era la malattia stessa. Quel mattino avevo buttato la rivista nella spazzatura, provando una violenta repulsione per le espressioni della nostra antica scaltrezza. E poi per settimane avevo navigato in rete ogni giorno in cerca di qualcosa di nuovo e migliore che la sostituisse. La malattia ancora dentro di me, sebbene ribaltata in trauma.

Forse ero passata attraverso l'incontro col vuoto che Stephanie mi aveva predetto quella sera a Culver City. (Stephanie ne aveva davvero avuto uno, come era capitato a me? Decisamente improbabile!) In ogni caso, avevo trovato uno scopo, non a Cobble Hill, tentando di reinserire Arabella in quel vecchio mondo, bensì creando la mia scia di condensazione mentre tornavo a cercare Heist.

Era il bottino di cui mi sarei impadronita in questo nuovo mondo. Una creatura indomita degli spazi interstiziali, un antagonista abbandonato da tutte le fazioni, incline a evitare le battaglie inutili, infinitamente buono con i deboli, e tuttavia capace di uccidere se messo con le spalle al muro. Sarei stata l'altra metà di Heist, e lui la mia. Adesso lo capivo, nella sua sete di distacco, nel suo nobile rifiuto dell'affiliazione – gli avrei dimostrato che era qualcosa che avevamo in comune, e poi avrebbe potuto affiliarsi a *me*.

Inoltre, dovevo smetterla di lanciare occhiate lascive agli avambracci venati del Barone, dato che era qualcosa di simile a un figlio adottivo adolescente. Come tanti adolescenti troppo cresciuti, avrebbe aiutato la mamma nei suoi lavoretti, prendendo un barattolo dallo scaffale più in alto della dispensa, per esempio, e svitandone il coperchio troppo stretto – l'equivalente del suo impegno in questa missione di salvataggio. Come tanti adolescenti troppo cresciuti, tendeva a un'accattivante scontrosità. E Melinda poteva essere la sorellina del Barone, nella nostra famiglia selvaggia. Heist e io, quando l'avrei tratto in salvo, ci saremmo presi cura di quei due, insieme ai nostri splendidi cani. Il fatto che tali pensieri fossero maledettamente folli non li rendeva meno confortanti. Vivevamo in un mondo maledettamente folle. Simili pensieri erano forse l'attrezzatura adatta per affrontare la mia spedizione in un mondo del genere.

Inutile dire che tutte queste illuminazioni e illusioni erano tipiche della situazione di trovarsi alla guida di un possente veicolo nell'oscurità silenziosa. Il difficile sarebbe stato mantenerle quando il viaggio notturno sarebbe finito, quando avrei trovato gli Orsi e quello che restava di Heist – ammesso che il Barone fosse in grado di condurci lì, e io di controllarlo (il mio figlio adottivo immaginario).

Forse ero io a essere stata segata a metà.

53.

Là fuori sotto le tenebre, proseguimmo verso nord, seguendo le indicazioni del Barone. Quella che era stata una strada era adesso un solco, una traccia consolidata nel letto crepato di un lago che era diventata la terra. Non eravamo certo i primi ad andare lì, anche se i segni su questa superficie di lavagnetta magnetica diventavano sempre più barocchi e privi di una direzione chiara. I battistrada delle auto rubate per una scorribanda incidevano scanalature sul pianeta, suggerendo la possibilità di un linguaggio basato sulle gomme per comunicare con i droni e i satelliti soprastanti, per trasmettere risposte significanti alle scie di condensazione di passaggio.

Il Barone puntò di nuovo il dito. I miei occhi trovarono quello che voleva farmi vedere. Sembrava una chiazza bianca sull'orizzonte scuro. Si definì mentre ci avvicinavamo in un ampio arco: una sfilza di roulotte, con le candide fiancate disposte in cerchio, come una carovana di carri. Un anello della catena non era una roulotte, ma un lungo rimorchio, con una rampa inclinata sul retro per scaricare quello che aveva scaricato nel deserto, qualunque cosa fosse, un monster truck o un carro armato, un residuato bellico. Il cerchio di veicoli formava una flottiglia nel tenebroso mare del deserto, illuminato da fili di lampadine simili a decorazioni natalizie, e anche da un falò al centro. Già mentre svoltavo in quella direzione, aggiungendo la mia traccia alla compilation, scorsi in lontananza un'altra flottiglia simile, un bagliore ardente alla sinistra di quella cui ci stavamo avvicinando.

"Ferma la Jeep," disse il Barone.

"Cos'è questo posto?" gli chiesi. Adesso stavo bisbigliando, non nel timore di svegliare Melinda, più che altro in uno spirito di furtiva segretezza. Fu una sciocca compensazione da parte mia, dato che il Barone saltò giù ancor prima che spegnessi il motore. Misi in tasca la chiave e mi affrettai a seguirlo, lasciando però accesi i fari per vederci qualcosa. La superficie sotto i nostri piedi non era sabbiosa, pareva più uno strato di polvere che fluttuava su un fondo di argilla indurita dal sole.

"Hammertown," disse lui.

Mi ero fermata a una cinquantina di metri dall'accampamento, abbastanza vicina da vederci grazie alle loro luci. Partimmo alla carica, il Barone senza curarsi di qualunque genere di cautela o consultazione. I miei occhi si abituarono allo spettacolo del firmamento di decorazioni luminose che ammantava il letto del lago antidiluviano. In lontananza mi parve di scorgere altre costellazioni di roulotte sulla pianura.

"Va bene, cos'è Hammertown?"

"È il posto in cui incoronano i Re dei Martelli."

"Roba da Orsi?"

"È una categoria."

"Una categoria? Tipo un'*altra* tribù del deserto, vuoi

dire?" Sentii il sapore dell'adrenalina, intrecciata a queste nuove possibilità. Mi preparai a incontrare i Pescimartello, o gli Armadilli, o chissà cos'altro.

"No, una gara automobilistica, tipo dei bestioni vestiti come Evel Knievel che si arrampicano a tutta velocità sulla roccia con fuoristrada Ultra4. Adesso questo posto è tranquillo. Tra un mese verranno quaggiù un milione di visitatori. Queste roulotte e rimorchi stanno solo tenendo il posto sulla spiaggia."

Melinda e i cani sopraggiunsero alle nostre spalle mentre ci avvicinavamo all'accampamento di Hammertown. No, non saremmo sfuggiti all'attenzione di nessuno. Melinda si mise al passo con noi, intontita ma senza lamentarsi.

"Stai cercando la fiera, vero?" chiese al Barone.

"È un punto di partenza," rispose lui.

La fiera. Era la seconda volta che sentivo quella parola. La prima volta l'avevo presa per una metafora, lo stesso errore che avevo commesso con *conigli* e *orsi.* Se c'era una cosa che avrei dovuto imparare nell'ultimo anno era di prendere i miei concittadini americani alla lettera.

E così chiesi: "Cosa sarebbe questa fiera?" Ero disposta a fare la parte della mamma ebete, che aveva bisogno di farsi spiegare tutti gli ultimi termini gergali.

"Non vorrei che ti facessi troppe speranze," rispose il Barone sardonico. "Sono solo un po' di giostre su pianali, e una ruota panoramica con le cabine tenute insieme con lo scotch. Ah, sì, e c'è anche un castello gonfiabile, se ami quel genere di cose. Una volta gli Orsi hanno avuto l'idea di usarlo come un bong calpestabile, e devo ammettere che è stata una figata."

"Gli Orsi hanno una ruota panoramica? Ah, possiamo rallentare un po'?" Le grandi falcate del Barone ci avrebbero fatto irrompere tra le roulotte e in mezzo ai Re dei Martelli da un momento all'altro.

Il Barone mi accontentò, per modo di dire. "Mary Poppins, non sono Conigli. Non sanno preparare una torta al cactus o stabilire l'ora dalle gocce di rugiada. Hanno bisogno di valuta americana per la birra, l'erba e i frijoles. Alcuni anziani del gruppo fanno cassa portando in giro i loro tristi baracconi e parcheggiandoli nei campeggi dove gente ancora più triste paga per mettere i propri figli su una giostra arrugginita sotto il sole di mezzogiorno, o su un gonfiabile pieno di gas di scarico di un compressore diesel di cinquant'anni fa."

"Va bene," dissi in tono conciliante. Avevo cominciato a intuire l'impulso che stava alla base delle sue tirate da Diogene. Il Barone traboccava di rabbia. Speravo di poterla sfruttare nel momento del bisogno, o almeno stornarla da me.

"Questa gente offre qualcosa da mangiare agli Orsi, proprio come al Jellystone Park. A volte gli permettono di parcheggiare qui le loro cose. Non adesso, credo, dato che la corsa è imminente. Però potrebbero sapere dove sono. Non ti faranno del male, Mary Poppins."

"Ok," dissi con voce flebile. "Non volevo farti arrabbiare."

"Non sono arrabbiato. È solo che non mi diverto a dover tirar fuori tutte queste parole."

"Ridurrò al minimo le mie domande."

"Avrei potuto restarmene a leggere il mio libro."

"Sono grata che tu sia venuto."

"Se qualcuno vuole aspettare sulla Jeep, non c'è problema." Mentre il Barone stava ancora dicendo queste parole, Miller e Aspiratutto si erano avviati scodinzolando verso il centro dell'anello di roulotte, diretti al fuoco. Melinda corse loro dietro.

"Voglio sentire cosa dicono," gli risposi. Eravamo ormai abbastanza vicini da sentire la musica, qualcosa di registrato, tipo metal o country, metal-country, ammesso che esistesse. Mi sentivo responsabile per Melinda. Adesso che l'avevo risvegliato, il Barone imperversava per il pianeta come un fantasma indomabile, incurante di ciò che avrebbe potuto vederlo o toccarlo. Ma avevo attirato la ragazzina selvatica in questa impresa senza spiegarle che avrebbe cercato uno dei due assassini del Re degli Orsi, accompagnata dall'altra.

54.

Non erano solo uomini, ma soprattutto uomini, e le donne si tenevano in disparte. E non erano tutti dei tizi bianchi con la barba, solo la maggior parte – certi erano tizi latinoamericani con la barba, e alcuni la barba non ce l'avevano proprio. C'erano cappellini da baseball e bandana, estrose basette e infradito. Forse venti o venticinque persone, e la scena non era davvero niente di speciale. Avrebbe potuto essere un pasto alla buona nel parcheggio di uno stadio, o un assembramento ai margini di un concerto all'aperto, da dove il palco era così distante da non meritare alcuna attenzione. Solo che era un assembramento agli oscuri margini del mondo, un cerchio di camper e roulotte puntellate contro la sabbia e il vento in un vuoto apocalittico, e nel complesso la scena mi fece cagare sotto.

La gente normale è forse la cosa più terrificante al mondo. O gli americani normali, dovrei dire. Erano ormai mesi che li studiavo sullo sfondo degli incessanti raduni trasmessi dalle televisioni, ammassati in quelle arene verticali a venerare il retro di un completo blu e di un cappello rosso, cercando di capire cosa ci vedessero in lui, e chiedendomi dove sarebbero andati, dopo. Ecco, questo era uno di quei posti. A quanto pareva solcavano il deserto immacolato con i loro fuoristrada, qualcosa a metà tra una monster Jeep e un triciclo, due dei quali tornarono a rotta di collo dal margine dell'oscurità subito dopo il nostro ingresso nell'accampamento. Davanti ai fari balenavano due colonne di polvere turbinante, la materia che avevano sollevato con i loro battistrada – credo che la stessimo respirando. Tutti gridarono urrà al ritorno dei veicoli, e i guidatori furono rapidamente avviluppati in quell'atmosfera indolente e rilassata che non potevo fare a meno di interpretare come di minaccia latente.

Ero ingiusta? Probabile. Certo, c'era un tizio che si fece un dovere di tenere me e Melinda lontane dal fuoco quanto bastava per chiederci se la festa ci piaceva, ma avremmo potuto incontrarlo ovunque. (Era quando cinque o sei ponevano quella domanda come un sol uomo che c'era da preoccuparsi.) Avevamo creato un po' di trambusto, arrivando da quelle lande desolate senza che nessuno ci conoscesse, ma forse meno di quanto avrei previsto, a essere sincera. Furono carini con i cani, dando loro delle salsicce che offrirono anche a noi. Alcuni non ci prestarono la minima attenzione. Era però inevitabile che li osservassi alla luce della mia conoscenza degli Orsi. Formavano un tableau di quanto temevo di trovare – la cittadella degli Uomini Mostro – e al tempo stesso del suo opposto banale. Sospettavo che molti di questi tizi avrebbero potuto tranquillamente fare i bagagli e parcheggiare quei veicoli dietro villette dei sobborghi, anche se per qualcuno di loro si sarebbe trattato della casa dei genitori. Alcuni di quelli più vecchi avevano certamente mogli, o divorzi, e mutui il cui debito superava il valore dell'abitazione. Nel loro caso non si trattava di un autentico viaggio verso questa frontiera apocalittica, non erano fuggiti per evitare la coscrizione del Vietnam, né per l'SDS, l'LSD o un urlo di Janov che non finiva mai, come gli Orsi. Avevano visto un film, magari con Mel Gibson, o un video su YouTube e si erano attrezzati. Vidi delle armi – una rastrelliera per fucili nella cabina di un pick-up, e pistole in due giubbotti aperti – ma erano scrupolosamente riposte nella fondina o tenute sotto chiave, probabilmente con la sicura inserita. Avrei scommesso che avevano tutti i documenti necessari.

Il Barone torreggiava su di loro, cercando qualcuno in particolare. Non credo che trovò quella persona, ma si mescolò facilmente al gruppo, nonostante l'altezza e lo strano abbigliamento. Immagino che fosse stato una sorta di sentinella al checkpoint tra il popolo del Wash e il mondo esterno. Chissà quali esperienze con la burocrazia dei servizi sociali, o con la gente del deserto, aveva nel suo repertorio. Non avrei dovuto sottovalutare la sua duttilità solo perché non si prendeva il fastidio di usare il mio vero nome. C'erano altre teste rasate in quella cerchia, e sono sicura che i suoi muscoli colpirono tutti quanto avevano colpito me. Gli uomini presenti avevano l'aria di vederlo come una spina nel fianco.

Contrariamente a quanto avevo detto, non rimasi abbastanza vicina da sentire. Restai invece con Melinda, aiutandola a tener d'occhio i cani – provavo un colpevole desiderio di un paio di guinzagli, anche se usarli mi sarebbe parso un tradimento nei confronti di Heist – e mi tenni ai margini del raduno, più che al suo interno, accettando l'offerta di una Dr

Pepper invece che di una Pabst Blue Ribbon. Quando infine capii che il Barone aveva ragione, che non avevano intenzione di farci del male, ne fui quasi delusa.

Mi passò per la testa che questa gente si sarebbe potuta permettere di compatire gli Orsi, i miei nemici sacri – di far loro un po' di carità, trattandoli come innocui talismani, come "topi del deserto". Questo me la fece odiare ancor più dei miei nemici. Nella mia nuova incoerenza, mi ero affiliata. La gente intorno al falò mi sembrava disprezzabile non perché offriva un barlume dei misteri etici ed estetici dell'Altra America, ma perché trattava con gioviale condiscendenza le tribù di Viscera Springs, ~~di~~ Melinda, il Barone e Heist, come me.

55.

Tornati alla Jeep, il Barone mi chiese le chiavi. Voleva guidare lui. Melinda era appena arrivata davanti al veicolo, nell'alone dei fari, e stava consolando Aspiratutto, colpito da una crisi gastrica. Qualcuno nel cerchio intorno al falò si era divertito, come in una gara di Coney Island, a ingozzarlo di wurstel crudi che adesso stavano rispuntando fuori.

Il vento si stava alzando.

"È noleggiata a mio nome," dissi.

"Non farò la spia," disse il Barone. "Per me è più facile guidare che dirti dove andare al buio."

"Richiede troppe parole, eh?"

"C'è anche questo, sì. Forse il signor Heist ha accennato al fatto che nella mia testa c'è qualche voce in eccesso."

"Credo di aver captato qualcosa in tal senso." Se l'era cavata piuttosto bene nel mescolare la propria voce con quelle degli uomini nell'accampamento, che forse erano più simili alla varietà che sentiva nella sua testa. Non avevo intenzione di cavillare. Gli consegnai le chiavi. Con il vento che si era alzato, non vedevo l'ora di salire sulla Jeep. "Ce l'hai la patente?"

Mi scoccò un'occhiata che probabilmente meritavo. “Lo sai che quaggiù non c'è la polizia, vero, Mary Poppins?”

“Lo so.”

“Passeremo in mezzo alla base di Twentynine Palms. Territorio dei marines, dove si addestrano per le loro stronzate nel deserto. Se quelli della polizia militare ci vedono nel loro perimetro, non si preoccuperanno della patente. A parte questo è terra di nessuno.”

“Sto solo pensando all'assicurazione.”

“Se chiudi gli occhi e procedi in qualunque direzione, ci vorrà un'ora prima che tu colpisca qualcosa. È esattamente ciò che sta facendo questa gente quaggiù.”

“A un certo punto non dovremo arrampicarci sulle rocce?”

“Gli Orsi che stai cercando hanno praticamente rinunciato ad arrampicarsi sulle rocce con l'avanzare dell'età. Risaldare i pezzi delle auto richiede un sacco di lavoro. Sono più interessati al supporto lombare. Li troveremo in pianura.”

“Quindi hai scoperto qualcosa all'accampamento?”

“Diciamo che ho eliminato alcune possibilità.”

“Sanno dove stanno gli anziani?”

“L'importante è più che altro sapere dove i marines stanno organizzando le loro simulazioni di Fallujah in questo periodo. Dove non ci sono loro, lì andremo noi. Ho un paio di idee.”

“Allora andiamo.”

“Ah-ha. Non so cosa tu abbia sentito dire sul mio conto, ma non sono un animale notturno.”

“E questo cosa vorrebbe dire?”

"Vorrebbe dire che conosco un posto in cui possiamo trovare riparo per la notte. Un frangivento naturale, non lontano da qui. In ogni caso, non è una buona idea guidare al buio se sei preoccupata per l'assicurazione. E c'è anche la ragazzina." Volse il capo a indicare Melinda, che si stava ancora prendendo cura dei cani, fuori portata d'orecchio.

"Credevo che fossi in grado di guidare a occhi chiusi."

"Forse ho un po' esagerato. Ci sono delle miniere abbandonate, non sarebbe simpatico finirci dentro nell'oscurità. Inoltre, una volta entrati in territorio militare, potremmo investire un ordigno inesploso."

"Voglio approfittare delle tenebre."

Nella mia cocciutaggine c'era un'ombra di disperazione. Il nostro approccio al cerchio di roulotte aveva già demolito le mie aspettative, basate sull'escursione in Jeep con Heist in cerca dei Conigli. Avrei voluto affrontare gli Orsi su un terreno collinoso, dove avrei potuto coglierli di sorpresa, dove la furtività alla Scintilla e la rapidità potevano spuntarla. Gli Orsi mi delusero con il loro abbandono delle alture. Sembrava una cosa triste. E mi lasciava priva anche di una *parvenza* di piano. Non mi attirava l'idea di irrompere sfrontatamente sulla playa in compagnia di uno schizoide con la sindrome di Marfan: adesso il Barone proponeva di farlo alla luce del sole.

"A dire il vero, questa non è una discussione," disse. "Perché ho bisogno di dormire. A meno che tu non voglia passarmi una delle pasticche che ti stanno tenendo su di giri per tutta la notte."

"Non sono su di giri per una pasticca."

"Be', magari non è qualcosa che ti va di condividere.

Peccato, la assaggerei volentieri. Vorrei rallentarti, o accelerarmi. In entrambi i casi risulteresti meno fastidiosa."

"Sono solo una newyorchese."

"Sei una signora con una missione, su questo non ci piove."

"Allora, partiamo all'alba."

"Partiamo all'alba, Mary Poppins."

56.

Il Barone ci fece aggirare qualche altro accampamento di roulotte, spingendoci dieci o quindici chilometri nella notte. Mi sforzai, quasi di nascosto, di tenere il conto del chilometraggio, anche se in mancanza di cartelli stradali di qualunque genere non è che avrei potuto ricostruire il nostro itinerario. La destinazione del Barone, il suo frangivento, era un comodo letto di un torrente in secca, incastonato tra due affioramenti di massi, una scanalatura larga come una Jeep sotto l'orizzonte. I segni dei battistrada indicavano che qualcun altro l'aveva utilizzato non molto tempo prima.

Il Barone spense le luci, e il cielo prese il loro posto. Melinda e i cani sonnecchiavano già sul sedile posteriore. Non sapevo cos'avesse in mente il Barone, ma scese e si scavò una trincea nella sabbia sotto il telaio della Jeep, cedendomi i sedili anteriori. Non che fossi molto tentata dall'idea di stendermi sul cambio. Abbassai il finestrino – il surplus di corpi generava un sacco di vapore e fetore, anche senza il gigante – e tentai di chiudere gli occhi.

Non sarò stata impasticcata, ma era innegabile che fossi

sovreccitata. Mi pentii di aver ceduto metà del mio hamburger dell'In-N-Out ad Aspiratutto, come di aver rifiutato un sandwich di maiale sfilacciato all'accampamento di roulotte. Be', almeno un novembre all'insegna di Trump e un gennaio a quella di Heist avevano fatto bene alle mie cosce. Alzai il finestrino quando mi resi conto di sentire il Barone che russava sotto la Jeep, nonostante l'incessante vociare del vento.

57.

Mio padre odiava i western, ma ce n'era uno che gli piaceva. Lo riguardava ogni due o tre anni. Era a colori, e aveva come interpreti un'imbarazzante accozzaglia di stelle del cinema attempate e celebrità televisive degli anni sessanta. A un certo punto, cantavano tutti insieme, in una prigione. Mio padre avrebbe detto di apprezzare il film per via del regista, ma credo gli piacesse perché i personaggi, un branco di disadattati, si univano formando una specie di famiglia, una famiglia migliore della nostra. Come a sottolinearlo, mia madre se ne andava sempre infuriata dalla stanza quando c'era quel western. Ricordo che lo definiva "di una stupidità indescrivibile".

Forse mia madre aveva commesso l'errore di identificarsi con la protagonista femminile della pellicola, incapace di attuare il ribaltamento di ruoli che Arabella aveva compiuto riguardo a *Chelsea Hotel #2* di Leonard Cohen. La protagonista femminile passava gran parte del film reclusa in una stanza al piano di sopra, in corsetto. Dava un piccolo contributo, se ben ricordavo, lasciando cadere un vaso di fiori dalla sua finestra al primo piano sulla testa di uno dei cattivi. Ma non prendeva parte al finale, in cui la strampalata famiglia sgominava i cattivi usando fucili e candelotti di dinamite. Oltre a un sandwich di maiale sfilacciato, mi dispiaceva non aver sgraffignato qualcosa da una rastrelliera per fucili in uno di quei pick-up, nell'accampamento di roulotte. La mia famiglia selvaggia era tutto quello che avevo. Non sarebbe stato il massimo se il mio senso del caos non fosse stato all'altezza dell'occasione imminente.

58.

Il Barone mantenne la promessa. Era l'alba quando risalì e mise in moto la Jeep. Melinda, i cani e io strisciammo fuori a far pipì per poi affrettarci a rientrare, mentre lui teneva il motore acceso. Il sole era appena sorto, ma il vento non era calato, e mi parve più freddo di quanto non fosse stato durante la notte. Il parabrezza era coperto da un sottile strato giallo del pulviscolo più fine del deserto, lo stesso che aveva seguito in scia i fuoristrada fin nell'accampamento di roulotte. Avrei spruzzato il parabrezza e acceso i tergicristalli – avrei provato anche ad accendere la radio – ma non ero io al volante. Melinda e io ci dividemmo una bottiglia d'acqua con i cani, quasi l'ultima. Il Barone continuò semplicemente a guidare.

Nonostante l'accenno del Barone al fatto che rappresentavano i mezzi di sostentamento degli anziani, i baracconi arenati parevano in rovina, creando un'atmosfera degna di *Ozymandias*. "Ammirate le mie opere e disperate." Il castello gonfiabile era ripiegato su di sé, coperto a metà da un telo verde fissato in una decina di punti con pietre del deserto, che non gli impedivano però di agitarsi selvaggiamente al vento.

Il resto era immobile, con l'aria di essere stato abbandonato da lungo tempo. Le giostre ricordavano paguri rifugiatisi nei propri gusci, con gli arti ritratti per resistere all'assalto del vento. Due delle astronavi monoposto per bambini, scrostate e arrugginite, erano state schiavardate dalle loro incastellature. Giacevano semisepolte nella sabbia, sbilenche e derelitte, quasi aspettassero un'onda che non sarebbe mai arrivata a trascinarle via, sobbalzanti. Due autocarri a pianale aperto che avrebbero potuto trasportare tutto questo erano parcheggiati in disparte, ma sembravano inerti e disastrati quanto le astronavi.

La ruota panoramica, almeno, si ergeva con la giusta angolazione rispetto al suolo. Era un po' più avanti sul pendio, accanto a un deposito senza finestre. Come il resto, sembrava abbandonata, ma a differenza delle altre cose, torreggiava sulla scena, emanando una sorta di stanca grandiosità. La ruota era forse l'ultima macchina da soldi nell'arsenale degli Orsi, sebbene fosse difficile immaginare come potesse rendere un adeguato profitto al netto della benzina necessaria a trasportarla avanti e indietro su quelle lande desolate.

Eravamo arrivati dopo una mezzoretta di viaggio, lungo quella che ricordava soltanto vagamente una pista consolidata, punteggiata di rade tracce umane – birilli segnaletici abbattuti, una bombola di gas arrugginita, un falò spento circondato da lattine di birra. Le giostre del luna park si trovavano all'imbocco di una cornice di macigni caduti, al di là della quale si stendeva un'antica strada: asfalto crepato dal tempo e dall'erba e delimitato da ghirigori di filo spinato e un cartello su un palo. La strada scompariva in mezzo a massi irregolari, perdendosi in lontananza. Era il paesaggio più variegato nel raggio di chilometri. Uno sbuffo di grigio si sollevava oltre gli affioramenti, a poco meno di un chilometro di distanza. Sembrava il costante effluvio di un camino, o almeno di un falò mattutino. Il Barone fermò la Jeep davanti alla recinzione di filo spinato. Lessi la scritta sul cartello. Era una concessione mineraria. Poi il Barone cominciò a girare il volante per superare il filo spinato.

"Possiamo fermarci un attimo a parlare?" gli chiesi.

"E adesso cosa c'è?"

"Sgranchiamoci le gambe."

Cogliendo l'imbeccata, Melinda scese e andò a fare un giro con i cani. Il Barone spense il motore. Il serbatoio era ancora pieno a metà, ma avevo la sensazione che ci fossimo spinti ben più avanti. *Ormai è troppo tardi per fermarsi.* L'aria si riempì improvvisamente di insetti, una strana nuvola che ci circondò senza però pungerci. Tentai comunque di scacciarli a suon manate.

"Formiche volanti," disse il Barone. "Di solito non vanno in cerca di una nuova casa d'inverno." Era l'ennesimo episodio utile a rammentarmi che tutti conoscevano quel deserto meglio di me. "Devono essere state sfrattate dall'alluvione."

"Le alluvioni sembrano seguirti ovunque."

Lui mi fissò torvo. Scacciai una formica dalla guancia con un buffetto.

"Allora cosa c'è più avanti?" Accennai all'apertura tra i massi.

"Un accampamento minerario. Vecchie baracche fatiscenti, un paio. Ci sono buone probabilità che tengano lì Charles, soprattutto se è ferito come dici. Spero anche che stiano facendo colazione. Non posso vivere di sola ansia, come fai tu."

"Non voglio arrivare dritta da loro."

"A meno che tu voglia arrivare in volo con il tuo ombrello, quello è l'unico modo."

"È solo che non ci riesco."

"Forse dovresti dirmi quello che mi stai nascondendo."

"Ti dice qualcosa il nome Amore Solitario?"

"Il nuovo re, giusto? Un tipo spaventoso? Non l'ho mai incontrato. Credo che questa sia la mia occasione."

Scossi il capo. "È stato ucciso. Sono coinvolta nell'omicidio. Gli Orsi mi hanno visto solo di notte, ma..."

"Be', dannazione, Mary Poppins." Girò la testa di varie quarte della bussola, come un grosso gufo pelato. "Cos'è, stavi pensando di *scambiarmi* con Charles? Come se un grosso e orrendo problema valesse l'altro?"

"Non l'ho mai pensato."

"Certo, adesso però dimmi cos'hai pensato."

"Sono paranoici, giusto?"

"In che senso?"

"Credono alle scie di condensazione, agli elicotteri neri, non so a cos'altro... dimmelo tu."

"Anch'io sono paranoico."

"Possiamo usarlo contro di loro," dissi, tentando disperatamente di ignorare la sua osservazione. "Devo solo capire come."

"Puoi far venire degli elicotteri neri? Sei della polizia, Mary Poppins?"

"No."

"Hai *chiamato* qui la polizia?"

"Non esattamente. Non nel deserto. Li ho mandati sulla montagna."

"Mi stai confondendo. Vado a vedere se Charles ha bisogno del mio aiuto, ok? Se vuoi puoi aspettare qui."

Cercai con gli occhi Melinda. Non riuscii a scorgerla. Miller e Aspiratutto risalirono trottando il pendio, diretti verso la ruota panoramica. Il nuovo sole scintillava violentemente attraverso i raggi e i montanti della ruota, quasi accecandomi. Volsi invece lo sguardo dritto sopra di me, verso il cielo, in cerca di un segno, di una qualche scia di condensazione che avrei potuto usare per intimorire un covo di Orsi, millantando una forza interpretativa superiore. Il cielo era vuoto. Vento e vergogna mi infiammarono il volto. Eccomi di nuovo in quella situazione, come con Heist. La donna tenuta a bordo campo, ad attendere il risultato mentre un uomo entrava in azione per conto mio. Già che c'ero avrei potuto mettermi un corsetto, aspettando l'occasione di lasciar cadere un vaso di fiori.

"Tornerai?"

"Non c'è altra via d'uscita. Non ti rovinerò l'auto."

"Rovina pure quel che vuoi. Basta che tiri fuori di lì Charles."

"Ammesso che sia lì."

"Ammesso che sia lì."

"Ad ogni modo, magari vi porterò qualcosa per colazione."

Il Barone riportò in vita la Jeep con una sgasata, poi aggirò l'inutile barriera di filo spinato. Lo guardai allontanarsi. Prima che salisse e si insinuasse nel canalone di massi fu avvolto in una nuvola di polvere gialla.

59.

Volevo trovare Melinda. Descrivendo un cerchio, tornai agli autocarri, alle giostre in letargo e al castello gonfiabile che sbatteva al vento, floscio, ma non era lì. I cani erano l'indizio chiave. Dovevo seguirli. Alzai di nuovo lo sguardo sul pendio, verso la ruota panoramica. Un'immagine residuale della sua forma era rimasta impressa a fuoco sulla mia retina dallo sguardo di poc'anzi, e stampava ruote fittizie sullo schermo del cielo azzurro. Avrei voluto essere lassù dove stava il sole. Faceva troppo freddo in questa conca rocciosa piena di macchine arrugginite moribonde. Ripartendo, il Barone aveva lasciato in scia dietro di sé un pennacchio di sabbia, e il vento non voleva smetterla di risoffiarmela tra i denti.

Mentre mi inerpicavo sull'altura, mi imbattei in una prospettiva migliore. Componevano una scena di silhouette nel bagliore accecante: Melinda con i cani alla base dalla ruota panoramica, intenta a parlare con un uomo corpulento su una sedia.

60.

Parve volerci un'eternità, a risalire quel pendio. Il sangue che mi pulsava nelle orecchie e dietro gli occhi sembrava far palpitare il sole tra i raggi della ruota. Il baraccone era più grande di quanto non avessi immaginato, ora che mi ci trovavo sotto. L'intera struttura era fatta di acciaio arrugginito, l'armatura nuda, le gondole dipinte in rosa, giallo, viola e verde pisello, tutti scrostati. La giostra era mobile, con otto coppie di ruote fissate al pianale di un camion, ma disponeva anche di otto piedi stabilizzatori, allungati su ogni lato per far presa come le zampe di un ragno sull'altura desertica. Immaginavo che in un vero luna park il pianale e i piedi sarebbero stati nascosti da pannelli variopinti, bandiere, cartelloni pubblicitari di attrazioni come il Bambino a Due Teste e la Ragazza della Luna. Nonostante ciò, diversamente dalle giostre abbandonate, la ruota panoramica era pronta a partire.

Quando li raggiunsi, l'uomo si era ormai alzato dalla sedia. Aveva tolto il chiavistello alla grata di metallo che faceva da porta alla gabbia a due posti che dondolava più vicina a terra, ondeggiando con un cigolio sul suo vetusto asse. Melinda entrò.

"Aspetta..." dissi ansante.

"Sale anche lei?" A differenza della ruota, l'uomo non era molto più grande visto da vicino, né più alto in piedi di quanto non fosse stato seduto. Non era un Orso gigante, ammesso che fosse uno di loro. Se anche fosse stato più giovane di decenni, la sua corporatura non era costruita nella stessa scala di Amore Solitario, neppure lontanamente. E non era neanche uno Shockley che si stagliava mostruosamente sul suo letto di morte. Possedeva invece un'agilità un po' buffa, per un uomo così corpulento. Mi fece venire in mente Nolan, il che avrebbe dovuto dirmi qualcosa, ma così non fu. Il calore del suo sorriso era disarmante. In breve, un Orso *Yogi*.

"Melinda..." cominciai a dire. Mi pentii immediatamente di aver fornito a quell'uomo il suo nome. "Tesoro, non abbiamo il biglietto..."

"Oggi è gratis," disse l'uomo. Trasudava dolcezza e indulgenza a un livello quasi imbarazzante. "Può anche salire su una cabina da sola, se preferisce. È grande, non sembra affatto spaventata."

"No." Mi avvicinai a Melinda, che si era sistemata in un angolo del divanetto e aveva cominciato ad allacciarsi la cintura.

"Voglio fare un giro," disse Melinda.

Era chiedere così tanto? Per una ragazzina selvaggia, un giro sulla ruota panoramica? Disorientata dal suo patetico desiderio e dal sorriso dell'uomo, mi sentii quasi costretta ad accondiscendere. Non avevo neanche bevuto un caffè. La Jeep a noleggio si era allontanata portando con sé quasi tutto il mio buonsenso e la mia determinazione. Il vento continuava a sferzarci, anche se adesso non trasportava più molta sabbia. Ma la sua voce, un basso, incessante gemito, rendeva difficile pensare. Mi sporsi all'interno della cabina verso la cintura di Melinda, sebbene non avessi propriamente deciso di impedirle di accettare l'offerta, probabilmente innocua, dell'Orso. Dovetti sedermi per afferrare la fibbia di sicurezza. L'uomo sprangò la porta alle mie spalle e si spostò alla leva di comando della ruota. Saltai su e tentai di smuovere la grata che si era chiusa su di noi. Non ci riuscii.

"Perché non si apre?"

"Norme di funzionamento standard," rispose l'uomo. La sua voce conservava quel tono di untuosa blandizie. "Questione di responsabilità civile, della tendenza a far causa della società americana, lo sa come va il mondo. Adesso si sieda." Strinse la maniglia e tirò all'indietro la leva. Venne fuori un suono stridente, sibilante, lacerante, come se la gigantesca macchina fosse bloccata, fuori uso. Non c'era a mascherarlo lo sfondo musicale di un organetto, solo il vento che fischiava, e pareva scaturire dal sole stesso, e le mie urla all'uomo di fermare tutto, che lui ignorò. Non riuscivo a immaginare che la ruota girasse. Girò. Afferrai la mano di Melinda e risalimmo all'indietro, nella nostra gabbia dondolante, fino all'apice dell'arco. Poi lui spinse la leva in avanti. La macchina si fermò con un brontolio e restammo sospese lì come una lacrima, al perielio.

61.

Il vento, che fa oscillare la nostra gabbia. Miller e Aspiratutto, muso all'insù, che abbaiano come ossessi meccanici, come loop furibondi.

62.

Il cigolio della nostra gabbia sul suo perno nero di grasso.

63.

Adesso visibile attraverso la griglia d'ombra: sfolgorante al sole, il tetto di lamiera ondulata del deposito e, alle sue spalle, un furgone Econoline verde opaco con pneumatici giganteschi e paraurti di legno. Accanto a questo, la Jeep di Heist, la prima, che avevamo abbandonato per raggiungere a piedi l'accampamento dei Conigli. I veicoli erano al riparo di una conca, nascosti di proposito dalla pista su cui ci eravamo avvicinati. Scorgendo la Jeep ebbi l'impressione che una parte del mio corpo fosse stata rubata. Il furgone truccato pareva un sole nero, un pezzo di oscurità che ardeva della stessa febbre del sole bianco, ormai distaccatosi del tutto dall'orizzonte.

64.

Urlai contro la sua schiena finché la ruota continuò a girare, finché ebbi paura di vomitare, e poi fummo in cima al cielo e vidi il furgone e tacqui. Non avevo ottenuto altro risultato che di far agitare i cani.

"Tutto ok?" chiese Melinda.

"Sto bene," risposi con la voce arrochita.

"Mi dispiace."

"Non hai fatto niente di male."

Lui se ne stava laggiù, guardando dritto verso di noi, riparandosi gli occhi con una mano. Adesso che avevo smesso di gridare, parve incuriosito. Stese le mani, senza paura, sopra la testa dei cani, per placarli. Il gesto non poté fare a meno di ricordarmi Heist. Presto Miller e Aspiratutto smisero di abbaiare, anche se si chinarono per sottrarsi alle sue mani e girarono in tondo, uggiolando, in cerca di una miglior visuale su di noi, o di una scala verso il cielo, che non esisteva.

"Per caso l'avevi già visto, cara?" Tenni la voce bassa per diversi motivi. "Nel Wash, magari?"

"Non vado spesso nel Wash." Sembrava sulla difensiva.

"Non c'è problema. Non volevo insinuare niente."

"Ti ho portato lì solo perché sapevo che c'era l'Orso."

"Vuoi dire il Barone?" Melinda era forse così spaventata da aver dimenticato il suo nome? Immaginai che i nomi non fossero il suo forte. Magari si era scordata anche il mio. Forse bisognava accontentarsi del fatto che avesse una qualche facoltà di linguaggio.

"Già. Quello che è venuto con noi. Vorrei che adesso fosse qui."

"Anch'io, cara." Non riuscivo a trattenermi dal chiamarla *cara* e *tesoro*. Sotto un tremendo stress, a quanto pareva mi ero trasformata in mia madre.

"State comode?" gridò l'uomo dal basso. Il vento era calato, e le rotazioni cigolanti della nostra cabina si erano placate. Il nugolo di formiche volanti si era sollevato per seguirci, e sentivo il frullio delle loro ali, e di tanto in tanto il *tap-tap* dei loro corpi che rimbalzavano contro la grata. Miller e Aspiratutto si erano acquietati, limitandosi a un basso guaito che saliva dal profondo della loro gola. La voce dell'uomo mi arrivava con sorprendente facilità.

"No!" strillai in risposta.

"Di solito continua a girare!" gridò lui. Anche quando urlava, nella sua voce c'era un sogghigno. "Vorrei poterglielo mostrare! È un'illustrazione migliore dei tre giri della Ruota del Dharma!"

"Lo so come funziona una ruota panoramica, grazie," replicai con un grido. "Adesso non sono dell'umore giusto. Ci faccia scendere."

"Non posso, mi spiace!"

"Adesso chiamo la polizia." Non c'era campo, naturalmente. Con i miei tentativi stavo solo scaricando la batteria, così spensi il cellulare.

"Faccia pure, ma non credo abbiano alcuna influenza sul *dharmachakra*!"

"Non ho più intenzione di parlare con lei."

"Non c'è problema, parleremo più tardi!"

Il sole si sollevò pian piano. Eravamo comunque più in alto. Non si vedeva nulla al di là dei massi verso cui si erano diretti il Barone e la Jeep. Il nostro cigolare si affievolì fino ad arrivare a un punto morto. In tale immobilità, sentii il pericolo riconfigurarsi come pura altezza. La struttura principale della ruota, la sua potenziale trasformazione in veicolo, si dissolse; ebbi invece l'impressione che stessimo pencolando, sbilanciate, in cima a un gigantesco pennone, il nostro ondeggiare ancor più sinistro in quanto quasi subliminale. Là sotto, il nostro carceriere ammazzava il tempo, i cani danzavano e uggiolavano, la polvere si increspava lievemente. Mi dava la nausea guardare in basso, ma non riuscivo a smettere di farlo.

"Chi è?" sussurrò Melinda. Si era rannicchiata contro di me, incredibilmente piccola. Aveva un odore come di pane tiepido, anche se di lievito naturale.

"Non lo so." Non potevo bisbigliare, non dopo quello che avevo fatto alla mia gola. Però mormorai, con una voce fatta apposta per lei. "Sono quasi sicura di averlo visto sulla montagna. Ho visto il suo furgone. Credo che raccolga vagabondi e ragazzi scappati di casa intorno al centro zen, e magari nel Wash." Non volevo dirle che a volte magari tagliava anche loro la gola. "È una fortuna che tu non l'abbia mai incontrato."

"Perché non ci lascia scendere?"

"Usa la ruota come una prigione." Non accolsi la realtà di quel fatto nel mio corpo che quando la parola mi uscì dalle labbra.

"Vorrei andare giù e spaccargli la testa."

"Anch'io, tesoro." La mia scipita condiscendenza era in verità rivolta a una bambina dentro di me, nel panico per essere stata imprigionata in cielo. Era possibile scatenare contemporaneamente l'agorafobia e la claustrofobia? Avevo avuto paura della montagna e del modo in cui toccava l'azzurro, due vuoti rivoltanti. Adesso ero la montagna. Era uno schifo essere la montagna. Quassù non c'era nulla da fare, se non temere il sole. Tutto mi nauseava, la vertigine, la mia stessa impotenza.

"Ho chiamato una squadra SWAT," strillai all'uomo a terra. "Sono proprio dietro quella collina." Spingendo lo sguardo sulle lande desolate, dove la mia vuota minaccia non si stava per materializzare, mi ritrovai a ricordare la mia sorella nella raccolta di frasche, Lorrie.

"Il Karma istantaneo ti colpirà!" urlai, coprendo l'orecchio di Melinda con il palmo della mano.

In tutta risposta, lui disse: "Interessante!"

"Non è preoccupato?"

"La cosa buffa è che mi preoccupo solo di quello che ho davanti agli occhi!"

"Abbiamo bisogno di andare in bagno."

"Non c'è problema, passa attraverso la grata! Ecco, la sistemo in modo che non caghiate sugli ingranaggi! Fate pure, non vi guardo!" Rimise in moto la ruota panoramica e spinse la leva nella direzione opposta, così che tornammo indietro di scatto. Lanciai un urlo. I cani abbaiarono. Scendemmo di un quarto di giro, poi ci fermammo. Anche se la nostra distanza da terra si era dimezzata, adesso dondolavamo sul vuoto e sul letto roccioso di un torrente.

Avevamo perso la visuale sui veicoli dietro la rimessa e il riparo dell'ombra di uno dei giganteschi montanti della ruota, e così la nostra cabina si ritrovò ancor più esposta al sole – non un grosso miglioramento.

"E cosa mi dice dell'acqua e del cibo?" Ci ritrovammo quasi a portata del normale tono di voce, dopo che spense il *tra-tra-tra* del motore.

"Più tardi," rispose con aria assente.

La rotazione di novanta gradi parve agitare Miller e Aspiratutto. Anche se adesso eravamo più vicini, si comportavano come se qualcosa di prezioso per loro si stesse allontanando, all'estremità opposta della ruota. C'erano forse altri prigionieri oltre a noi? Socchiusi gli occhi sbirciando attraverso l'armatura trafitta dal sole, per vedere se altri reclusi stessero languendo nelle loro gondole. Forse di notte comunicavano con un linguaggio speciale di cigolii Morse dei perni. Magari sarei riuscita a fomentare una rivolta. Ma non c'era modo di scorgere l'interno delle cabine lontane – né, se è per questo, di quelle attigue.

Adesso che eravamo più vicine al grassone, Melinda si divincolò dal mio grembo e si slacciò la cintura, alzandosi dal divanetto per premersi contro il lato opposto della cabina. Dalla sua gola si sollevò qualcosa, un suono gorgogliante, ululante, che non si risolse né in un singhiozzo né in un grido. Prima che potessi rendermi conto di quello che stava facendo, cominciò ad arrampicarsi sulla grata. All'inizio pensai che i suoi movimenti fossero dettati dal panico. Avevo paura di toccarla, di trascinarla di nuovo al sicuro – rischiavo di restare intrappolata dalla parte sbagliata delle sbarre dello zoo con una creatura incapace di comprendere la cattività. (Io almeno ero cresciuta in un appartamento di New York.)

E invece no. Un po' ragno e un po' scimmia, Melinda raggiunse il largo giunto in cima alla grata. Sarebbe forse riuscita a strisciarci sopra? Avendo sentito l'esilità del suo corpo d'acciuga sul grembo, scommettevo che l'unico limite fosse rappresentato dalla sua taglia di cappello. Non ne avrebbe ricavato che la possibilità, ai miei occhi terrificante, di aggrapparsi all'esterno di un cesto di metallo dondolante.

Il movimento fece ondeggiare di nuovo la cabina, rinnovando il cigolio, che creò una sorta di risposta antifonale all'uggiolare dei cani. Il nostro carceriere alzò lo sguardo. Melinda si bloccò, come un insetto che si finge morto.

65.

Il tempo si fermò, come il vento. Lui alzò lo sguardo socchiudendo gli occhi. Ma l'Orso Yogi non era più bravo di me a fissare il sole. Gli sfuggì l'ombra segaligna aggrappata all'interno della grata.

Quando distolse di nuovo lo sguardo, Melinda avanzò strisciando. Il suo peso sul tetto della nostra cabina provocò un mero scricchiolio, poi si arrampicò sull'armatura rigida. Trattenni il respiro. Non cadde. Non si calò verso il basso, ma verso la parte opposta della ruota attraverso i montanti.

Un'unica formica volante era riuscita a infilarsi all'interno della gabbia, quasi a mo' di compensazione, e adesso strisciava sul mio avambraccio. La lasciai fare.

66.

Fintanto che si spostò di lato, aggrappandosi all'intelaiatura arrugginita della ruota panoramica, esposta eppure occultata dal fulgore, allontanandosi pian piano dalla nostra cabina, ebbi una bizzarra allucinazione, una sorta di sinestesia: ero tanto là fuori con lei quanto all'interno, da sola.

Ma no, non era proprio così. Era più come se fossi *diventata* la ruota, ed era sul mio enorme corpo che quello minuscolo di Melinda stava avanzando lentamente. Nelle specie marsupiali il neonato si trova davanti a una prima impresa in cui nessuno può aiutarlo, attraversare il pelo della madre dal grembo al marsupio – fu proprio questa la sensazione che ebbi. La sentii come un tragico, disperato prurito che non potevo raggiungere.

La sensazione fu quella di un'immensità di dolore fisico, come la notte delle elezioni, o quel momento in cui ero stata accanto a Roslyn mentre l'addetto alla sicurezza del Reed College usava il passe-partout per farci entrare nella squallida stanza abbandonata di Arabella nel pensionato. Tutte le madri, nell'impossibilità di aiutare le figlie che vagano o precipitano nel fosco ignoto. E tuttavia come al solito ero in realtà soltanto figlia, o madre, di me stessa.

67.

Minacciarlo con un imminente intervento della polizia era stata un'idiozia. Quaggiù, la polizia era un'autorità astratta come le scie di condensazione. Il mio carceriere era un membro della confottutazione di Viscera Springs – se volevo distrarlo mentre Melinda strisciava via, dovevo tenerlo bene a mente. Sebbene desse un'impressione di leggerezza cosmopolita e zen, la sua visione del mondo nasceva dalle paure e dai desideri degli Orsi. Dovevo parlargli in Orsese.

"Quando ho detto squadra SWAT, intendevo una squadra SWAT di *Conigli*. Stanno venendo qui con un messaggio." Speravo che la mia voce roca risultasse sensuale.

"Eh?"

Osservandolo più attentamente, vidi che aveva perduto la sua natura buddhica. Le bistecche delle guance erano cesellate da sottili linee, incise dal sole e dal vento. Il suo ampio sorriso luccicante era formato da protesi scadenti, che fluttuavano prive di ormeggi tra le labbra costellate di vesciche.

Mi sforzai di non guardare Melinda. Se fosse caduta, me ne sarei accorta.

"Non è un messaggio verbale," gridai. "È una risposta al segnale che avete lasciato sulla montagna." Premendo il volto contro la gabbia, mimai lo squarcio della gola, strabuzzai gli occhi. "Io ero lì."

Allora mi guardò in modo diverso. "Quello non era rivolto ai Conigli."

"Peccato. Heist e Anita hanno convocato un consiglio. C'è un esercito di Conigli sulle colline."

"Ne dubito. Quei due non vanno molto d'accordo. Sono anni che Heist riporta nella civiltà i loro rampolli."

"Credevo lo rivoleste come re."

"Nella tribù degli Yahoo, il re viene accecato e tenuto in una caverna. In tempo di guerra, viene legato su un cavallo ed è il primo a morire."

Era parso viaggiare in profondità dentro se stesso per ripescare quella piccola parabola dal suo inventario. Avrei detto o fatto qualunque cosa per raggiungere quel posto e devastarlo. "Charles Heist era la tua ultima occasione," sibilai inferocita. "Non ti sei reso conto di quello che avevi per le mani."

"È possibile."

"Il Barone tirerà fuori Charles, poi darà il segnale."

"Il Barone è stato un'altra delusione." Il volto del ciccione si rannuvolò e fremette di rabbia, come una padella di sugo prossima al punto di ebollizione. "Ma non troverà Charles lì."

"Ancora meglio. Il raid può iniziare immediatamente."

"Qual è il segnale?"

"Il suono di una mano sola che applaude. Mi pare di sentirlo adesso!" Se solo avessi conservato la mia trombetta. E invece no, l'avevo sprecata nell'orecchio del re defunto. Ad ogni modo, mi sentii pervadere da quella stessa follia. Era tutto ciò che avevo, ma sarebbe bastato. Mentre Melinda si spostava sulla ruota, avrei usato la follia per incantarlo. "I Conigli vogliono la tua montagna!" Avrei surclassato le sue provocazioni con le mie parole, versando a piene mani ansia nel suo nucleo animale. "Sono in trattativa con i coreani. Sono più furbe di te, e stanno invecchiando meglio, trovando fidanzati più giovani e droghe più fiche."

"Non i Conigli che conosco."

"Hai visto il Neptune Lodge di recente? Hanno droni e sistemi di sorveglianza hi-tech. Hanno una macchina del caffè che fa un cappuccino all'ayahuasca. Hanno messo Shockley nel programma per la protezione dei testimoni. Sono *quattro* i giri della Ruota del Dharma!" Cominciai a togliermi i pantaloni. "Vieni più vicino che ti piscio in faccia." (L'avevo già fatto una volta, ma è una lunga storia.) Immagino fosse l'equivalente di un vaso di fiori da far cadere sulla sua testa, dalla finestra della mia cattività. Però era sperare troppo che si piazzasse proprio sotto di me, perché avrebbe rischiato di cadere nel letto del torrente in secca. "Ammettilo, è quello che vuoi!" Intanto avevo preso di nascosto lo spray al peperoncino dalla borsetta, nel caso mi fossi trovata abbastanza vicina a lui.

Il rumore che paralizzò sia lui che me era familiare. Lo scatto della serratura esterna di una cabina che si apriva, lo stesso che aveva fatto chiudendosi. Ci voltammo entrambi. Melinda non era più nascosta. Aprì con uno strattone la grata di una cabina dalla parte opposta della ruota, quella che aveva catalizzato l'attenzione di Miller e Aspiratutto. Dopo essersi girato, l'uomo sotto di me si precipitò verso i comandi. Se solo i cani l'avessero azzannato a morte, o almeno gli avessero staccato le mani a morsi. Invece guizzarono e fremettero di paura, quasi avessero un timore reverenziale della ruota. Proprio quando i pantaloni mi erano scesi all'altezza delle ginocchia, gli ingranaggi ripresero vita e la cabina riprese a muoversi di scatto, facendomi ricadere sul sedile. Io scendevo, e loro salivano. Melinda, e le braccia che si protesero dalla cabina dalla parte opposta della ruota per tirarla all'interno. Erano le braccia di Heist. Avrei riconosciuto le sue nodose nocche macchiate anche se non fossero spuntate dai polsini di pelle rossa della sua giacca da motociclista.

Mi tirai su i jeans e coprii il mio vaso di fiori.

68.

L'uomo là sotto aveva un problema. Poteva tentare di tenere me in basso, e Heist in alto. Melinda non aveva aperto la mia cabina. Aveva temuto di far troppo rumore, o non ci aveva pensato prima di avviarsi verso la gabbia di Heist. Ma non appena l'uomo fermò la ruota Heist cominciò la sua fuga. Sebbene ferito – e sembrava ancora gravemente ferito – Heist era più forte di Melinda, e non stava tentando di passare inosservato. Si arrampicava sui bracci della ruota come fosse qualcosa per cui si era allenato. L'uomo là sotto riavviò la ruota e riprendemmo a girare con un brontolio meccanico. Puntai lo spray al peperoncino.

Il rinnovato movimento della ruota bloccò Heist per un attimo, ma solo per un attimo. Poi cominciò a strisciare dal centro alla circonferenza. Se l'uomo avesse continuato a farla girare Heist si sarebbe presto trovato in fondo a una delle rotazioni. L'uomo se ne rese conto e fermò di nuovo la ruota. Restammo tutti in silenzio, a guardare, a guardarci a vicenda, a parte il furore dei cani, la loro micidiale musica, che proseguiva incessante e suppliva a qualunque pensiero al di là del semplice guardare. Heist ricominciò a scendere la scala della ruota, con le membra che si muovevano come quelle di una pantera, o di un solerte automa. L'uomo fece scattare in avanti la ruota per un istante, e poi la fermò di colpo, tentando di sbalzarlo. Heist tenne duro.

Vidi l'uomo là sotto darsi uno schiaffo sul volto, che adesso era lucido di sudore. Le formiche volanti erano venute ad abbeverarsi. Erano come lo spray al peperoncino che non avevo avuto la possibilità di usare, forse anche meglio. Agitò rabbiosamente la mano per scacciare la nube ronzante, e poi rimise in moto la ruota, alla massima velocità. Questo rallentò Heist soltanto per un istante. Era quasi arrivato a un punto da cui tutti noi potevamo immaginare che balzasse verso la libertà. Allora l'uomo là sotto lasciò i comandi, e si precipitò con la sua ripugnante grazia verso la baracca, e al di là di essa, nella conca in cui attendevano i veicoli. L'Econoline con le gomme gigantesche e i paraurti di legno si accese con un balbettio del motore.

Scendendo verso il suolo persi di vista il furgone, e poi lo ritrovai, mentre usciva a tutta velocità dalla conca, diretto verso il canalone di massi, per costeggiare la recinzione di filo spinato, anche mentre guardavo Heist arrivare in fondo e lasciarsi cadere sulla piattaforma d'imbarco della ruota, inerte. Continuai a girare in tondo, osservando la scena. Fu mentre il furgone svoltava e accelerava al di là della recinzione che la Jeep arrivò rombante dalla direzione opposta, sbucando dal canalone di massi. Il Barone girò di scatto il volante per far derapare la Jeep di lato in una spuma di polvere gialla, mandando la parte della fiancata dietro il guidatore a sbattere come una slitta contro il cofano del furgone. L'impatto fu fulmineo, senza il minimo stridore, con i battistrada incapaci di far presa sulla superficie, i freni inutili. Il furgone era innaturalmente molleggiato sulle gomme, e perse la battaglia con la Jeep, salda sul baricentro basso. I cani tacquero, strofinando il muso contro il padrone. Sentii le formiche volanti ronzare ovunque, in schiere che continuavano ad ammassarsi intorno a noi. Nessuno aveva fermato la ruota, non ancora. Il ciccione era uscito per metà dal parabrezza ed era rimasto incastrato lì, con le mani che si agitarono fugacemente sul cofano, prima di smettere di agitarsi. Il mio dito premette spasmodicamente il beccuccio dello spray e il vento risospinse lo sbuffo di peperoncino verso la mia faccia, e vomitai immediatamente attraverso la grata.

Ci vuole un villaggio.

Parte settima
Desert Hot Springs

69.

L’avevo svegliato nel parcheggio del Walgreens, dopo essere entrata e avergli trovato una canottiera bianca pulita da mettere sotto la giacca di pelle. Mi aveva accontentata e se l’era infilata, ma quando mi fermai davanti al cancello del Paradiso di Palme, era di nuovo addormentato sul sedile del passeggero, il mio tesoruccio. Il robusto giovane nella guardiola cercò il mio nome nell’elenco sul suo portablocco, e quando notò il mio passeggero assopito mi misi un dito sulle labbra e sorrisi. Il custode sorrise a sua volta e mi indicò la reception. Era una persona accogliente che lavorava in un posto accogliente, e dato che il mio nome era sull’elenco non trovò nulla di sospetto in un sonnellino pomeridiano. Probabilmente arrivava un sacco di gente stanca da loro.

Poi, mentre stavo varcando il cancello, il custode notò le condizioni del parafango posteriore e del paraurti della Jeep. Funzionava perfettamente, ma non aveva un gran bell’aspetto.

“Ho investito un animale,” dissi.

“Che genere di animale?”

“Un animale alla guida di un furgone,” risposi, lasciandogli qualcosa su cui interrogarsi.

Nel parcheggio all'ombra delle palme ascoltai di nuovo il messaggio di Jane Toth, l'assistente sociale che mi aveva dato il nome e il numero di telefono di Heist dopo che la polizia si era sbarazzata di me e delle mie domande. "Ho pensato di doverla informare del fatto che Charles Heist è scomparso... la polizia è stata al suo camper e nel suo ufficio..."

Non c'erano molti modi per leggere tra le esigue righe offerte da Jane Toth. Mi sforzai soprattutto di interpretare il suo tono. Mi stava forse invitando a stare in guardia? Heist era tra gli indiziati di un'indagine, un'indagine che ero stata io a mettere in moto?

Analizzare i motivi della sua chiamata era comunque inutile. Ciò che contava erano le conseguenze che dovevo trarne. Non potevo accompagnare Heist a casa, anche se era quello che mi aveva chiesto di fare. L'avrei portato dritto in una trappola. Misi via il telefono e azzardai la mossa di lasciarlo lì a dormire sulla Jeep, nel parcheggio all'ombra delle palme del resort, mentre entravo a prendere la chiave elettronica della stanza e gli opuscoli sui massaggi e sui bagni di fango e sulle lezioni di Qi Gong. Saremmo dovuti restare rintanati lì per un po', e già che c'eravamo non guastava conoscere i servizi offerti. Se non fosse crepato sotto la mia custodia, magari avremmo potuto persino approfittarne.

70.

A qualcuno dà fastidio se salto la parte dell'inseguimento? Non fu niente di che. *Uscita di scena, braccati da Orsi invisibili.* Il Barone, che in qualche modo era un tipo ostico eppur impeccabile in qualunque occasione, non li aveva messi troppo in allarme all'accampamento minerario. (Questo stando al suo racconto, l'unica cosa su cui mi potessi basare). Dopo essersi fatto un quadro della situazione – ossia che Heist era stato lasciato in custodia all'Orso Yogi, il cui vero nome, come avrei appreso, era Paul Apollo – si era attenuto ai piani, accettando la colazione offertagli. Aveva scambiato un po' di chiacchiere del genere ex-Orso-ma-senza-rancore. Non aveva accennato alla mia presenza, né a quella di Melinda – per tale ragione, dovette scusarsi per non avermi portato niente da mangiare e neppure un caffè. Era quindi uscito dal loro accampamento guidando la mia Jeep a noleggio con la calma indolente di chi non ha niente da fare, per poi tornare a rotta di collo verso di noi non appena era stato sicuro di essere fuori dalla portata dei loro occhi e delle loro orecchie.

L'avevano seguito? Non restammo lì ad aspettare di scoprirlo. Melinda tirò la leva della ruota panoramica, fermandola a un'altezza da cui potevo essere liberata dalla mia gabbia. Heist si era rialzato, sedendosi nell'ombra alla base della ruota. Era disidratato, ma vivo. La barba aveva colmato i vuoti tra le basette, facendo del suo volto un assurdo patchwork di varie lunghezze. Privo della camicia, indossava sotto la giacca di pelle una specie di pesante cataplasma, fissato con un panno alle costole e alla spalla ferite. Emanava un putrido fetore, ma non lo toccai. Dopo essermi accertata che l'auto era abbastanza in asse per viaggiare e averla avvicinata al punto in cui era seduto Heist, lo aiutai insieme al Barone a salire davanti. Gli diedi dell'acqua.

Poi andammo dietro la rimessa, e lì trovammo subito le chiavi di Heist, lasciate in bella vista nel portabevande della Jeep. Il Barone la mise in moto, e guardammo la lancetta salire a scatti: metà serbatoio. Uscì quindi dalla conca, e Melinda salì con lui insieme ai cani, quasi si fossero già messi d'accordo. Poi il Barone ci fece strada, creando una cometa di polvere, nella fuga da chiunque potesse sentirsi obbligato a tentare di fermarci.

Heist cadde in uno stato catatonico, con gli occhi socchiusi quando non erano del tutto chiusi. Il Barone non fermò il nostro piccolo convoglio di Jeep finché non fummo usciti da quelle lande desolate e prive di segnaletica per parcheggiare davanti a un grigio negozietto di alcolici e alimentari in una cittadina, o idea di cittadina, chiamata Landers. Comprai un'altra bottiglia d'acqua dall'hippie del deserto dietro la cassa. Il Barone andò tra gli alberi di Giosuè sul retro a pisciare e rimuginare. Aveva uno squarcio di un rosso vivo sul cranio rasato sopra l'orecchio sinistro, dove aveva sbattuto durante la collisione. Sebbene sospettassi che l'indomani l'intero lato sinistro del suo corpo sarebbe stato viola di lividi, sosteneva di essere per il resto illeso.

Conferii con Melinda sul ciglio della strada.

"Il Barone vuole andare a parlare con Anita," mi spiegò. "E dobbiamo anche trovare Jessie. I cani devono stare insieme."

Annuii, anche se non mi era chiaro cosa stesse proponendo. Melinda chiarì la cosa.

"Portalo via di qui."

"Va bene," risposi.

Quando passò un pick-up, lo fissammo entrambe, ma era solo un pick-up. Il conducente poteva essere un Orso randagio, o semplicemente un bianco attempato con la barba. Cominciava a sembrarmi possibile che non avesse poi grande importanza. L'uomo della ruota panoramica era morto, o poco ci mancava; non l'avevamo esaminato da vicino. Non c'era una bufera né un'inondazione, almeno per il momento, e questa non era una voragine nella notte. Era una polverosa strada a due carreggiate, e un pick-up poteva passarvi senza che ciò significasse gran che, anche se aveva un paio di adesivi con slogan sgradevoli. In assenza della febbre di consacrare un re, forse gli Orsi non erano altro che bianchi attempati con la barba.

"Prenditi cura di lui," mi disse.

"Lo farò."

"Si preoccuperà per me e per i cani."

"Gli dirò che siete con il Barone."

Per poco non scoppiò a ridere.

71.

Allora le due Jeep si divisero, Melinda e il Barone diretti a nord di Landers, lungo un itinerario che adesso avrei saputo tracciare a grandi linee, verso Giant Rock, dove avrebbero lasciato la strada a due corsie per deviare a est, addentrandosi tra le colline sulle tracce dei Conigli. Erano rientrati nei loro vecchi mondi, in realtà, nella stirpe di Viscera Springs da cui non era così facile distaccarsi o venir salvati. Essere selvaggi non significava semplicemente essere ragazzi ferini, ma essere stati separati, o essersi separati, da un qualche punto d'origine. Mi baloccai un po' con i risvolti allegorici, quasi fossi ancora la persona che avrebbe tentato di piazzare uno speciale a tutta pagina o un pezzo sul "Sunday Magazine", e poi li lasciai perdere, perché non lo ero più. Il mio compito era meno complicato. Adesso avevo assunto il ruolo di Heist. Dovevo soltanto districare un individuo dall'insidioso groviglio di Viscera Springs, lasciarlo respirare liberamente, aiutarlo a camminare con le proprie gambe. L'avrei fatto per Heist come lui l'aveva fatto per altri, che il risultato fosse destinato a durare o meno.

Mi ero diretta a ovest, per tornare a Upland. Lui aveva respinto con un cenno l'idea di andare in ospedale, due volte, e così lasciai perdere. Questo scatenò le mie fantasie: saremmo tornati nel suo Airstream. L'avrei avuto tutto per me, da confortare e rimettere in sesto. Forse non aveva bisogno di un ospedale per le costole, ma avevamo entrambi bisogno di un posto dove riprenderci, di un cerchio tracciato intorno a noi all'interno del quale poter stabilire cosa saremmo stati l'uno per l'altra all'indomani del nostro audace, bizzarro intrigo, tra delitti nel deserto e fughe regali.

Stentavo a credere che tutto fosse diventato così facile. E infatti si scoprì che non lo era affatto. Sulla Twentynine Palms Highway mi fermai a far benzina e diedi un'occhiata al telefono. Eravamo rientrati negli schemi. Quell'apparecchio che mi era divenuto improvvisamente odioso, il nemico nella mia tasca, traboccava di colpo dei contenuti del mondo negato: qualche centinaio di e-mail, notifiche di Facebook e Twitter, annunci indignati di raccapriccianti provvedimenti legislativi del presidente, un paio di sms a tarda notte di qualcuno che aspirava a un incontro lussurioso a Manhattan, e l'unico, inquietante messaggio vocale di Jane Toth. E così potevamo scordarci l'Airstream.

Per la natura stessa del delirio di cui ero preda, questo non ebbe altro effetto che di accrescere la mia euforia. Adesso avevo Heist solo nella *mia* Jeep. Per una magica combinazione, ci eravamo liberati anche dei suoi cani, per quanto adorabili potessero essere. Costretta dal nostro status di fuggiaschi, non potevo riconsegnarlo al cattivo gusto del suo ufficio, alla sua segreta tasca marsupiale. Esistevamo invece in uno spazio concettuale libero, teso tra il Mojave e i piedi del Baldy, dove potevano aggirarsi gli sbirri sulle sue tracce. Proseguii a est, nella valle delle colossali pale eoliche, ma prima della Interstate 10 svoltai a sinistra su una strada a due corsie chiamata Indian Valley Road, diretta alla terra incognita di Desert Hot Springs. Sarebbe stato il nostro covo.

Un covo, magari anche un nido d'amore. Stavo ragionando da fuggiasca, forse da rapitrice, e – anche se non era carino ammetterlo – la cosa mi attizzava.

72.

Ero venuta a conoscenza della famosa spa chiamata Paradiso di Palme grazie alla rivista "Inland Empire", nel periodo di ritiro forzato al Doubletree per il nubifragio, che pareva ormai lontano un milione d'anni. Era un posto con sorgenti naturali d'acqua minerale e fanghi termali, una Saratoga del West – il che significava che vantava anche uno sciamano residente, massaggi Reiki e svedesi, e un sentiero chiamato Coyote Walk. Il resort era stato utilizzato in un importante film di un regista indipendente degli anni settanta, e come sfondo di un episodio di *The Bachelor*, perché non poteva essere altrimenti. Nelle foto del servizio su due pagine della rivista, gli ospiti della spa andavano dalle loro stanze alle sorgenti termali, si recavano ai massaggi e sedevano persino nel lussuoso ristorante in accappatoi e pantofole forniti dal resort, il che tornava comodo, dato che Heist sarebbe arrivato senz'altro da indossare che i jeans macchiati di fango e sangue e l'inconfondibile giacca di pelle rossa.

Telefonai e prenotai senza difficoltà. La mia carta di credito, quella vecchia cavezza che mi legava alla realtà ufficiale, funzionò liscia come l'olio. Quando avevo comprato le due magliette nuove per Heist al Walgreens, avevo preso anche un nécessaire da viaggio, completo di rasoio, spazzolino e mini-deodorante, insieme a un costume intero nero per me e un paio di calzoncini da bagno per lui, in modo che potessimo immergerci nelle rinomate acque terapeutiche, anche se pensavo che prima avrei fatto meglio a dare un'occhiata al cataplasma sotto la sua spalla.

Era ancora addormentato quando girai intorno al retro del resort per parcheggiare vicino alla nostra stanza. La più economica, era anche, per un caso fortunato, la più lontana dal ristorante, dalle sorgenti termali e dalle piscine. La nostra finestra si affacciava sul panorama al di là della curata siepe di cactus e yucca, e sulle brulle alture che lo cingevano. Nessuno sarebbe dovuto passare davanti alla nostra stanza diretto ai campi da tennis, alla lezione mattutina di tai chi o a qualunque altra attività. Lo lasciai sonnecchiare mentre scaricavo le nostre cose: l'accozzaglia di roba appena acquistata al Walgreens, una vagonata di bottiglie d'acqua vuote e cartacce di Kind, oltre a una valigia che adesso mi rendevo conto essere stata preparata in fretta e furia nell'era di Obama.

Poi andai a svegliarlo. Non avrei potuto trasportarlo nella stanza senza l'aiuto del Barone, e in ogni caso stavo cominciando a spazientirmi.

Che Dio mi aiuti, la prima cosa che fece fu un sorriso.

"Forza, cowboy."

"Cos'è questo posto?"

"È letteralmente né qui né là. Per il momento ti basti sapere questo."

“Palm Springs?”

“Quasi. Un altro posto con le palme nel nome. Pensalo come il posto in cui meriti di andare quando non ti resta niente da dimostrare – il paradiso in terra.”

Heist mi guardò in un modo che mi spezzò il cuore. Come se persino lì, costretto a farsi aiutare per scendere dalla Jeep, agli estremi limiti della prostrazione e dell’impotenza, fosse ancora il mio cavaliere. Con quello sguardo mi diceva di sapere che qualunque bizzarra sceneggiata potessi allestire non sarebbe stata che un modo per camuffare i miei problemi, i problemi da cui mi avrebbe liberato se ne avesse avuto la forza. La cosa mi elettrizzò, come se mi avesse accarezzato la peluria sulla nuca. Maledetti uomini. Naturalmente, quello sguardo risvegliò anche la consapevolezza di essere a mia volta a pezzi.

Non mi domandò di nuovo dove l’avessi portato – immagino sapesse di poterlo dedurre dalla carta da lettere. Il suo persistente silenzio non fece che scatenare ulteriormente la mia incontinenza verbale, dato che sono fatta così. “Sono felice che tu non l’abbia riconosciuto, perché ne dedurrei che hai portato qui un’altra ragazza, e sarei troppo gelosa. E allora dovrei prenotare da un’altra parte, tipo al Paradiso degli Avocado o delle Prugne o qualcosa del genere. Anche se probabilmente hai portato più d’una signora in tutti questi posti.” Volevo evitare nelle mie battute qualunque riferimento alla Ruota del Dharma e ai suoi giri, così come alle tribù animali. Per il momento, avremmo mantenuto le allusioni entro i limiti vegetali e frutticoli.

Mi guardò socchiudendo gli occhi sotto il sole a picco. “Al Paradiso degli Avocado non ci sono mai stato.” Avevo dimenticato il suo magistrale humour impassibile, che in realtà poteva essere sincerità impassibile – era l'incertezza tra queste due possibilità a mandarmi fuori di testa. Forse ero semplicemente contenta che mi stesse prestando ascolto. "Diamine! Stasera ti ci porto, giovanotto."

Heist si puntellò con una mano sul cofano della Jeep per mantenere l'equilibrio, poi mi seguì lungo il sentierino lastricato che conduceva alla nostra porta. Infilai la chiave elettronica e lo aiutai a entrare. La camera era tutta linda, elegante, con un ampio bagno e un patio al di là delle porte scorrevoli, cinto da un alto steccato. Heist si fermò subito dopo aver superato la soglia, come se non sapesse dove stare in piedi o sedersi. Non è che ci fossero tutte queste possibilità.

Gli indicai il letto. Lui si distese sul copriletto e rimase un po' lì, limitandosi a respirare. Gli porsi una delle bottiglie di acqua artigianale che si sarebbero senz'altro trasformate in un addebito di dodici dollari sulla mia carta, e poi ripresi il mio fatuo e nervoso cicaleccio, evitando tutti gli argomenti radioattivi. Nel frattempo aprii l'armadio a muro ed eccoli lì, proprio come promesso dalla rivista "Inland Empire": i soffici accappatoi bianchi. Non ci tenevo in modo particolare a che Heist si dedicasse al menu completo di Qi Gong, shiatsu ed erba di grano, ma che mi venisse un accidente, dopo averlo trascinato tanto in là nella mia fantasia, dovevo vederlo, vedere entrambi, in quegli accappatoi.

"Tu riposati," dissi. "Prima faccio una doccia. Poi voglio dare un'occhiata a quella spalla." Lo dissi come se potessi far ricorso a un'attitudine alla Florence Nightingale, che in realtà non possedevo affatto. Abbassai semplicemente la voce al registro della Bacall e sperai che funzionasse.

La doccia era una cabina in vetro con un pavimento di sassi levigati che declinavano verso lo scarico. Il geyser d'acqua calda e i saponi e le creme esfolianti omaggio di prima qualità furono un toccasana per la mia pelle provata dall'aereo e rinsecchita dal deserto. Dopodiché mi avviluppai nell'accappatoio fino al collo, evitando per il momento di giocare sporco con la scollatura, e svegliai di nuovo il mio povero prigioniero.

75.

Mi riappropriai del suo nome, Charles, saggiandolo dolcemente sulle labbra. Non riuscivo ancora a passare al *Charlie* o al *Tesoro*, ma ci mancava poco. Lo puntellai su quei bei cuscini e lo aiutai a togliersi la giacca e la maglietta. Il cataplasma si estendeva su una parte della schiena più grande di quanto non avessi immaginato. Era intrecciato con sottili fibre erbacee, cementate insieme da una specie di colla vegetale – forse di aloe, o di rami macerati dell'albero di Giosuè. Qualunque sostanza fosse, si era condensata e rappresa quando era rimasto esposto al sole durante la sua prigionia sulla ruota. E Heist era un uomo peloso. Anche se avessi confidato che la ferita che vi stava sotto fosse guarita, sarebbe stato impossibile liberarlo da quell'affare puzzolente senza rasargli una parte consistente del petto.

"La staccheremo col vapore."

Diede il suo assenso battendo le palpebre, come un ostaggio.

C'era uno sgabello di teak nella cabina della doccia. Lo sgombrai dai prodotti per il bagno poggiati sopra, poi spogliai Heist e lo feci sedere lì, aprendo il rubinetto della doccia. Mentre il vapore cominciava ad ammorbidire l'impiastro, facendolo tornare alle sue origini fangose, presi il soffione e iniziai a lavarlo delicatamente intorno al cataplasma. Le maniche del mio accappatoio si stavano bagnando, così me lo tolsi e lo appesi alla porta del bagno. Il vapore turbinante ci ammantava, nascondendoci parzialmente l'uno all'altra. Lui non disse nulla, ma mi permise di cominciare a lavargli i capelli con lo shampoo. Là dove l'impiastro si era ammorbidito lungo i bordi, ne staccai dei pezzi e lasciai scivolare quella porcheria nello scarico, dove si sciolse come gelato.

"Stento a credere che l'Orso della ruota abbia dedicato tanto tempo a rattopparti," dissi. "Immagino che ti volessero vivo."

"Si chiama Paul Apollo."

"Sì, be', mi sa che l'abbiamo ammazzato." Lo dissi solo per sentirlo. Non avevo bisogno che Heist mi ragguagliasse sulle parti che ignoravo, o mi consolasse per quello che avevo visto e fatto. Non so cosa volessi, se non impedire che quella consapevolezza si mettesse tra noi.

"Paul Apollo è morto in un incidente d'auto. Ricordatelo, nel caso qualcuno te lo chieda." Era la frase più lunga che avesse detto da quando si era rifiutato di andare al pronto soccorso. "E tanto per cominciare tu non c'eri, ne hai soltanto sentito parlare."

Annuii. "Sosteneva fossi stato eletto Re degli Yahoo. È stata una bella sorpresa per me."

Heist alzò una mano per respingere quell'idea, poi fece una smorfia. Mi misi alle sue spalle per massaggiargli il cranio con la schiuma. Mi chiesi quando avesse fatto l'ultimo shampoo. Magari era la prima volta che li lavava così, pensai con orgoglio.

"Perché non era lui il re?" chiesi.

"Apollo non era il tipo. Le sue priorità erano altre."

"Era lui il rapitore," dissi. "Il carceriere."

Heist si limitò a rispondere con una specie di grugnito. Insinuai le dita sotto l'impiastro che aveva cominciato a staccarsi dalla sua schiena, e questo gli cavò un altro grugnito. "Be', ti ha fatto un bendaggio incredibile, su questo non ci piove."

"Non è stato lui," disse Heist. "L'hanno fatto i Conigli."

"Stai scherzando."

"No. Ero stordito, credevano non fossi sveglio, anche se era così. L'ho vista."

"Chi?"

"Anita."

Allora la odiai, per svariati motivi. Non ultimo per aver toccato Heist con il suo corpo da Pilates del deserto. Ma i polpacci perfetti di Anita potevano andare a farsi fottere. Lei aveva i nervi, io la carne. Ne lasciai ricadere un po' su Heist, adesso che avevo rimosso il fango dalla bistecca del suo muscolo gran dorsale.

"Sapeva che eri prigioniero."

"Ha fatto quello che ha potuto."

"No, non è vero." Continuai a parlare mentre lo carezzavo da dietro, lasciando che la schiuma nei suoi capelli e l'impiastro liquefatto si trasformassero in fiumi da solcare con le mani. "I Conigli non sono meglio degli Orsi," dissi crudelmente. "Bisognerebbe far saltare l'intero sistema bipartitico."

Non so se pensassi davvero quello che avevo detto. Perché Anita non avrebbe dovuto applicare quel cataplasma alle sue ferite, se gli Orsi, nel loro delirio monarchico, non le avevano consentito di fare altro? Avrei dovuto essere più giusta. La profonda, irragionevole complicità tra amore e odio, tra donna e uomo, o tra animale e uomo, predatore e preda – non era certo una colpa che potessi imputare ad Anita, né a una qualunque specie o tribù.

Durante la danza al canto di Arabella sotto la pioggia e davanti al fuoco, con il sacrificio del mio costoso rossetto, ero diventata una cosa sola con i Conigli, ero diventata uno *dei* Conigli. E per me era necessario che esistessero due tribù di Viscera Springs, perché era la fusione tra di loro ad aver creato Charles Heist. Adesso volevo però che tutto questo scomparisse, proprio come l'impiastro di Anita che stavo staccando e strofinando via dal suo corpo per farlo defluire nello scarico. Volevo Heist tutto per me. Avrei tracciato un cerchio intorno a noi, dove non sarebbe rimasto nulla di quelle brutali opposizioni, se non il residuo incantato tra me e Heist, la parte del *vive la différence*.

Gli ultimi blocchi caddero, sradicati dai peli del suo petto dai miei polpastrelli. Lui sospirò quando esplorai le zone sensibili tra le sue costole, e poi disse: "Piano." Mi spinsi più in basso, attraverso il rigonfiamento della pancia. Stabilii che forse era giunto il momento di mettere a tacere la mia prospettiva. Pensavo di averlo attizzato – se fosse stato attizzato la metà di me, sarebbe bastato, eccome. Aveva i capelli ancora pieni di shampoo. Presi il flessibile della doccia e lo sciacquai, carezzandolo con il getto delicato come un animale cui stessi lisciando il pelo. Lui chiuse gli occhi, ma sapeva che ero vicina, sentiva il mio corpo sgocciolare sul suo, a volte toccandolo. Quando lasciai cadere il soffione della doccia, che rimase lì a penzolare come la cornetta di una vecchia cabina a gettoni di Manhattan, con l'acqua che zampillava contro il vetro, il suo respiro mi disse che era pronto.

Ma io non ero pronta. Aprii la porta di vetro e andai a prendere il rasoio e la crema da barba. Mi spruzzai un po' di crema sulle mani e la spalmai sulle sue basette e sull'ombra che vi si era addensata in mezzo, sotto le sue narici e nella fenditura del mento, in tutti i dettagli scultorei che volevo vedere sgombri, ed esplorare con le labbra e la lingua.

"Non muoverti," dissi, il più piano possibile. Mentre il vapore continuava a riempire lo spazio tra di noi, cominciai a raderlo. Il vapore aveva ammorbidito i suoi baffi, rendendoli burrosi, e il rasoio era nuovo, affilato ed efficace. L'acqua defluiva nello scarico senza toccarci, un lussurioso spreco di cui lui non si lamentò. Passai sotto il suo mento, delicatamente intono al pomo d'Adamo, decidendo da sola dove fermarmi, appena prima della clavicola. Poi ripulii le guance, il mento e le labbra dalla peluria corta e ispida. Non lo tagliai neppure una volta.

Heist spostò lo sgabello per appoggiarsi contro le piastrelle e mi lasciò fare. Mi presi qualche libertà, sfrondando le basette piratesche su ogni lato. Mi sarebbe piaciuto poterle anche appiattire, e spuntargli le sopracciglia, ma non avevo le pinzette. Non era un problema. Bastava così. Alzai di nuovo il soffione e sciacquai via la schiuma e i peli, poi chiusi il rubinetto. Allora lanciai un'occhiata furtiva alla sua ferita, la frastagliata pelle rosa, bianca e di un blu violaceo, macerata sotto l'impiastro. Non vedevo niente di più grave, ma d'altro canto non avevo idea di come dovessero apparire dall'esterno una costola rotta o una milza perforata. Almeno il suo profilo era intatto. Mi permise di tamponarla delicatamente con uno dei grandi asciugamani ripiegati, e adesso i suoi occhi si dischiusero leggermente, restando quasi sempre posati sui miei, vagando sul mio corpo appena quanto bastava per farmi sentire bella e risvegliare la mia timidezza. Mi infilai l'accappatoio e ne misi uno anche a lui dopo averlo preso dall'armadio. Forse non ci sarebbero rimasti indosso a lungo, ma era un'immagine che volevo conservare nella mia mente, insieme a qualcun'altra.

74.

Sulle prime rimase disteso sul letto con aria circospetta e bevve dell'altra acqua guardandomi, come se ci fossero altri posti in cui tutto questo sarebbe potuto andare a parare, ma non c'erano. Aprii il suo accappatoio e aprii il mio. Tu dimentichi, ma il tuo corpo no.

All'inizio stetti sopra. Poi Heist ritrovò la forza con cui si era arrampicato sull'armatura della ruota. Parve galvanizzare le proprie membra, e mi fece ruotare con le braccia, spostandosi su di me, arrampicandosi orizzontalmente sul mio corpo con quella stessa determinazione. Forse ero *io* la vera Ruota del Dharma. Poi dosò i movimenti e irrigidì la vita, proteggendo la parte ferita, ma non fu un male che rallentasse. Era il momento giusto.

Riuscii a evitare di parlare finché quello che mi uscì dalle labbra non fu privo di un vero e proprio senso, non fu più quasi composto di parole. Come nella precedente occasione, piansi. Non ci lasciammo fermare da questo. Anche a Heist sfuggivano dei suoni, non singhiozzi, non esattamente, ma una specie di guaito subvocale. Quei suoni aprirono una breccia in me, e feci tutto quanto era in mio potere di fare con le mani e le anche per continuare a cavarglieli.

"Abbiamo anche *questo*," mi sentii ripetere in continuazione, un incantesimo in sospiri. "Anche questo. Anche questo."

"Phoebe?" Mi baciò le palpebre, sorbendo le mie lacrime, dimostrando di sapere a cosa servisse la ritrovata levigatezza delle labbra e del mento.

"Niente. Non ti fermare."

Era troppo semplice da spiegare. Eravamo fatti l'uno per l'altra, l'incastro era perfetto. Piansi per tutti i mancati incastri, per quelli grandi e quelli piccoli, per quanto eccitanti potessero essere sembrati all'inizio, per l'incapacità di muoversi in sintonia, o di muoversi senza venire. Ero abbastanza egoista da aver bisogno anche di questo, e Heist era in grado di darmelo, fin dall'inizio. Il mondo al di là di ciò, il dicibile e l'indicibile, chiuse bottega per un po'. Il dolore si dileguò.

75.

Il tempo filtrò di nuovo nella stanza, ma non in modo troppo invadente. Avevo pagato per questo privilegio, o in ogni caso l'avrei fatto quando la mia carta Discover avrebbe raggiunto il proprio limite. Heist e io ci stavamo ancora toccando con la smania di quando è impossibile smettere di farlo. Doveva succedere qualcosa, ma non subito.

"Come si chiama questo posto?" mi chiese.

"Paradiso di Palme." D'un tratto suonava molto *Tu Tarzan, io Jane*. "Ascolta, possiamo uscire. Qui siamo al sicuro." Immaginavo avesse bisogno di stare all'aperto per sentirsi al sicuro, dopo essere rimasto intrappolato nella cabina sulla ruota. La tecnica per ingannare un prigioniero consiste nel dargli un cortile in cui vagare. "Basta che ci mettiamo l'accappatoio. C'è uno stagno." Adesso stavo citando la brochure; non avevo visto le attrazioni acquatiche durante il tragitto in auto lungo il perimetro di quel paradiso. "Possiamo sederci davanti all'acqua." Mi accorsi di star ricominciando a cianciare e mi sforzai di trattenermi.

"Va bene," rispose.

"Hai fame? Io sto morendo, a dire il vero." Alla reception mi avevano detto che non c'era bisogno di prenotare al ristorante, era sufficiente presentarsi lì.

"Sì. Magari non subito."

"Facciamo due passi."

Ci infilammo gli accappatoi, e anche le pantofole messe a disposizione dal resort, quindi uscimmo. Per prima cosa andammo in cerca dello stagno. È così che funziona in paradiso. Uno stagno con due sponde erbose, e sdraio libere ad attenderci. Lo stagno era pieno di anatre che non avevano alcuna paura di te, e poi quando ti sedevi scoprivi che non c'erano solo anatre. Si vedevano tartarughe spuntare pian piano dalle canne, trovando dei posti in cui riposarsi sull'erba a una trentina di centimetri dal rifugio dell'acqua. Le tartarughe non avevano paura delle anatre; nessuno aveva paura di nessuno. Anatre e tartarughe, due specie su cui fondare una nuova civiltà.

Ormai era tardo pomeriggio. C'era qualche altro ospite in accappatoio bianco che gironzolava lì, soprattutto coppie di donne di mezza età, ma non permisi che questo risvegliasse la mia spocchia ipercritica. Qui avevamo tutti ciò di cui avevamo bisogno, ciò di cui chiunque avrebbe potuto aver bisogno. Speravo che Heist riuscisse ad apprezzare lo splendore del luogo in cui l'avevo portato. Il deserto non doveva essere necessariamente un luogo di privazioni. Qui c'era qualcosa come uno chic selvaggio, non c'era bisogno di scegliere tra il paesaggio scorticato delle sue origini e questi incanti, me compresa. Bastava una fonte d'acqua naturale senza fondo e interventi di paesaggistica per una decina di milioni, oltre a una massaggiatrice interna e un paio di sciamani.

Non potei però fare a meno di lasciare briglia sciolta alla mia linguaccia. Mi sarei dovuta accontentare degli sporadici baci che aveva tollerato di buon grado. Invece cominciai a seguire con il pollice il contorno del suo mento, delle labbra e degli zigomi lisci, quasi li avessi scolpiti nel marmo, invece che con un semplice rasoio monouso.

"Il mio bel fuggiasco," sussurrai. "Dovrei anche ossigenarti i capelli."

"Non sono un fuggiasco."

"Non solo tu. Noi due insieme."

Pensa a tutti i fuggiaschi che potremmo essere! Avrei voluto dire, immaginando gli amanti di un film che sfuggivano ai lacci della civiltà, entrando in un territorio tutto loro, che fosse a dorso di cavallo o a bordo di una Ford Galaxy. Dopo i posti in cui eravamo stati e le cose che avevamo fatto, sentivo il bisogno di dilatare la nostra avventura in un intero mondo, per sostituire quello perduto. Prima che questa visione nascente collassasse su se stessa, mi sforzai di persuadere Heist adeguandomi al suo stile, centellinando le parole: "Non puoi tornare laggiù. Ti stanno cercando."

"Non mi sto nascondendo," rispose risolutamente.

Sussurrai di nuovo, come se quel parco potesse essere pieno di microfoni. Le anatre non sembravano abbastanza organizzate, ma temevo le tartarughe. "Charles, l'abbiamo *ammazzato*. È possibile che li abbiamo ammazzati *entrambi*."

Parlarne ad alta voce rendeva la cosa più o meno reale? Era fin troppo reale. Forse era stato un grave errore venire in quel posto tranquillo. Il terrore e la furia che c'erano ancora in me minacciavano di risalire in superficie. Forse appartenevo ancora al turbine di sudore e fuoco, non a un accappatoio inamidato. “Dimmi che sai di cosa sto parlando,” aggiunsi, anche se avrei preferito che non mi uscisse tanto simile a un sibilo.

“Se ne parlassi, non gli darei lo stesso nome che gli hai dato tu.”

“Quindi sei della scuola nel-deserto-capitano-delle-sfighe.”

“Certe persone vivono e muoiono in modo spericolato. Non devi sentirti responsabile.”

“E tu?”

“Se c’è qualcuno che deve risponderne, sono io.”

“Non voglio la tua dannata galanteria, Charles.”

Era facile dire quello che non volevo.

“Il secondo, Paul Apollo...” cominciò a dire.

“Non dubito che abbia alle spalle una storia molto carina, ma non ho neppure voglia di parlare di Paul Apollo.” Anche mentre respingevo l’argomento dello smidollato rapitore buddista e della sua Ruota della Sfortuna, mi accorsi che qualcosa si celava, sinistro e innominabile, dietro di lui: Amore Solitario, o qualunque potesse essere stato il suo vero nome. Un reduce di guerra e di prigione, e alla fine un gigantesco bambino in preda al dolore. Non poteva competere con gli Orsi che l’avevano elevato a proprio re provvisorio, né con lo squillo della mia trombetta o con la pietra agguantata da Heist. L’orrore tornò a invadermi, anche mentre mi sedevo accanto a Heist sulle sedie da giardino reclinabili davanti al curato stagno nel deserto, in un mare di pace.

Le anatre e le tartarughe non avevano risposte da offrirmi. Il cuore mi batteva all’impazzata. Lo spazio in cui Heist e io eravamo fuggiti pareva restringersi rapidamente.

"Ti voglio aiutare," dissi.

"L'hai già fatto."

"A staccarti. A non essere più parte di tutto questo."

"Non credo di capire. La tua amica è al sicuro. L'hai portata via. Adesso puoi andartene. Nessuno sa il tuo nome. Nessuno saprà niente."

Me l'ero cercata. L'unica cosa più ostica dei silenzi di Heist erano le sue concise orazioni, pesanti come pietre. Questa mi ferì, come se la pietra mi fosse caduta sul piede. D'altro canto, potevo forse contestare la prerogativa di Heist di ritirarsi nella propria distanza interiore, in quell'orizzonte incastonato nel suo sguardo? Era quanto mi aveva mostrato fin dall'inizio, la resistenza psichica di un uomo senza alternative praticabili. Io volevo solo godermi quel brivido da turista.

"Mi manderai la parcella?"

"Cosa?"

"Ovviamente mi sono scordata del compenso per i tuoi servigi," dissi con acrimonia.

"Non abbiamo mai parlato di un compenso."

"È solo che non avevo capito. Sono più che felice di pagare per la mia avventura nella natura selvaggia, e per tutto il resto." Il mio risentimento rischiava di esplodere in una tempesta, qualcosa che si addensava davanti alle mie coste, forse qualcosa di globale. Del resto negli ultimi tempi il risentimento globale aveva messo in tavola una mano incredibilmente fortunata, no? "Forza, cominceremo con la cena. Così nessuno potrà dire che non ti ho portato a mangiare fuori per far colpo su di te."

76.

Il cielo aveva appena cominciato a rosseggiare mentre vagavamo nel dedalo di fontane e yucca in cerca del ristorante. Lo precedevo di qualche passo; Heist mi seguiva, sulla scia del mio piccolo capriccio. Passammo davanti al Grotto, la sorgente termale intorno a cui si era sviluppato l'intero resort. Lì c'erano parecchi accappatoi gettati sulle chaise longue mentre i corpi sgraziati che avevano occultato se ne stavano arenati nell'acqua fino alla vita, o immersi per il lungo, con gli occhi strizzati, in fondo ad angoli ombreggiati da palme elefantiache. Mi resi conto del fatto che tutti gli altri che si avventuravano fuori dalle loro stanze indossavano il costume sotto l'accappatoio, mentre Heist e io eravamo in costume adamitico. Be', magari avrei fatto un po' di esibizionismo prima del dessert.

Il ristorante del resort si chiamava Essenza, nel caso non foste sicuri di aver attinto la vostra neppure a quel punto. Mantenendo la promessa della reception, furono felici di farci accomodare in un posto eccellente davanti alla finestra panoramica, affacciata su un orlo del deserto che prometteva raffinati incanti al mutare della luce. Non c'era che qualche altro tavolo occupato. L'atmosfera era ovattata senza essere troppo affettata; il fatto che tutti gli ospiti fossero in accappatoio stroncava sul nascere qualunque possibilità di atteggiarsi. Forse la sollecitudine della cameriera e la prossimità di cibo degno di questo nome avevano qualche chance di risollevarmi dall'abbattimento.

L'unico inghippo fu che, quando i miei occhi misero a fuoco l'attraente coppia in accappatoio due tavoli più in là, la donna superattraente e supermagra si rivelò essere la mia vecchia amica di Facebook, Stephanie. Mi aveva vista per prima e aveva cercato di attirare la mia attenzione, anche se l'avevo ignorata, pensando che stesse chiamando i camerieri. Stephanie era seduta di fronte a un tizio smilzo e stravagante con la barba nera curatissima e tatuaggi a manica che spuntavano dai polsini dell'accappatoio. Naturalmente doveva trattarsi di Confine selvaggio – non avevo mai capito il suo vero nome – l'artista delle installazioni la cui mostra stava per essere inaugurata alla galleria di Stephanie, e a cui lei doveva aver svuotato la borsa negli ultimi tempi, per usare un'espressione di Shockley che mi era rimasta in testa.

"Phoebe, mioddio!"

"Stephanie, cazzarola."

Eravamo abbastanza vicine da non doverci alzare da tavola per conversare. Nessun atto di protesta, eccetto andarsene dal ristorante, o magari lasciar cadere l'accappatoio, avrebbe impedito questo incontro. "Non riesco a credere che tu sia qui," disse Stephanie. Lo presentò: Kurt. Dissi il nome di Charles, e i due uomini si strinsero la mano. Ero doppiamente contenta di averlo rasato, sventando l'insorgere di qualunque solidarietà tra barbe da hipster.

Si scambiarono un grugnito ad alto tasso di testosterone per poi rimettersi a sedere. “Lei è Phoebe. Ti ho parlato tanto di lei,” fu la probabile menzogna di Stephanie a Confine selvaggio. “Credevo che l’Inland Empire ti avesse inghiottita in un sol boccone.”

“Come Giona con la balena,” concordai. “Ma è questa la cosa buffa dell’essere inghiottiti in un sol boccone. Si può sempre sbucare fuori, e nessuno nota la differenza.”

“Ehi, è fantastico poterti finalmente conoscere,” disse Confine selvaggio, con sincerità sconcertante. Stephanie mi aveva davvero spacciata per la sua grande amica? Magari voleva soltanto aggiungermi a posteriori alla sua cerchia di conoscenze, adesso che ero apparsa in quel resort esclusivo.

Prima che potessi protestare, la nostra cameriera si fece avanti per chiedere: volevamo sederci allo stesso tavolo? Be’, fanculo, pensai. Magari sarei riuscita a prendere due piccioni con una fava. Annuii, e il cameriere spostò i nostri coperti mentre occupavamo le due sedie vuote al loro tavolo. Charles Heist poteva anche immergersi nel mio mondo per un paio di minuti. Non dovevo far altro che accettare l’affermazione di Stephanie secondo cui eravamo incredibilmente legate. L’ultima volta che l’avevo vista, a Culver City, aveva recitato una parte più da dura. Mi domandai se la povera Stephanie non stesse annaspando, adesso che si era lasciata conquistare dalla punta di diamante della galleria. La celebrità artistica era dopotutto molto più preziosa per la ditta di un’assistente, per quanto onnicompetente. Probabilmente non guastava neppure che mi fossi portata dietro il mio uomo selvaggio addomesticato, gradevole all’occhio quanto il suo, per quanto pietosamente sottotatuato. Forse Stephanie pensava che invece di limitarsi a osservare, Heist avrebbe potuto dare il buon esempio a Confine selvaggio.

"Cosa ci fate qui?" mi chiese, con la smania di chi non vede l'ora che gli venga posta la stessa domanda.

"Cosa *non* ci facciamo qui?" dissi. "Siamo venuti per le acque termali, e a differenza di *Casablanca*, disponevamo di informazioni corrette. Solo che ci siamo dimenticati i costumi – vallo un po' a capire!" Nessuno rise tranne me. Non riuscivo a rinunciare alla mia opera di demolizione sarcastica, anche se era destinata a essere un'autodemolizione. Notai che, intrappolato da qualche parte dentro di me, il mio capriccio non era affatto terminato. Forse era appena iniziato.

"Immagino che qui vendano dei costumi," disse Stephanie.

"Belli salati, scommetto. Muoio dalla voglia di far parte di questa scena."

Questa uscita non aveva alcun senso, così lei la ignorò. "Sei già stata all'Integratron?"

"Al *cosa*? È uno dei servizi offerti da questo posto?"

"No, no, è in mezzo al deserto – spiegaglielo tu, Kurt. Io non ci sono ancora stata."

Per cominciare, Confine selvaggio creò una sagoma con le proprie mani. Era uno scultore, immaginavo, e pensava in forme. "Allora, in sostanza l'Integratron è una struttura realizzata interamente in legno, un oggetto acustico perfetto. È stato costruito da questo genio folle, un ingegnere aeronautico che lavorò allo *Spruce Goose* di Howard Hughes, l'aereo costruito interamente in legno..."

Neppure una parola di tutto questo aveva il minimo senso alle mie orecchie. Heist se ne stava seduto lì senza lasciar trasparire alcunché, la sua attitudine di default. Però la sua mano era posata sul mio avambraccio. Questo era carino. La nostra cameriera ci portò il caffè che eravamo riusciti a ordinare e lo mise sul tavolo davanti a noi, sancendo irrevocabilmente il nostro trasferimento. Posò anche i drink di Stephanie e Confine selvaggio: due snelle fiale di un succo di un verde acceso, erba di grano o qualcosa di ancor più rivitalizzante ed esoterico.

"... quindi, entri con un gruppo di persone e tutti si stendono lì in cerchio mentre loro percuotono questi giganteschi gong di cristallo..."

"Si chiama bagno sonoro," interloquì Stephanie.

"Ah," dissi.

Confine selvaggio mostrò un certo scetticismo. Poteva anche essere un uomo in accappatoio, ma voleva mettere una certa distanza tra sé e i *bagni sonori*. "In pratica è un'enorme macchina per provocare viaggi astrali collettivi, se ammetti la possibilità di cose del genere, che non credo di poter escludere. In ogni caso, fintanto che sei all'interno della cupola, il tempo e lo spazio sono momentaneamente annullati. Mi sono fermato lì spesso, mentre andavo e tornavo da Giant Rock, che è alla base del mio attuale progetto. Avete sentito parlare di Giant Rock?"

"A Landers, vuoi dire?"

"Certo. Il Centro Survivalista."

"Io sono *stata* a Giant Rock," mi sentii millantare. "Ho girato quella zona in autostop."

"Be', voglio spostarlo," disse Confine selvaggio.

"Come?"

"A Griffith Park."

"Spostare cosa – l'Integratron o Giant Rock?"

"Giant Rock."

"Tutto intero? Non pesa tipo cinque milioni di tonnellate? E non è spezzato in due?"

Confine selvaggio si strinse nelle spalle, tutto d'un tratto taciturno. Stephanie intervenne di slancio. Parlò in tono conciliante, ricorrendo al suo gergo. "Spostato, o ricostruito. Kurt sta approfondendo gli aspetti logistici. L'idea è di spingerlo fin dove è possibile. L'impresa è di per sé un'opera d'arte, nella vena di Turrell, Noteless o Smithson."

"Hai sentito parlare di Hammertown?" chiesi. Heist mi lanciò un'occhiata strana.

Gli occhi di Confine selvaggio però si spalancarono. "Certo, il Re dei Martelli, la gara di fuoristrada, mitico. Voglio andarci." Mi ero conquistata il suo rispetto.

Spiegai tutto a Stephanie, facendo del mio meglio per rispolverare le assurdità di cui il Barone mi aveva riempito le orecchie. Non potevano diventare più assurde di quanto non fossero state all'inizio. "A quanto pare laggiù organizzano delle corse folli su Veicoli Alpha Force, ossia questi mezzi speciali che hanno dedicato mesi e mesi a forgiare prima dell'inizio della corsa."

Questa infiorettatura lasciò Confine selvaggio perplesso, ma al tempo stesso affascinato. Notai che Stephanie non era del tutto contenta. Proseguii.

"È una sorta di rito, naturalmente, ma il vincitore deve andare a vivere senza provviste in cima a una montagna finché non riesce a tornare nella civiltà." Avrei potuto continuare a vomitare roba del genere finché Heist non fosse stato costretto a trascinarmi via dal tavolo – forse sarebbe stato davvero più semplice sciogliere la cintura dell'accappatoio e fare streaking per districarmi da quella situazione. "Inutile dire che sono tutti dei pazzi e dei fottutissimi sostenitori di Trump, però ci danno dentro con i viaggi a base di semi di datura, il che è piuttosto fico."

Mentre lo dicevo mi venne in mente di essere incappata per caso in una verità che avrei potuto offrire agli Orsi, che avrei potuto sussurrare a Shockley se non fossi stata così impegnata a fingere di comandare uno stormo di elicotteri neri. La verità era questa: gli Orsi non sbagliavano a credere di essere minacciati da un'inondazione, ma non era un'inondazione cui si potesse sfuggire riparando sulla cima di una montagna. Assumeva la forma di artisti concettuali e maniaci dei fuoristrada e survivalisti dei sobborghi, le cui attività rappresentavano un pericolo più immediato per le comunità del deserto del riscaldamento globale per il quale si preparavano. Gentrificazione, l'inondazione prima dell'inondazione.

Nella sua costernazione, Stephanie si rivolse a Heist. Dato che i suoi nervi temprati dal vuoto la stavano tradendo, ricorse alla Domanda di Manhattan: "Allora, *tu* di cosa ti occupi?"

"Trovo persone," rispose lui. Charles Heist mostrava apertamente, eternamente, la sua natura di generatore impassibile di koan privi di qualunque ironia; non lo faceva solo a mio beneficio, caso mai fossi stata tentata di crederlo.

"In che senso?"

Alzai la mano. "In pratica guida una specie di navetta per

fuggiaschi, facendo la spola tra vari culti e traffici sotterranei di schiavi bianchi," dissi. "È un progetto piuttosto fico, secondo me." *Anche se sembra palloso e sfuggente, il mio fidanzato è molto più tosto del tuo, Steph, non puoi neanche immaginare quanto.* "È un lavoro pericoloso. Forza, Charles, falle vedere le cicatrici." Allungai una mano verso il colletto di Heist, per tirarlo in modo da mettere in mostra la sua spalla. Con gesto sicuro ed esperto, lui mi bloccò il braccio. "A dire il vero abbiamo dovuto ammazzare il tipo che gli ha fatto questo. Posso assaggiare il tuo succo verde?"

"Ah, certo," rispose Stephanie.

Me lo scolai. "*Mmmmmm.*" Heist si alzò, e vedendo come mi stringeva il braccio appena sotto il bicipite, mi alzai anch'io. "Sentite, è stato fantastico, ma adesso dobbiamo tornare in camera. Ho accennato al fatto che abbiamo ucciso un uomo? Forse due, a seconda di come li vogliamo contare. Inoltre, sono meravigliosamente estrosa a letto, anche se pare che mai nessuno vi accenni. Forse è solo che do l'impressione di aver troppo bisogno di sentirmelo dire, non lo so! Ma Charles e io torniamo indietro stasera, deve rientrare a casa per dar da mangiare al suo defunto opossum, e ha bisogno che guidi la Jeep – è a noleggio, e solo a nome mio, in più c'è il rischio che lui stia soccombendo lentamente a lesioni interne, quindi sono sicura che capirete. È stato un piacere conoscerla, signor Selvaggio."

77.

Ricordo di aver desiderato che mia madre morisse in modo da poter restare sola con mio padre. Questo quando avevo undici o dodici anni, ma quel sentimento non era sorto all'improvviso. Fu una presa di coscienza, e non svanì dopo tale presa di coscienza, né si dissolse per il senso di colpa. Ne sapevo quanto bastava per prendere in considerazione la possibilità che fosse qualcosa di *edipico*, ma a me non pareva edipico. Mi pareva che mio padre fosse tenero e divertente, e mia madre arcigna e pallosa. E non era che il mio desiderio l'avesse uccisa – era ancora viva.

E poi giunse il tempo in cui l'asprezza di mia madre divenne ciò di cui avevo bisogno più di qualunque altra cosa. Ero stata accettata senza difficoltà da diversi college. Stavo per andare alla Columbia e scartare gli altri in modo da poter restare a casa. Mia madre me lo proibì. Mi aveva osservato e aveva scorto sofferenze incombenti, ma non si prese il fastidio di appellarsi al mio amore per me stessa. Disse soltanto una cosa, in tono pacato, senza la consueta sfumatura caustica, e senza pretendere una qualche manifestazione d'amore per lei. "Non preoccuparti, quando te ne sarai andata si troverà qualcun altro con cui vedere i suoi film." Quelle parole mi diedero la libertà di lasciare una casa inadeguata per entrare nel mondo.

Traendomi in salvo dal ristorante chiamato Essenza, Heist divenne, temporaneamente, mia madre.

78.

Non c'erano molti bagagli da preparare. Ci togliemmo semplicemente gli accappatoi per rimetterci gli stessi vestiti sciupati che puzzavano di quella polvere gialla. Prima di lasciare la stanza lanciai uno sguardo al letto su cui nessuno aveva dormito. Gettai la chiave elettronica sul cuscino, perché non me la sentivo di affrontare le spiegazioni alla reception. Immagino che, anche senza la parcella per i suoi servizi di ricerca persone smarrite, avessi pagato per fare sesso con Heist, se volevo pensarla a quel modo. Mi sarei sforzata di evitare.

Ero quasi certa di non aver mentito a Stephanie e Confine selvaggio nel pieno del mio crollo nervoso – Heist aveva davvero bisogno che lo riportassi a casa. Non era in condizione di tornare da solo. Per fare l'amore, e poi per trascinarmi di peso fuori dalla porta dell'Essenza, aveva fatto appello a una forza straordinaria, come quando si era arrampicato sulla ruota panoramica. Ma adesso, simile a un predatore opportunista, a un leone che sonnecchiava tra una caccia e l'altra, si era di nuovo addormentato sul sedile del passeggero ancor prima che imboccassi l'autostrada diretta a ovest. Era troppo stanco per accorgersi che mi ero infilata in un McDonald's per prendere, senza scendere dall'auto, un paio di Filet-O-Fish e un caffè schifoso a sostituire quello, senz'altro fantastico, che non avevo neanche toccato al ristorante. Heist era un uomo ferito in convalescenza. E c'era anche bisogno di lui nel posto in cui lo stavo riportando, casa sua. Aveva un progetto. Su questo non avevo affatto mentito.

Guardandolo adesso, schiacciato contro la portiera del passeggero nel sonno, mentre trangugiavo panini pieni di maionese e guidavo con una mano sola, tenendo i centodieci sulla corsia più a destra della diabolica interstatale, Heist sembrava un po' nudo. Era stato spogliato del manto protettivo dei cani, ecco cos'era. Be', molto presto li avrebbe riavuti con sé. Forse l'avevo anche sbarbato un po' troppo, con un piccolo eccesso di ambizione, ma le basette gli sarebbero ricresciute. La domanda era se sarei stata ancora lì per vederlo ricaninizzato e ribasettato. Era un interrogativo cui non c'era bisogno di trovare risposta prima di essere arrivati a Upland.

Heist avrebbe forse dovuto destreggiarsi con astute mosse tra qualche poliziotto e assistente sociale, ma aveva ancora il suo progetto, una famiglia in carne e ossa di ragazzi salvati e sistemati qua e là, come il Barone e Melinda. Quella nei guai ero io. Come quando ero stata a un passo dal restare a vivere a casa negli anni del college, senza neppure accorgermene del tutto sarei diventata nuda come una pietra. Spogliata del mondo. A Heist era bastato cogliere un barlume di questo quando eravamo a tavola con Stephanie e Confine selvaggio per decidere di intervenire. Era stato pronto ad agire in modo fulmineo, capendomi meglio di quanto non mi capissi. E così si era riscosso, appena quanto bastava per salvarmi dal mio tentativo di salvarlo.

Forse potevamo andare avanti su quelle basi precarie, e che diamine. Potevo tornare con Heist e il suo gioco di piccoli salvataggi, senza spingermi più in là del domandare chi bisognasse sottrarre a una famiglia o a una setta in una data mattina, oppure potevo non farlo. Ma non sarei tornata alla pagina degli opinionisti esterni né alle installazioni d'arte concettuale e alle feste della "Paris Review", o a scorrere aggiornamenti di stato indignati inframmezzati a fotografie di dolci, non più di quanto sarei tornata su quel divano con mio padre a guardare per l'ennesima volta *Scandalo a Philadelphia*. Meglio nessun mondo di quello, per quanto dolce fosse stato. Apparteneva al passato.

79.

Nei pressi di Redlands la vidi di nuovo, la mia Fanciulla Aurea, la bionda centaura sulla Harley dalle cromature gialle, con il casco dorato e gli occhialoni. Arrivò sulla corsia di sorpasso, e per un po' le stetti dietro, anche se provavo una certa gelosia al pensiero che Heist si svegliasse e la vedesse, emblema di una libertà che non avevo mai conosciuto e non avrei mai potuto neppure fingere di comprendere. Come se non bastasse, sembrava molto sexy. Heist non si svegliò. La motociclista mi fece strada verso ovest per un tratto, poi virò davanti a noi e imboccò la rampa di uno svincolo, verso il favoloso nulla che chiamava casa. Avevo ancora molta strada da fare.

Ringraziamenti

Questo libro deve molto a Sam Sousa, Brian Kraatz, John e Scarlett Ellis, Alix Lambert, Sean Howe, Daniel Lanza Rivers, Charles Long, Mimi “Splain” Lipson, Anne Boyer, Dorna Khazeni, Anna Moschovakis, Dana Spiotta, Julie Orringer, Mandy Keifetz, e Cobra Becerra. Un ringraziamento a tutti gli ensemble che mi hanno sostenuto: a Dan, Zack, Miriam, Sonya, Laura, ed Emma della Ecco; a Eric e Raffaella della WME; al Pomona College; al Kate’s Lazy Desert; agli adepti sottozero della East Blue Hill Library, in particolare Steve Benson, Lee Lehto e Jen Traub; e soprattutto a Everett, Desmond e Amy.

Coaching pro | numéro 32

COMMENT DONNER ET RECEVOIR **UN FEED-BACK CONSTRUCTIF ?**

— Féliciter, critiquer et accepter la critique

par VB Coach'In

50MINUTES

COMMENT DONNER ET RECEVOIR UN FEED-BACK CONSTRUCTIF ?

- **Problématique ?** Accepter la critique n'est pas toujours facile, de même que de savoir la donner sans blesser ou vexer la personne. Quelles techniques employer pour délivrer un feed-back efficace et constructif ? Comment retirer le meilleur d'une critique ?
- **Utilité ?** Essentiels pour vous et vos collaborateurs, les feed-back permettent à celui qui en reçoit d'évoluer, de maintenir ou de corriger un comportement en vue d'atteindre un objectif fixé
- **Contexte professionnel ?** Gestion d'équipe, compétences relationnelles, développement personnel.
- **FAQ**
    - En quoi consiste un feed-back ?
    - Quand dois-je transmettre un feed-back ?
    - Quel ton dois-je adopter pour que mon feed-back soit bien accueilli ?
    - Quelles sont les étapes à suivre ?
    - Quelle est la différence entre un feed-back et un jugement ?
    - Quelles sont les erreurs à ne pas commettre ?
    - J'accepte difficilement la critique, comment faire pour bien recevoir un feed-back ?
    - La personne concernée est très susceptible, comment lui faire accepter le feed-back ?
    - Comment m'assurer que mon feed-back a été efficace ?
    - Peut-on aborder tous les sujets dans un feed-back ?

Dans une société où l'on parle de plus en plus d'efficacité et d'évolution, il est primordial de pouvoir bénéficier de retours sur notre travail pour se rendre compte de nos points forts, de nos faiblesses ou tout simplement de notre marge de progression. Cependant, si le feed-back ne fait pas partie des habitudes de l'entreprise dans laquelle vous travaillez, comment donc faire comprendre à un employé ou un collègue que son attitude ou ses méthodes de travail ne sont pas adéquates, sans le blesser ? Comment féliciter une personne sans qu'elle se repose sur ses lauriers par la suite ? Dans le même ordre d'idées, comment accepter la critique d'autrui de façon constructive ? Remédiez à cette situation et instaurez cette pratique dans votre environnement professionnel ! Mais au fait... En quoi consiste un feed-back exactement ?

En 50 minutes, ce livret vous invite à découvrir les règles d'or pour donner, mais aussi recevoir un feed-back constructif, afin d'en faire un outil d'encadrement et de motivation professionnels. Puisqu'obtenir un retour sur les performances permet aux collaborateurs de s'améliorer et offre des perspectives de développement, bénéficiez de toutes nos astuces pour tirer avantage de ce type d'échanges.

B.A.-BA DU FEED-BACK EFFICACE

EN QUOI CONSISTE UN FEED-BACK ?

Qu'est-ce qu'un feed-back ?

TERMINOLOGIE

De l'anglais *feed* (« nourrir ») et *back* (« en arrière »), ce terme signifie en français « rétroaction ». Selon le Larousse, il s'agit d'un « processus [...] visant à provoquer une action correctrice en sens contraire ». Cela permet de mettre en évidence les forces et les faiblesses apparues à un moment donné ainsi que des pistes d'améliorations à envisager.

Un feed-back est un bilan destiné à une personne ou à un groupe de personnes à propos d'un projet mené, d'une action réalisée à un moment donné. L'objectif de ce retour est d'agir sur les actions futures en ajustant certains détails ou en renforçant leur portée. Le feed-back permet est à un supérieur de signifier sa reconnaissance à un employé ou à une équipe : c'est l'occasion de féliciter une personne pour le travail réalisé. On distingue deux façons de procéder à ce retour :

- verbalement, en exprimant clairement son opinion. C'est ce qu'on appelle un « feed-back direct » ;
- non verbalement, par un geste ou un silence. Il s'agira alors simplement d'un « feed-back indirect » qui valide le comportement de l'autre.

Pour que le feed-back soit efficace, il doit être transmis rapidement et régulièrement après les faits concernés, en maintenant une certaine neutralité. Il est préférable que celui-ci se fasse en face à face, dans un lieu calme. Le feed-back ne doit jamais servir à juger ni à tenter de modifier la nature de l'individu, au risque de voir la personne se vexer et/ou se braquer. Le feed-back n'est ni une critique ni une punition ! Il ne s'agit pas d'extérioriser son mécontentement de manière violente ; le but de la démarche est d'amener l'interlocuteur à se rendre compte de ses erreurs, de sa marge de progression ou des attentes placées en lui.

Le feed-back portera toujours sur les faits, afin d'aider un individu à améliorer ses compétences, son comportement, et de ce fait ses performances. Il doit donc s'accompagner d'objectifs clairs et précis à atteindre pour que la personne comprenne pourquoi elle doit modifier son approche ou renforcer ses compétences dans tel ou tel domaine.

Les quatre types de feed-back

Nous pouvons distinguer quatre types de feed-back qui n'ont pas tous les mêmes effets sur la personne qui le reçoit. Les feed-back de renforcement et correctifs sont recommandés tandis que les feed-back flatteurs et provocateurs sont à proscrire.

- **Feed-back de renforcement** (positif et spécifique) : les actes sont félicités et l'on encourage la personne à continuer sur cette voie. Il accroît l'estime de soi et sollicite le maintien du comportement de la personne.

> **Exemple**
> « Luc, j'apprécie que tu te charges de ce dossier en priorité. Il doit être finalisé cette semaine et sans ta collaboration, ce ne sera pas possible ! Continue à prendre des initiatives de ce genre. »

- **Feed-back correctif ou constructif** (négatif et spécifique) : les actes sont critiqués de manière positive afin qu'ils soient optimisés. Il préserve l'estime de soi et sollicite l'amélioration du comportement.

> **Exemple**
> « Élise, j'ai constaté que tu es arrivée trois fois en retard dans le courant de ce mois. Ces retards étant de 10 à 15 minutes à chaque fois, je pense que tu peux facilement trouver une solution pour y remédier. »

- **Feed-back flatteur** (positif et évoquant une généralité) : il est émis n'importe quand et sans aucune raison. Il éveille la méfiance et diminue l'estime de soi. La personne se sentira redevable de quelque chose.

> **Exemple**
> « Tom, tu es le meilleur ! Je sais que je peux toujours compter sur toi. »

- **Feed-back provocateur** (négatif et non spécifique) : il s'agit plus d'un jugement que d'un feed-back. Il diminue fortement l'estime de soi et peut provoquer des blocages.

> **Exemple**
> « Je me suis toujours dit que je ne pouvais pas me fier à toi, j'en ai encore la preuve aujourd'hui. Tu es nul ! »

	Feed-back de renforcement +	Feed-back correctif ou constructif -	Feed-back flatteur +	Feed-back provocateur -
Sur le comportement « FAIRE »	« Je suis content que tu te charges de ce dossier et que tu prennes des initiatives, cela nous aide beaucoup. » « Ton intervention lors de la réunion d'hier a été très efficace, cela nous a permis d'avancer sur le dossier. » « J'apprécie la manière dont tu as rédigé ce rapport, il est clair et précis. »	« Je constate que tu arrives souvent en retard. » « J'ai remarqué que tes dossiers ne sont pas classés au bon endroit. » « Ton rapport de chantier n'est pas complet et manque de précisions. »	« Tu fais du bon travail ! » « Comme d'habitude, tu as très bien géré la situation ! » « Tous tes dossiers sont toujours bien gérés. »	« Ton intervention a aggravé la situation, tu ne fais rien de bon ! » « Ton rapport est vraiment nul. » « Ton bureau est un vrai capharnaüm ! »
Sur la personne « ÊTRE »	« J'apprécie tes compétences dans ce domaine. » « Ta réaction de ce matin face à ce cas particulier était plus qu'appropriée et nous a permis d'éviter une catastrophe. » « Même si je ne suis pas tout à fait d'accord, je trouve ton opinion intéressante sur ce dossier. »	Un feed-back correctif ne porte jamais sur la personne.	« Tu es courageux ! » « Ton efficacité est indéniable ! » « Tu es le collaborateur idéal ! »	« Tu es vraiment nul ! » « Ton comportement est incorrigible. » « Tu es une catastrophe pour cette entreprise ! »

L'efficacité d'un feed-back

Le feed-back est un outil incontournable si l'on désire évoluer via des ajustements progressifs et atteindre les objectifs fixés. C'est un instrument de communication, de mesure et de suivi de la performance.

En effet, il permet de savoir où l'on se situe, si l'on agit bien ou mal face à une situation. Il met ainsi en évidence les points à améliorer pour ne pas échouer.

Pour transmettre un feed-back de façon optimale, il est impératif de :

- prévenir la personne pour qu'elle se prépare à recevoir votre feed-back ;
- s'en tenir aux faits et décrire les actes réalisés et/ou le comportement observé ;
- expliquer les conséquences de ces derniers ;
- demander à la personne de continuer à agir de la même manière, dans le cas d'un feed-back de renforcement. Cela permet de s'assurer de la continuité de cette attitude ;
- ne pas lui imposer des changements, dans le cas d'un feed-back correctif, mais de lui proposer de trouver lui-même une solution.

Un feed-back positif répond aux besoins de reconnaissance et d'appartenance de votre interlocuteur. Cela le motivera à continuer sur une voie positive. En effet, comme mentionné dans la pyramide de Maslow (psychologue américain, 1908-1970), les besoins fondamentaux de l'être humain sont hiérarchisés en fonction de leur importance. Suivant cette logique, il est nécessaire que le besoin du niveau inférieur de la pyramide soit satisfait pour pouvoir passer au besoin supérieur.

Pyramide de Maslow

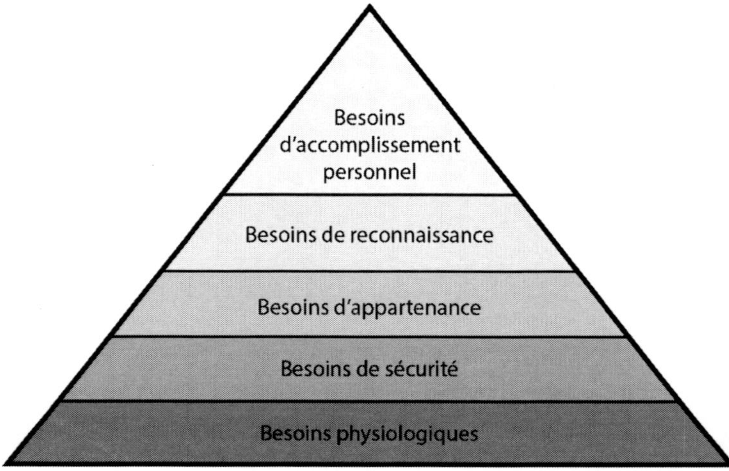

En se basant sur ce fil conducteur, le feed-back positif constitue un réel outil de motivation. En effet, lorsque l'on observe la pyramide des besoins, on constate que la reconnaissance et la valorisation des compétences constituent un moteur indéniable de motivation. Sans cette reconnaissance, l'individu estime de moins en moins nécessaire de fournir des efforts, et se démotive progressivement. Par contre, si l'implication de l'individu est clairement identifiée et remarquée, ce dernier aura tendance à considérer que ses efforts sont payants et que cela vaut la peine de continuer à progresser sur cette voie.

L'ART DE PRÉSENTER UN FEED-BACK CONSTRUCTIF

La préparation

Avant de procéder au feed-back, il est nécessaire de convenir du moment et de l'endroit opportuns pour le transmettre.

- **Le bon moment.** Il est conseillé d'entamer la discussion avec les collaborateurs concernés rapidement après les faits constatés, afin que le retour prenne tout son sens et ait l'effet escompté. S'il est transmis trois mois plus tard, il y a de fortes chances que le feed-back se révèle inefficace : votre interlocuteur aura sans doute oublié de quoi il s'agit et ne comprendra pas vos explications.
- **Le bon endroit.** Il est également très important de choisir un endroit approprié. Il n'est ni aisé pour vous ni agréable pour votre interlocuteur de recevoir un feed-back lors d'un repas entre collègues ou devant la machine à café pendant la pause. Prévoyez un entretien avec la personne concernée à un moment précis dans un lieu neutre. Prévenez-la au préalable afin qu'elle ne soit pas surprise et ne se braque pas.

De plus, adressez-vous directement à la personne concernée ; autrement dit, ne chargez pas un intermédiaire (un collègue ou un chef d'équipe par exemple) de transmettre votre feed-back, car celui-ci risque de déformer vos propos ou de ne pas les communiquer du tout. Évitez de vous baser sur les dires d'autrui et assurez-vous que votre interlocuteur soit bien la personne ayant commis l'acte dont vous devez discuter.

À ÉVITER

- Donner un feed-back devant un groupe de personnes qui ne sont pas concernées par les faits.
- Attendre la réunion annuelle pour faire un feed-back.
- Formuler le feed-back sur le pouce, sans prendre le temps de l'accompagner d'explications ni d'écouter votre interlocuteur.

Énoncer la situation

La première étape d'un feed-back efficace consiste à restituer en détail le contexte dans lequel les faits ont été constatés. En effet, il est nécessaire de rappeler à votre interlocuteur, clairement et concrètement, la situation durant laquelle le comportement ou l'acte a été observé. Assurez-vous qu'il s'en souvienne et qu'il comprenne de quoi vous parlez.

Si vous dites : « Ce lundi après-midi, pendant la réunion avec le fournisseur Durant, j'ai constaté que... », votre interlocuteur identifiera immédiatement ce à quoi vous faites allusion et vous écoutera attentivement. Tandis que si vous commencez par : « Pendant la réunion, j'ai constaté que... », votre interlocuteur devra réfléchir pour tenter de se remémorer la réunion dont vous parlez et ne vous écoutera que d'une oreille.

L'attitude à adopter

Un feed-back porte toujours sur l'analyse d'un comportement ou d'un acte et n'est pas porteur d'un jugement. Montrez-vous aussi neutre et empathique que possible. Ne manifestez pas votre éventuel mécontentement de façon impulsive ou agressive, au risque d'envenimer la situation. Si vous restez objectif en faisant part de votre point de vue, lequel devra être basé sur des faits irréfutables, votre interlocuteur sera plus ouvert et plus enclin à accueillir positivement le feed-back. Utiliser un langage purement descriptif facilitera votre entretien.

Montrez à votre interlocuteur que vous souhaitez l'aider et non le punir, mettez-le en confiance. Le feed-back ne devant pas être un monologue, soyez également à son écoute : laissez-le s'exprimer et donner ses explications, son avis et son ressenti par rapport à cette situation.

Enfin, tentez ensemble de trouver des pistes concrètes et réalistes d'améliorations. En effet, en favorisant l'échange et en impliquant votre interlocuteur, celui-ci se sentira moins menacé et prendra conscience des changements à apporter. Si vous lui dites « Depuis quelque temps, je constate que tes dossiers ne sont plus classés et se perdent. Peux-tu me dire ce que tu comptes faire pour résoudre ce problème ? », la personne se montrera plus réceptive et susceptible de modifier son comportement plutôt que si vous l'agressez avec des formulations de type « Tu n'as vraiment pas d'ordre dans tes dossiers, ça m'agace ! »

Délivrer le message

Ne livrez pas votre feed-back de but en blanc, commencez par une petite introduction telle que « puis-je vous faire part de... » afin d'interpeller la personne concernée.

Votre message doit être court, clair et précis. Il ne s'agit pas de philosopher sur le pourquoi du comment. Évitez d'être trop long dans vos explications, en vous basant par exemple sur d'autres expériences comparables que vous auriez vécues. Rappelez les faits constatés avec des mots simples et justes, de manière posée et non agressive. Il s'agit surtout de décrire le comportement observé (positif ou négatif) ainsi que les conséquences que celui-ci a induits.

Assurez-vous que votre message soit bien compris par votre interlocuteur afin qu'éviter tout quiproquo. Terminez votre intervention :

- en encourageant votre interlocuteur, dans le cas d'un feed-back correctif ;
- en le félicitant, s'il s'agit d'un feed-back de renforcement.

Définir un objectif clair

Expliquez à la personne l'impact que son comportement a eu sur vous ou sur l'entreprise. Il ne s'agit pas ici de l'amener à culpabiliser, mais bien de lui faire prendre conscience de ses actes et de leurs conséquences afin de l'encourager à s'améliorer. Définissez un objectif clair et assurez-vous que votre interlocuteur ait bien compris vos attentes et les nouveaux enjeux. Sans cela, il risque de ne pas saisir l'intérêt de changer. Offrez-lui la possibilité d'exprimer ses éventuelles propositions d'amélioration. S'il n'en a pas, discutez-en et fixez ensemble les actions à mettre en place. Ensuite, validez les décisions prises conjointement et manifestez à nouveau votre soutien.

> **Exemple**
> « Dorénavant, tu goûteras tes sauces avant de les servir en salle afin de t'assurer qu'elles ne sont plus trop salées. Je te fais confiance, je sais que tu es capable de faire d'excellents plats, comme nous en avons déjà dégusté. »

Suivre l'évolution

La démarche qui soutient le feed-back porte sur le long terme. Effectivement, il est probable que votre interlocuteur ait besoin de temps pour véritablement s'améliorer : il faut être patient. C'est pourquoi, après votre entretien, assurez-vous de son impact. Observez-vous une évolution positive dans le comportement de votre interlocuteur ? Si la réponse est « non », vérifiez que ce dernier a bien compris votre message et, au besoin, demandez-lui à nouveau de mettre en place des actions d'amélioration.

Clin d'œil employeur

Les tendances révèlent que les employeurs emploient plus régulièrement les feed-back pour critiquer. Il est pourtant tout aussi important de féliciter les collaborateurs lorsqu'ils le méritent et de les encourager à poursuivre sur la bonne voie.

Les erreurs à ne pas commettre

Il n'est pas évident de réussir à transmettre un feed-back efficace, productif et bien accueilli. En effet, dans la majorité des cas, nous avons peur de mal nous exprimer, que notre opinion soit mal interprétée et considérée comme un reproche. Nous craignons également de dire des choses que nous pourrions regretter plus tard et qui pourraient ternir nos relations professionnelles.

Erreurs commises	Ce qu'il ne faut pas dire	Ce qu'il faut dire
Porter un jugement : l'erreur la plus souvent commise est de porter un jugement sur l'individu et non sur l'acte. Cela ressemble plutôt à une critique (non constructive). En exprimant vos attentes de façon trop directe et impulsive, vous risquez de mettre votre interlocuteur sur la défensive. Celui-ci va considérer votre feed-back comme une atteinte personnelle, il se sentira obligé de se justifier et consacrera son énergie à se défendre. Cela réduit fortement les chances d'aboutir sur une discussion positive et constructive.	« Tu dois apprendre à travailler en équipe ! » « Tu ne sais pas travailler en équipe ! »	« Ta manière de travailler en équipe n'est pas idéale, il faudrait que tu t'améliores sur ce point. »
Ne pas être assez direct : si vous formulez votre demande de façon interrogative cela risque d'être mal interprété par votre interlocuteur. Il peut mal réagir ou tout simplement ne pas tenir compte de votre requête.	« Penses-tu être plus attentif et réactif lors de notre prochaine mission ? »	« Je souhaite que tu sois plus attentif et réactif lors de notre prochaine mission. »

Erreurs commises	Ce qu'il ne faut pas dire	Ce qu'il faut dire
Être trop vague : votre interlocuteur ne comprendra pas pourquoi vous lui faites part de cette information à ce moment précis ni ce que vous attendez de lui. Si vous souhaitez que cette personne continue à être efficace, vous devez lui expliquer clairement pourquoi vous le félicitez, ce qu'il a fait de positif et quel comportement privilégier.	« Tu as fait preuve de bon sens. » « C'est super ce que tu as fait sur le dossier Peters. »	« Face au cas particulier de ce matin, tu as fait preuve de bon sens. » « Les corrections que tu as apportées au dossier Peters sont très constructives, elles nous permettent d'éviter certains problèmes administratifs dans le futur. »
Être trop long : il est impératif de délimiter l'étendue du propos de votre feed-back. Il est inutile de commencer à comparer la situation avec votre expérience personnelle, de multiplier les conseils ou de tenter de résoudre d'autres problèmes sans rapport. Ne noyez pas votre interlocuteur avec des informations superflues, car il aura des difficultés à les assimiler et à toutes les digérer afin d'en tirer profit.	« Même si je sais qu'il n'est pas toujours évident de réagir face à de telles situations, je pense que les comportements de certains membres de cette équipe ne sont pas toujours adéquats et que cela nous a porté préjudice sur le fait que... Moi aussi, je me souviens que... »	« Les comportements de Paul et Pierre lors de la réunion de crise d'hier n'étaient pas adéquats et ont porté préjudice à notre entreprise. » (Vous pouvez développer en expliquant pourquoi.)

Erreurs commises	Ce qu'il ne faut pas dire	Ce qu'il faut dire
Utiliser l'ironie : si vous en usez avec votre collaborateur qui arrive en retard à une réunion, cela n'aura aucun effet positif puisqu'il ne percevra pas pour autant la portée de son comportement. Ce type de feed-back est généralement émis lorsqu'on est mal à l'aise face à une situation et que nos paroles dépassent nos pensées.	« Toujours à l'heure, comme d'habitude ! »	« Je souhaite que tu arrives à l'heure lors des réunions. C'est une marque de respect envers tes collègues et tes clients. » (À dire après la réunion en aparté.)
Menacer : dire à quelqu'un que son poste est en jeu n'incite pas la personne à améliorer son comportement étant donné que celle-ci ne comprend pas les faits qui lui sont reprochés. Au contraire, cela ne peut que la démotiver et envenimer la situation.	« Avec un comportement comme le vôtre, vous ne pourrez pas évoluer dans notre société. »	« Il serait judicieux de modifier votre comportement. Cela vous aidera à évoluer dans notre entreprise. »
Noyer la critique négative entre deux commentaires positifs : cela part d'une bonne intention de vouloir commencer et terminer un feed-back par une note positive afin de rassurer votre interlocuteur. Cependant, votre message ne sera pas accueilli et compris comme vous l'espérez. En effet, votre interlocuteur l'interprétera comme une manœuvre de votre part pour faire une remarque négative et ne retiendra que cet aspect de votre message. Dire les choses clairement sans faire de détour est la meilleure des solutions.	« Je sais que tu es une personne sur qui on peut compter, mais je suis déçu de ton efficacité de la semaine dernière même si je suis conscient que tu fais tout ce qu'il faut pour que tout soit parfait. »	« Ton efficacité de la semaine dernière m'a déçu. »

Erreurs commises	Ce qu'il ne faut pas dire	Ce qu'il faut dire
Utiliser une généralité : en entendant des termes tels que « toujours » ou « jamais », votre interlocuteur se mettra sur la défensive car il pensera à toutes les fois où il n'a pas fait ce que vous lui reprochez.	« Tu ne dois jamais tourner le dos aux clients. »	« Lorsque tu téléphones à un collaborateur pour demander une précision pour un client, ne lui tourne pas le dos, il peut prendre cela pour un manque de respect. »
Se baser sur l'avis des autres : votre interlocuteur sera déconcerté par des affirmations qui ne viennent pas de vous. Il tentera d'identifier les collègues qui ont tennu ces propos et leur en voudra. Sur la défensive, il ne sera pas concentré sur vos commentaires et risque de ne pas entendre votre message.	« J'ai entendu dire que tu n'as pas participé à la réunion de façon constructive. »	« En lisant ce rapport, il me semble que tu n'as pas participé à la réunion de façon constructive. »
Faire intervenir le privé : en analyser la situation actuelle de l'interlocuteur ou les raisons psychologiques d'un comportement vous risquez de vous tromper sur les problèmes de votre interlocuteur. Il n'est certainement pas productif de faire intervenir la vie privée de votre interlocuteur. Au contraire, celui-ci peut garder une certaine rancœur vis-à-vis de vous et de votre feed-back.	« Votre divorce ne doit pas avoir d'impact sur votre efficacité au travail. »	« Je constate une perte d'efficacité dans votre travail ces derniers temps. »

L'ART DE RECEVOIR ET D'ACCEPTER UN FEED-BACK

Bien que l'on ait tendance à rendre responsable de l'efficacité du feed-back celui qui l'émet, il est tout aussi important que la personne qui le reçoit soit prête à l'entendre, à le comprendre et à l'accepter. Il est rare que l'on accepte bien la critique, souvent à cause d'un manque de confiance en soi. Afin que l'entretien soit le plus constructif possible, il est impératif que son destinataire ne se ferme pas et l'écoute activement.

Astuces

- Soyez réceptif et ouvert pour accueillir les remarques positivement. Évitez d'avoir un jugement trop hâtif et de prendre les critiques personnellement. Concentrez-vous sur ce qui est dit, laissez le temps à la personne de terminer ce qu'elle a à vous dire.
- Écoutez attentivement afin de comprendre la situation dans son ensemble et d'apporter ensuite des nuances et des points d'amélioration.
- Il est inutile de se mettre sur la défensive ni de se justifier sur tout. En effet, même s'il y a un désaccord sur le feed-back reçu, il est préférable de préciser uniquement les informations que vous jugerez nécessaires. Cela vous évitera de poursuivre un dialogue ou chacun cherche à savoir qui a tort ou qui a raison.
- Assurez-vous d'avoir tout compris. Si nécessaire, demandez des éclaircissements afin de ne pas interpréter les propos émis. La personne qui vous transmet le feed-back appréciera le sérieux avec lequel vous aborder la situation.
- Si la critique est injustifiée, n'hésitez pas à le faire savoir de façon calme. Essayez de faire comprendre votre point de vue sans vous braquer.
- Pour éviter de réagir « à chaud », prenez du recul. Expliquez que vous avez besoin d'un temps de réflexion.
- Même si vous vous sentez attaqué durant le feed-back, ne surenchérissez pas, car cela ne ferait qu'aggraver la situation. Tentez de percevoir où veut en venir votre interlocuteur. S'il fait erreur sur certains points – personne n'est parfait –, il se peut que vous ayez vos torts aussi.
- Si vous êtes de nature susceptible, gardez en tête que le feed-back est fait pour vous aider à avancer, à vous améliorer. Recevoir une critique ne signifie pas que vous avez échoué, mais au contraire que vous avez du potentiel pour aller plus loin.

La matrice de Johari

S'il est entendu et accepté, le feed-back peut apporter de nombreux bénéfices, en commençant par une meilleure connaissance de soi-même. En effet, nous n'avons qu'une vision partielle de nous-mêmes ; cette dernière peut heureusement être complétée grâce aux personnes qui nous entourent. En recevant les critiques que ces dernières vous communiqueront, vous visualiserez mieux vos défauts et qualités. À long terme, cela vous augmentera votre confiance en vous.

Créée en 1955 par Joseph Luft (1916-2014) et Harrington Ingham (1914-1995), deux psychologues américains, la fenêtre de Johari est un outil permettant d'illustrer la connaissance que l'on a de soi et que les autres ont de nous.

Zone publique Connue de moi et des autres	**Zone aveugle** Connue seulement des autres
Zone cachée Connue seulement de moi	**Zone inconnue** Inconnue de moi et des autres (notre inconscient)

En acceptant de recevoir un feed-back sur votre zone aveugle, vous découvrirez des faiblesses (et forces) dont vous n'aviez peut-être pas conscience jusque-là et pourrez pallier (ou renforcer) celles-ci afin de progresser. Vous serez également à même d'agrandir la zone publique, ce qui favorisera la communication avec autrui.

Clin d'œil employé

Prenez le temps de bien discerner ce qu'on vous dit, considérez le feed-back comme un outil vous permettant d'évoluer, et non comme une condamnation !

TOP CONSEILS

LES 12 RÈGLES D'OR

- Créez un climat de confiance en rassurant la personne concernée. Faites-lui comprendre que l'objectif de ce feed-back est de l'aider et non de la punir.
- Restez neutre et ne portez aucun jugement.
- Bannissez les attitudes négatives et agressives.
- Procédez par étapes : introduction, explication des faits concernés, échange, émergence de solutions.
- Adaptez votre feed-back à l'interlocuteur et à sa personnalité pour qu'il en tire avantage.
- Évitez la surcharge d'informations, limitez-vous à l'essentiel !
- Ayez un message clair et précis.
- Vérifiez que le message et l'objectif sont bien compris.
- Référerez-vous à l'action ou aux faits, et non à la personne.
- Écoutez et échangez avec votre interlocuteur.
- Convenez des améliorations à apporter.
- Trouvez une conclusion positive, notamment en encourageant votre interlocuteur et en lui assurant que vous lui faites confiance quant aux solutions trouvées.

FAQ

EN QUOI CONSISTE UN FEED-BACK ?

Le feed-back est l'évaluation d'un comportement ou d'un acte d'une personne, émise dans le but de la faire évoluer ou de la maintenir sur cette voie. Le feed-back ne porte aucun jugement. Il peut être positif ou négatif – pour peu que les critiques restent constructives –, verbal ou non verbal.

QUAND DOIS-JE TRANSMETTRE UN FEED-BACK ?

Le feed-back doit être transmis le plus rapidement possible après les faits pour plus d'efficience. En effet, si vous faites un feed-back un mois ou plus après les actions, votre interlocuteur ne se souviendra peut-être pas de certains détails qui lui seront reprochés, et ne comprendra pas pourquoi vous lui en parlez. Il n'est pas nécessaire non plus d'attendre qu'un comportement occasionnel mérite d'être souligné. En effet, le feed-back est également un très bon outil de reconnaissance et peut être émis à tout moment afin d'encourager vos collaborateurs.

QUEL TON DOIS-JE ADOPTER POUR QUE MON FEED-BACK SOIT BIEN ACCUEILLI ?

Adoptez un ton neutre, mais empathique. Si vous êtes trop familier, votre interlocuteur pourrait ne pas prendre vos remarques au sérieux. Cela étant, ne cherchez pas à être trop dur non plus, au risque de voir vos remarques être perçues négativement.

QUELLES SONT LES ÉTAPES À SUIVRE ?

Pour que votre feed-back soit constructif, commencez par le préparer : prévenez la personne concernée et fixez un moment avec elle. Durant l'entretien, créez un climat de confiance, expliquez-lui les faits constatés, demandez-lui son avis et son ressenti afin qu'elle se sente impliquée. Enfin, essayez de trouver à deux des solutions d'amélioration. N'oubliez pas de rassurer votre interlocuteur : un feed-back ne doit pas devenir une source de malaise ou de crainte.

QUELLE EST LA DIFFÉRENCE ENTRE UN FEED-BACK ET UN JUGEMENT ?

Le feed-back se base sur un acte ou un comportement, il ne met nullement en cause la personnalité de l'individu concerné. Il ne doit pas avoir de répercussions néfastes sur l'estime de soi ou la confiance en soi, ni altérer la motivation et l'efficacité de votre interlocuteur. Le but du feed-back est d'inciter à poursuivre sur la voie de l'amélioration. Un jugement, lui, est une appréciation, une opinion basée sur quelqu'un ou quelque chose, sans forcément être justifiée.

QUELLES SONT LES ERREURS À NE PAS COMMETTRE ?

- Il ne faut surtout pas se montrer agressif ni porter de jugement, de peur de voir la situation s'aggraver.
- Un feed-back ne transmet pas entre deux portes, à portée d'oreilles malveillantes.

- Ne le transformez pas en monologue empêchant l'interlocuteur d'intervenir et d'exprimer son avis ou son ressenti. Rappelons que le feed-back doit être constructif et non punitif. Il impératif d'écarter toute ambiguïté pour éviter les mauvaises interprétations.
- Ne fondez pas votre message sur l'avis d'autrui ou sur des généralités ; favorisez la clarté et l'irréfutabilité des faits.

J'ACCEPTE DIFFICILEMENT LA CRITIQUE, COMMENT FAIRE POUR BIEN RECEVOIR UN FEED-BACK ?

Pour recevoir positivement un feed-back, montrez réceptif et ouvert. Écoutez attentivement ce que votre interlocuteur souhaite vous exprimer. Ne soyez pas sur la défensive, vous n'en ressortirez rien de bon. Vous pouvez, si nécessaire, apporter quelques précisions et demander des éclaircissements sur les faits.

LA PERSONNE CONCERNÉE EST TRÈS SUSCEPTIBLE, COMMENT LUI FAIRE ACCEPTER LE FEED-BACK ?

Si votre interlocuteur est très susceptible, il est judicieux de le mettre en confiance et de le rassurer sur l'objectif du feed-back en adoptant un ton neutre, mais empathique. Rappelez-lui qu'il ne s'agit pas d'une critique négative ni d'un jugement, mais bien d'une remarque constructive et occasionnelle lui permettant de s'améliorer. Le feed-back doit lui permettre de prendre conscience de ses forces et de ses faiblesses, ainsi que de son potentiel à améliorer. Expliquez-lui clairement l'impact de son comportement ainsi que vos attentes et laissez-le exprimer son ressenti afin qu'il se sente écouté et compris. Demandez-lui de vous proposer des points d'amélioration. S'il propose lui-même les solutions, elles seront plus facilement acceptées.

RESTEZ POSITIF

Soyez positif, compréhensif et encourageant. Un bon leader est un leader responsable, qui pousse son équipe à évoluer en mesurant et en récompensant les efforts.

COMMENT M'ASSURER QUE MON FEED-BACK A ÉTÉ EFFICACE ?

Un suivi des actions d'amélioration définies avec votre interlocuteur est nécessaire afin de s'assurer qu'un processus de changement ou d'évolution est en place. Les répercussions du feed-back s'observent sur le long terme.

PEUT-ON ABORDER TOUS LES SUJETS DANS UN FEED-BACK ?

Lors d'un feed-back, tout ne peut pas être abordé. Il est, par exemple, vivement déconseillé de parler de la situation personnelle ou des problèmes psychologiques éventuels de votre interlocuteur. En agissant de la sorte, vous risqueriez de provoquer une certaine rancœur de sa part et, ce faisant, d'aggraver la situation. De plus, le fait de vous appuyer sur des éléments de la vie privée des autres peut vous mener à de mauvaises conclusions.

À VOUS DE JOUER !

EXERCICE 1

Lisez et analysez le feed-back suivant :

> LE SUPÉRIEUR – Bonjour Paul, j'ai quelque chose à vous dire, entrez dans mon bureau.
> L'EMPLOYÉ – Bonjour Monsieur le Directeur, oui bien sûr... Y a-t-il un problème ?
> LE SUPÉRIEUR – J'ai appris que votre intervention lors de la réunion marketing était plutôt déplacée, je souhaite que cela ne se reproduise plus !
> L'EMPLOYÉ – De quelle intervention parlez-vous ?
> LE SUPÉRIEUR – Je parle de votre remarque concernant le nouveau concept mis en place par vos collègues de Paris.
> L'EMPLOYÉ – J'ai juste voulu leur signaler qu'il y avait certaines erreurs...
> LE SUPÉRIEUR – L'erreur a été la manière dont vous vous êtes permis de les critiquer ! Vous avez gâché nos relations professionnelles avec l'équipe anglaise ! Je ne vous en remercie pas. Que ça n'arrive plus. Vous pouvez disposer et retourner à votre travail.

- De quel type de feed-back s'agit-il ?
- S'agit-il d'un feed-back efficace ? Développez votre réponse.
- L'attitude du supérieur hiérarchique est-elle appropriée et justifiée ? Expliquez.
- Le feed-back se clôt-il sur une note positive ?
- Quels seraient les points à modifier selon vous pour que le feed-back soit constructif ?

EXERCICE 2

Après avoir fait part d'un feed-back à l'un de vos collaborateurs, analysez votre entretien en complétant le tableau ci-dessous :

	Analyse	À améliorer
Choix du lieu Neutre ou pas ?		
Choix du moment Délai après les faits constatés Quel moment dans la journée		
Situation Brève description de la raison et du déroulement du feed-back		
Comportement Ton et attitude adoptés		
Message Est-il clair ? Court ? Précis ? Compris ?		
Impact A-t-il été exprimé ? Quels sont les objectifs ? Les points d'améliorations ?		
Réaction de votre interlocuteur Était-il réceptif ou sur la défensive ? S'est-il exprimé ? A-t-il apporté des solutions ?		
Évolution Un suivi a-t-il été mis en place ? Pensez-vous que votre feed-back a été utile ?		

EXERCICE 3

Après avoir reçu un feed-back, analysez votre comportement en complétant le tableau ci-dessous :

	Analyse	À améliorer
Étiez-vous réceptif et ouvert ?		
Étiez-vous sur la défensive ? Pourquoi ?		
Écoutiez-vous attentivement ? Avez-vous compris le message ?		
Selon vous, quel était l'objectif de ce feed-back ? L'avez-vous compris ? Votre interlocuteur vous l'a-t-il expliqué clairement ?		
Avez-vous demandé des précisions sur la situation ?		
Avez-vous proposé des points d'amélioration ? Les avez-vous mis en place ?		
Le feed-back s'est-il terminé sur une note positive ? Si oui, laquelle ?		

POUR ALLER PLUS LOIN

SOURCES BIBLIOGRAPHIQUES

- « Définition de la fenêtre de Johari de Luft Ingham », in *LeDicoDuMmarketing.fr*, consulté le 30 juillet 2015. http://www.ledicodumarketing.fr/definitions/fenetre-de-johari-de-luft-ingham.html
- « Feed-back », in *Larousse.fr*, consulté le 25 août 2015. http://www.larousse.fr/dictionnaires/francais/feed-back/33157
- « La pyramide des besoins de Maslow », in *PsychologueDuTravail.com*, 2009, consulté le 30 juillet 2015. http://www.psychologuedutravail.com/?s=pyramide+de+a
- Noyé (Didier), *Donner et recevoir du feed-back : la reconnaissance et du recadrage*, Paris, Julhiet Éditions, 2012.
- Stone (Douglas) et Heen (Sheila), *Thanks For The Feedback: The Science And Art of Receiving a Feedback Well*, New York, Penguin Group, 2014.
- Whitmore (John), *Le guide du coaching*, Paris, Maxima, 2008.

SOURCES COMPLÉMENTAIRES

- *52 conseils à la carte. Donner et recevoir du feedback*, Tarsul, Mieux-Apprendre, 2014.
- Gautier (Bénédicte) et Vervish (Marie-Odile), *Le Manager Coach*, Paris, Dunod, 2008.
- Pohu (Gilles), *Feedback. L'harmonie dans les relations*, Salaberry-de-Valleyfield, Marcel Broquet, 2014.

www.50minutes.com

Éditeur responsable : Lemaitre Publishing
Rue Lemaitre 6 | BE-5000 Namur
info@lemaitre-editions.com

ISBN ebook : 978-2-8062-6488-6
ISBN papier : 978-2-8062-6489-3
Dépôt légal : D/2015/12603/229
Photo de couverture : © vladvm50

Conception numérique : Primento,
le partenaire numérique des éditeurs